30
ANOS

A marca FSC® é a garantia de que a madeira utilizada na fabricação do papel deste livro provém de florestas que foram gerenciadas de maneira ambientalmente correta, socialmente justa e economicamente viável, além de outras fontes de origem controlada.

MIGUEL SANCHES NETO

A Bíblia do Che

Copyright © 2016 by Miguel Sanches Neto

Grafia atualizada segundo o Acordo Ortográfico da Língua Portuguesa de 1990, que entrou em vigor no Brasil em 2009.

Capa
Christiano Menezes

Foto de capa
Retina 78

Preparação
Livia Deorsola

Revisão
Luciane Gomide Varela
Isabel Jorge Cury

Os personagens e as situações desta obra são reais apenas no universo da ficção; não se referem a pessoas e fatos concretos, e não emitem opinião sobre eles.

Dados Internacionais de Catalogação na Publicação (CIP)
(Câmara Brasileira do Livro, SP, Brasil)

Sanches Neto, Miguel
    A Bíblia do Che / Miguel Sanches Neto — 1ª ed. — São Paulo :
Companhia das Letras, 2016.

    ISBN 978-85-359-2728-3

    1. Ficção brasileira I. Título.

16-03151   CDD-869.3

Índice para catálogo sistemático:
1. Ficção : Literatura brasileira 869.3

[2016]
Todos os direitos desta edição reservados à
EDITORA SCHWARCZ S.A.
Rua Bandeira Paulista, 702, cj. 32
04532-002 — São Paulo — SP
Telefone: (11) 3707-3500
Fax: (11) 3707-3501
www.companhiadasletras.com.br
facebook.com/companhiadasletras
instagram.com/companhiadasletras
twitter.com/cialetras

Por que achar o fio do labirinto?
O importante é viver dentro dele.

Murilo Mendes, *Poesia liberdade*

1.

Por dez anos, vivi sem me afastar mais do que mil metros de meu prédio, algo que só foi possível porque não fiquei doente nesse período. Não há hospitais perto de onde moro. Por isso faço de tudo para me manter saudável. Sei, aos cinquenta anos ninguém é inteiramente saudável. O importante, no entanto, é como me sinto. E me sinto muitíssimo bem. (Não suportaríamos a existência se não fossem essas pequenas trapaças contra nós mesmos.)

Tinha ido almoçar a exatos cinquenta e oito passos de minha portaria. Nas imediações proliferam restaurantes por quilo e aprendi a sobreviver me alimentando da comida desleixada desses lugares. Chego no momento em que estão montando o bufê. Muitas vezes sou o desbravador, o que me deixa exposto apenas à sujeira dos cozinheiros, me livrando da saliva, dos cabelos e de outras imundices que os clientes espalham ao se servirem.

A ciência do bom frequentador desses restaurantes não se reduz ao horário de chegada. Você precisa saber montar o prato. Nunca escolho molhos nem frituras. Evito salada de folhas, que podem estar contaminadas ou mal lavadas, dando preferência a legumes, carnes cozidas ou grelhadas. Recuso macarrão e arroz branco. E apenas mensalmente arrisco um pouco de feijoada, mais pela couve e pelo caldo de feijão do que pelas carnes gordurosas.

Nesta minha vida saudável, resolvo tudo a pé. Nem sequer uso o elevador para chegar à sala comercial onde moro, no décimo quarto andar do velho edifício Asa, na rua Voluntários da Pátria, Centro de Curitiba. Desço e subo os vários lances com disposição, consciente de que estou mantendo a forma e evitando conviver com as pessoas na arapuca — é assim que o ascensorista se refere ao elevador. Todo curitibano odeia a intimidade forçada do elevador. Quase sempre faço a escalada sozinho, e rapidamente.

Hoje, notei que alguém me acompanhava. Então diminuí o ritmo, para que a pessoa me ultrapassasse. E ela manteve sempre uma distância que a ocultava nos caracóis intermináveis da escadaria.

Morar no Centro, em um prédio comercial, tem seus perigos. Poderia ser algum assaltante, embora eu não seja o tipo que chame a atenção de bandidos. Só uso camisetas básicas, sempre brancas. Calças desbotadas e tênis de corrida, surrados. Nenhum adereço, nem relógio. Não tenho celular. Mas em minha carteira mantenho uma ou outra nota que pode render uma pedra de crack.

Então acelero a subida. A pessoa às minhas costas também acelera. Eu poderia voltar e surpreendê-la. Mas estou desarmado.

— Merda — ouço uma voz fina atrás de mim.

Se fosse assaltante, não se revelaria assim.

Com menos cuidado, termino de escalar o interior do prédio, entro na sala, tranco a porta e me sento na cama para tirar os tênis.

Moro em um antigo consultório odontológico.

— Vamos tirar a placa — falou o senhor da imobiliária quando aluguei o imóvel.

— Pode deixar, eu mesmo tiro — me comprometi.

E nunca fiz isso. Serve para me proteger. O porteiro e os ascensoristas sabem que uso a sala como apartamento, o que é proibido. Como deixo todo mês uma gorjeta para eles, vou passando sem problemas.

O inconveniente é que de vez em quando alguém aparece em busca do dentista.

— Faz anos que não atende mais aqui — informo, mal--humorado.

Que tipo de gente é essa que vai ao dentista de dez em dez anos?

Fiz meu quarto na área de espera. Na do dentista, o escritório. À noite, o prédio se esvazia e é mais silencioso perto do corredor. Durante o dia, tanto o interior do edifício quanto o resto da cidade são barulhentos. Isso me obriga a ler com o rádio ligado em uma estação de músicas clássicas, e essas melodias acabam entrecortadas por buzinas, sons de motor, gritos e freadas. Já tentei usar abafador de som nas orelhas, mas os barulhos de meu corpo se tornavam tão assustadores que achei melhor a bagunça da rua lá embaixo. Aos cinquenta, não queremos ouvir nosso corpo.

Ouvi batidas tímidas na porta.

Nessas horas, não adianta fingir que não há ninguém. O silêncio, não sei bem como, nos denuncia. Esperei que batessem de novo. Demorou. A pessoa não queria incomodar.

Levantei-me e abri a porta de uma vez, dando a volta na chave e puxando a maçaneta, para descobrir uma jovem muito bem vestida, intensamente maquiada e cheirosa. Estava com as sandálias na mão. Sem falar nada, ergueu os calçados para eu ver melhor.

— Não sou sapateiro — e indiquei o nome do dentista na porta: Dr. Ubirajara Cohen.

Ela riu, olhando para meus pés. Eu também estava descalço. Virei os olhos para a cama e achei estranho encontrar os tênis no chão, um sobre o outro, como dois cachorros engatados. Fiquei com vontade de jogar pedras neles. Era assim que, em minha infância, os meninos faziam com os cachorros unidos.

— Você não está me reconhecendo? — sua voz era meiga.

— Não — e fechei lentamente a porta, evitando girar a chave.

Fosse quem fosse, seria mais um equívoco. Depois de um tempo afastado, você mudou tanto que praticamente já deixou de ser quem era. Faz dez anos que não reencontro ninguém.

Ela bateu de novo, de forma ainda mais educada. Se tivesse golpeado com as sandálias ou dado murros, eu a xingaria e a mandaria embora. Esperei um minuto e ela não se afastou. Então escancarei a porta, eu que tento proteger meu esconderijo dos curiosos.

— Posso me sentar um pouco? Subi todas estas escadas atrás de você. E por azar ainda quebrei o salto da sandália.

— Está me tomando por outra pessoa.

— Você é que está querendo se passar por quem não é. Quando vi você entrando nesta sala, pensei que estivesse indo ao dentista, por isso esperei um pouco. Mas você mora aqui!

— É permitido.

— E permitem também que receba uma mulher?

Saí da porta, desobstruindo-a, e ela entrou. Sentou-se em meu colchão cansado, na frente de meus tênis, que continuavam copulando, indiferentes à visita. Fui até eles e os empurrei com o pé para debaixo da cama.

Ela inspecionava o salto.

— Quer uma água? — perguntei, olhando para o frigobar na parede em frente. Sobre ele, vários livros novos.

— Se tiver uns chinelos de dedo... — falou.

Olhei para seus pés leitosos.

— Não está mesmo me reconhecendo?

A Deusa Branca. E tudo se clareou em minha memória. Em vez de dizer alguma coisa, fui ao outro cômodo buscar o que ela solicitara.

2.

Entreguei a ela os chinelos gastos. Eu os usava apenas para meus banhos de sauna em um dos hotéis de minha jurisdição. Duas vezes por semana — quartas e sábados. Ela iria embora com os calçados por onde haviam escorrido a espuma de meus banhos e meus suores. Eu teria que comprar outros, e isso me irritou. Não pelo dinheiro; pelo transtorno de ir às Lojas Americanas escolher um par novo. Comprar é a coisa mais obscena que uma pessoa pode fazer. Sempre me deprimo quando sou obrigado a isso.

— Você não vai dizer nada? — Lírian me provocou enquanto enfiava os pés extremamente brancos na borracha encardida daqueles calçados ordinários, em contraste com as roupas que usava.

Não a reconheci com tanta maquiagem. Quando tivemos um caso, uma década antes, era quase uma menina. Pobre, malvestida, com hábitos da cidadezinha do interior onde nascera e fora criada, antes de vir cursar a faculdade de letras. Agora, na minha frente, encontro uma mulher de trinta anos, bela e requintada.

— O que você tem feito da vida? — ela quis saber.

— Nada, a vida não precisa ser feita.

Ela riu. E esse sorriso era o mesmo de antes.

— Estava com saudades do Professor Pessoa.

Havia muito tempo que eu não me via, nem era visto, como professor. Tentei apagar esse período de minha memória. E aí uma ex-aluna aparece, me persegue e se apropria de meus chinelos como se tivesse algum direito sobre mim.

— O professor morreu — falei.

Ela se levantou e me beijou. Um beijo calmo, casto e intensamente frio. Senti as rugas de seus lábios contraídos.

— Podemos ressuscitar o velho professor.

— Impossível.

— Não deixei de pensar em você nem um dia depois que nos afastamos.

Sem comentar nada, fui ao frigobar e peguei duas garrafinhas de cerveja. Abri e passei uma para Lírian, que havia se levantado. Em poucos goles, bebi a minha. Ela apenas provou a dela, pousando-a em seguida sobre a mesinha ao lado da cama.

— Sabia que a qualquer momento encontraria você. Voltei a Curitiba para isso. Podia ter procurado as pessoas do passado, ido à casa de sua mãe...

— Minha mãe morreu.

— ... mas não queria assim, queria um encontro casual.

— Não me lembro de ter lecionado poesia romântica.

— O professor retornou — ela riu.

— Minha mãe morreu, vendi a casa e moro sozinho. Sozinho mesmo. Completamente separado da manada. Você entende? — e olhei para a sala como o proprietário avalia a extensão de suas terras.

— Hoje, vim visitar uma cliente, estava passando de carro pela Voluntários da Pátria e vi você, tão diferente e tão reconhecível. Estacionei em uma vaga proibida para não deixar você fugir.

— Numa vaga proibida?

— A esta hora já fui multada e o guarda deve estar chamando o guincho.

— Ainda há tempo para evitar o pior.

— A memória sempre estaciona em vagas proibidas, né?

— Como nesta aqui — falei, me referindo à minha sala.

— Não tinha certeza se era você, embora fosse forte a intuição de que, sim, era. Segui pelas escadas sem nem olhar para o porteiro. A mocinha encantada pelo monstro.

— Daí quebrou o salto.

— E não parei.

— Agora vai voltar com esses chinelos velhos.

— Os calçados velhos são mais confortáveis.

Uma sirene soava desesperadamente na rua. Ambulância tentando salvar uma vida. Ficamos ouvindo esse grito.

— Por que se isolou?

— Não tenho mais tempo, entende?

Ela olhou minha careca. Raspo a cabeça ao tomar banho. De tanto fazer isso, acaba-se adquirindo agilidade. E a gente se acostuma a não ter cabelo para pentear. Magro, cabeçudo, desarrumado e com uma careca agressiva.

— Não estou fazendo tratamento para câncer — informei.

— Ah, bom.

— Tenho cinquenta anos. Não resta tempo. Simplifiquei tudo para aproveitar os últimos capítulos.

— Mas tem alguém, não tem?

— Ninguém.

— Uma grande desilusão?

— Apenas o acúmulo das pequenas.

— Pode fazer a pergunta que você está ensaiando.

— Não estou ensaiando nada.

— Sim, estou casada.

Olhei a mão dela e não havia nenhuma aliança em meio aos anéis.

— Não do jeito tradicional. Vivo com um companheiro. Engenheiro de computação. Pessoa muito querida. Você vai gostar.

— Quem disse que quero conhecer?

— Sim, tenho um filho.

Filho é um assunto interdito para mim. É impossível não fazer parte dessa farsa tendo um filho. Escola. Reunião de pais. Festa de criança. Praia. Clube. Shoppings. Não, muito obrigado. Não deixar descendência é a única atitude verdadeiramente ecológica. Explodir a ponte.

Lírian devia estar pensando no filho dela. Ficou quieta por alguns segundos, ancorando o olhar na parede suja da sala. Não forcei nada. Estávamos ali, imobilizados por causa de uma palavra.

— Você não vai perguntar a idade dele?

— Não.

— Poderia ser seu.

— Não é.

Abaixou para pegar as sandálias e a bolsa, que havia deixado na cama. E se encaminhou para a porta, tão próxima e ao mesmo tempo distante. Esperou que alguém a abrisse, enquanto eu continuava parado.

— Você se enterrou vivo. Parece um zumbi.

— Anda vendo muito filme ruim.

— Você é que vive dentro de um filme ruim. Fique em paz — ela disse, abrindo a porta e saindo. Depois completou, enfatizando o possessivo:

15

— *Meu* filho está com cinco anos, mesmo assim dei a ele o seu nome, Carlos Eduardo. Vejo agora que foi homenagem a um homem morto. Tal como se faz ao batizar uma rua em memória de alguém falecido.

Fechou a porta, seguindo para o elevador, que nesse horário demoraria para chegar. Não a acompanhei. Sentado na cama, tomei o resto da cerveja da garrafa. Por que as pessoas acham que podem invadir a vida alheia? Batem na sua porta, jogam-se na sua cama, falam de outros tempos, insinuando isto e aquilo. A internet criou uma familiaridade com a invasão. Todo mundo porta adentro. Por essas e outras eu tinha abandonado o lado de lá.

Queria que o carro de Lírian tivesse sido guinchado. Seria uma vingança. O caminhão parado na frente, abaixando a rampa, depois o automóvel sendo arrastado por cabos para a carroceria. O guincho estaria tirando Lírian de minha vida, ensinando a ela que não se pode parar em vagas proibidas.

Fui até a janela. Ainda estaria na rua, o carro? Estava. Era um modelo grande, todo pintado de rosa. Lírian vendia cosméticos para uma marca internacional. Já vira alguns desses automóveis personalizados circulando pelo Centro. Esperei ali e a reconheci abrindo a porta do carro e colocando-o em movimento. Não pude saber se havia ou não um aviso de multa no para-brisa. Ela pelo menos não tirou nada de lá.

Liguei o computador na mesa ao lado e abri um site pornô. Sentindo alguma coisa gordurosa nos lábios, limpei-os nas costas da mão, sujando-as de batom.

3.

Desde que me afastei da vida fútil e tributável de que fala Fernando Pessoa, tenho evitado mulheres.

No começo, pensei que poderia ficar longamente sem sexo e que só uma vez ou outra o contrataria nas boates perto de casa. Aguentei por três meses sem pensar nisso. Como me encontrava nos princípios da vida na selva, tinha muita coisa para fazer enquanto instaurava novos hábitos. Sempre fui meio misantropo, mas de uma misantropia relativa. Buscava o convívio com mulheres, quanto mais jovens melhor. Nesta outra etapa, tinha que renunciar aos corpos femininos, obstáculo para a liberdade verdadeira que eu buscava.

Quando achei que minha renúncia chegara a uma marca considerável — noventa dias —, dei-me de presente visitar uma casa de shows. Não queria valorizar muito essa abstinência. Com o tempo, o sexo vai deixando de ser importante. Era no que eu acreditava. Assim que entrei no Lidô, procurando uma mesa distante do palco onde uma garota dançava nua, alguém se aproximou de mim e pediu que eu lhe pagasse uma bebida. Mal concordei, o garçom saiu da sombra para nos servir. Sentou-se ao meu lado uma moça magra, sinais de pobreza no rosto, peitos pequenos. Ainda nos primeiros goles de um uisquinho falso, que me custaria caro e me daria dor de cabeça na manhã seguinte, ela passou a mão em meu pau.

Foram necessários poucos movimentos sobre a calça para que eu me saciasse.

— Nossa, amor, estava seco? — ela disse, aliviada por se livrar de um cliente.

— Estava — concordei.

— Mas logo faço tudo funcionar novamente.

— Não precisa.

Levantando sem terminar a minha bebida, deixei uma nota para ela na mesa e saí à procura do caixa.

— Não quer lá na cabine?

Nem respondi. Sentindo uma umidade incômoda na calça, tudo que eu desejava era me limpar e trocar de roupa. Paguei a conta e, alguns minutos depois de ter saído de minha cabana, retornava vencido. Lavei a cueca e a parte atingida da calça na pia, coloquei o pijama e me deitei. Não conseguiria ficar sem me aliviar regularmente. Mesmo na velhice, não sublimaria a ânsia de me verter em sêmen.

Foi quando me viciei em sites pornôs. Mais baratos e muito mais seguros. Todas as vezes que sentisse vontade, não tentaria me controlar, me saciando imediatamente. Houve dia de abrir quatro vezes esses sites. E na manhã seguinte começava tudo de novo. Poço que, por mais que dele tiremos água, nunca se esgota. E se não tirarmos ela transborda sozinha.

Agora controlo esses entusiasmos virtuais. Tento espaçar uma sessão da outra, evitando prestar atenção em mulheres na rua. Meu ideal de celibato não se realizou, mas ao menos não saio porta afora em busca de aventuras.

Assim que Lírian partiu, procurei num desses sites uma moça qualquer que fosse muito, mas muito branca. Não demorei para achar, projetando nela o rosto de Lírian. Tudo durou pouco. Ouvi então uma voz na memória.

— Nossa, amor, estava seco?

Ao lado do computador, há rolos de papel higiênico. No final, levo o chumaço úmido para o lixo do banheiro e lavo minuciosamente as mãos, limpando bem as unhas. É destas mãos que tenho tirado quase todo o prazer que o mundo ficou me devendo nestes últimos anos.

Assim que fiz a coisa, deitei em minha cama para descansar um pouco e senti o cheiro doce do perfume de Lírian.

Eu poderia ter tido o corpo dela por uma hora ou mais. Seu carro aí sim seria guinchado. E precisaríamos arranjar algum advogado para tirá-lo do pátio da polícia. Nesse tempo, ela falaria do marido, pediria que eu inventasse uma mentira, alegando que sempre tive imaginação, e os dez anos de sossego afetivo acabariam.

Levantei de um salto para trocar a roupa de cama. Quase nunca fazia isso. Mas agora era urgente. Os lençóis usados foram para o cesto de roupa suja, que eu em breve levaria para lavar. Depois, deitei e dormi o resto da tarde.

4.

Fiquei lendo à noite para anular os acontecimentos recentes. Eu sempre comprava os livros pela internet e quase todo dia tinha alguma coisa chegando à portaria, endereçada ao dr. Ubirajara Cohen. O porteiro se divertia e, em vários momentos, quando havia mais gente no balcão, ele me chamava pelo nome do antigo ocupante da sala.

— Tem correspondência para o senhor, dr. Ubirajara.

A eterna camiseta branca devia compor, na imaginação das pessoas, a figura do dentista. Profissional que atendia o povo, sem a ostentação própria do ramo.

— Alguma coisa urgente, Heitor? — eu entrava no jogo.

— O de sempre, doutor.

E me passava um pacote postado por algum sebo ou por livrarias de São Paulo. Esses livros vinham para a sala e ficavam por pouco tempo aqui. Assim que perdia o interesse pela narrativa, eu jogava o volume em um canto. Quando me entusiasmava, em dois dias dava conta da leitura. Tanto os lidos vorazmente quanto os abandonados iam para a Biblioteca Pública, a poucas quadras de casa (é estranho chamar esta sala de casa).

A funcionária me conhecia bem. Recebia a sacola com os volumes da semana, providenciava o recibo de doação, entregando-o sem que trocássemos uma palavra. Sua feição era de raiva, pois tinha que perder tempo com um maluco que toda semana aparecia para descartar parte de sua biblioteca. Por que não doava tudo de uma vez? Não poderia imaginar que eu formava semanalmente minha biblioteca e me desfazia dela na sexta-feira. Mesmo dedicando a maior parte do tempo aos livros, não os queria acumulados.

Naquela noite, terminei um romance contemporâneo, decidindo que não leria mais nada desse autor. Tinha um estilo suportável, embora lhe faltasse imaginação. Um ficcionista sem imaginação não merece nosso respeito. Eu não tomava nota das leituras, não sabia ao certo quais livros havia lido, pois jogava na lixeira da Biblioteca Pública o recibo de doação. Sem pais, descendentes, uma namorada, por que iria me apegar a materiais impressos?

Nessas idas à biblioteca, encontrava os loucos de sempre, sentados nos sofás do loft, vagando entre as prateleiras, como soldados em guerra, ou nas mesas de jornais. De uma forma diferente, eu fazia parte dessa fauna.

Acordei mais calmo na manhã seguinte ao reencontro. Tinha um plano. Entregaria a sala e alugaria outra num ponto distante do Centro.

Na rua xv sempre vagavam jovens fazendo pesquisa, apresentando produtos ou serviços de empresas. Talvez pela minha cara de poucos amigos, sobrancelhas franzidas e careca reluzente como a de um neonazista, ninguém nunca me incomodou. Eu tinha a sociabilidade de uma moita de espinho. Devia preservar isso.

Saí logo que o comércio abriu e fui à imobiliária mais próxima. Uma funcionária me apresentou as ofertas de salas disponíveis e a toda hora dizia que se soubesse a finalidade ficaria mais fácil ajudar.

— Para uma garçonnière.

— Ah, bom — ela disse. E não comentou mais nada. Não sabia o que era uma garçonnière. Ninguém mais usava essa palavra para locais de encontro. Havia os motéis.

Ela me mostrou na tela do computador algumas salas. Todas muito boas, na sua avaliação. Eu faria um ótimo negócio. Muita gente frequentava aquele edifício de serviços.

— Não tem em um prédio decadente?

— Ah, o senhor deve estar brincando — riu, sem graça.

— Não, prefiro lugares pouco procurados.

— Mas e o *negócio* que o senhor vai abrir?

— Ele funciona melhor na solidão.

Talvez temendo que eu fosse um bandido, ela encerrou o atendimento. E acabei não indo em busca de outra sala.

Decidi reavaliar se seria mesmo necessário fazer uma mudança. Se Lírian me procurasse mais uma vez, aí eu teria que abandonar a cabana.

Sem ter o que fazer no resto da manhã, e para esperar o almoço, resolvi passar na livraria da Boca Maldita. Folhearia livros e talvez até comprasse um que me prendesse o interesse. Sem olhar para ninguém, fiquei em pé em um canto, lendo trechos ao acaso.

— O rato caiu na ratoeira — ouvi uma voz.

Não me mexi, me esforçando para acreditar que o comentário não era para mim. A pessoa, no entanto, vinha em minha direção. Tentando ignorar o perigo, deixei o livro em uma das mesas e me encaminhei para a porta.

— Não adianta fugir — o homem falou enquanto me seguia

com dificuldade. Era gordo e respirava ruidosamente. Eu poderia correr ou apressar o passo. Ou simplesmente parar. Na loja, os clientes e os vendedores nos olhavam. Continuei andando, só que lentamente, como se ignorasse meu perseguidor. Na rua, ele me alcançou.

— Temos mais um serviço para você, Professor.

Jacinto Paes aparecia do nada, quarenta ou cinquenta quilos mais gordo. E falava como se fizesse um mês desde nosso último encontro, quando já havia se passado uma década.

Ele me estendeu a mão balofa. Não a segurei. Demorou uns segundos para recolher aquele pão que crescera muito.

— Não leciono mais.

— Nossas aptidões são como uma corcunda. Não nos livramos delas.

Um fantasma nunca aparece sozinho. Ontem, Lírian. Hoje, Jacinto.

— Vamos almoçar — ele ordenou.

E sua mão segurou meu braço e foi me conduzindo como se eu estivesse sendo preso. Da livraria, ainda nos olhavam.

Depois de cruzar a praça Osório fomos ao velho Bar Stuart. Eu raramente frequento lugares para turistas, com seus preços inflados. Gosto de beber em botecos populares. Essa quebra de princípio me deixava mais constrangido. Durante o caminho, Jacinto ia me contando sua estratégia para me localizar.

— O vício denuncia a pessoa. Sabia que estava na cidade, não sabia onde. Como jamais ficaria sem livros, restava procurar nas livrarias.

Ele falava uma frase curta e arfava.

— Pelas suas manias, não adiantava procurar nas livrarias de shopping. Descartei todas. Depois mapeei as do Centro. Não são muitas. Com sua vida reclusa, passaria alguns momentos nessas lojas. Conversando com os lançamentos.

Ele havia previsto os atos do fugitivo.

— Uma pessoa muda. Engorda — e ele fez uma pausa para que eu olhasse para seu corpo — ou fica careca...

— Rapo a cabeça — reagi.

— Ou fica careca — ele repetiu. — Mas os disfarces não ocultam nunca aquilo que somos. Com uma foto sua, passei pelas principais livrarias de rua. Um atendente disse que alguém parecido frequentava a da Boca Maldita.

Cremos ser possível percorrer a cidade incógnitos, mas somos observados cuidadosamente por um monstro de milhares de olhos.

Ele tirou do bolso interno do paletó a foto. Meu rosto não havia mudado muito. Apenas ficara mais magro, com a pele e a carne caídas, pois emagreci enquanto envelhecia. Ou envelheci enquanto emagrecia. Não sei exatamente o que aconteceu.

— O resto foi ainda mais fácil. Você não viria ver livros em horário de muito movimento. Cheguei a perguntar ao vendedor, mas ele não sabia precisar isso. Tive que deduzir. Faz três dias que passo algum tempo ali, no meio da manhã e no meio da tarde.

Ele riu da própria esperteza.

— O viciado volta sempre ao ponto de venda da droga.

Entramos no bar, contornando mesas e cadeiras de madeira escura. Era outra Curitiba. Jacinto escolheu uma mesa do canto, próxima de uma das portas. Mal chegou o garçom, pediu uma porção dupla de bago de boi como aperitivo. E cerveja artesanal. Eu detestava essa moda de mestres cervejeiros.

Não deixou o prisioneiro escolher nada. Submisso, não protestei. Tudo que queremos é alguém para comandar nossa vida.

— Deve estar se perguntando por que precisamos de você.

Quando não falamos, as pessoas fazem as perguntas que

acham que deveríamos fazer. É um diálogo estranho, entre alguém e o que esse alguém acha que somos.

— Vou explicar tudo.

Nesse momento, o garçom serviu as cervejas. Jacinto tomou o primeiro copo de uma vez. Serviu o segundo, deu um gole e continuou.

— Muita gente que, nos anos 60, era revolucionária hoje está rica. São fazendeiros, donos de clínicas, empresários, políticos. A luta contra o imperialismo não passa agora de um tempo feliz.

Aportava na mesa a travessa com as cápsulas ovais fritas e as fatias de pão preto para dar a sensação de comida saudável. Jacinto pegou um dos garfos que acompanhavam o prato e enfiou, numa sequência, vários bagos na boca, mastigando-os e engolindo-os rapidamente. Bebi o primeiro gole de cerveja, com um sabor qualquer que me revirou o estômago. Parecia ser de chocolate.

— O cara ganhou muito dinheiro, daí olha para o passado e não tem nenhuma lembrança daquela época de revolta.

— Tinham que se livrar daquilo que os comprometeria.

— Exatamente — ele disse, enquanto enchia de novo a boca e mastigava.

Dei um tempo para que triturasse tudo aquilo e engolisse.

— Daí pagam alto para ter um suvenir. E querem as coisas mais estranhas. O que acha que meu cliente busca?

— Algum instrumento de tortura — ironizei.

— Boa — ele disse rapidamente, se engasgando —, muito boa — tossiu. — Não perdeu a agilidade mental e a maldade. Era assim que suas alunas se referiam a você: uma alma boa numa língua que ferroa — e riu da definição.

— Vocês averiguaram minha vida antes de me deixar cuidar daquele caso?

— Pensa que somos o quê? E agora você é a pessoa ideal para um servicinho. Mas beba sua cerveja.

Bebi o copo todo e ele me serviu mais, enquanto mascava a carne firme dos bagos.

— Tenho que tirar a coisa de alguém? Se fosse algo que pudesse ser comprado, não precisariam de mim.

— É mais ou menos isso. E agradeço por aceitar trabalhar com a gente de novo.

Não adiantava protestar. Eu já estava envolvido com aquela história. Um fascínio qualquer me empurrava para ela. Ter ficado tanto tempo sem fazer nada talvez me predispusesse ao trabalho, a qualquer trabalho. Melhor um que não fosse usual. Mas não era só isso. Algo ligava aquele caso à literatura. Se não fosse necessário alguém com conhecimentos literários, contratariam um investigador de verdade.

— E o que seu cliente tanto quer para se lembrar do tempo em que era perseguido e torturado pelos militares?

— Depois do almoço, no seu apartamento, termino a conversa — ele decretou, pela primeira vez sério, abrindo o cardápio.

5.

O edifício Asa fica na outra esquina do Bar Stuart.

Navio correndo o risco de naufragar, Jacinto caminhava lentamente, oscilando por causa da cerveja. Para vencer o mesmo percurso, ele levava quatro vezes o tempo das pessoas que passavam por nós. Sempre pensei que, no dia em que os cientistas mercenários dos grandes laboratórios de medicamentos inventarem uma droga que iniba o ganho de peso, a humanidade acabará em dez anos. De fome, pois não existirá comida suficiente para todos. Nunca antes houve tantos programas de televisão sobre culinária, turistas cruzando o planeta para se empanturrar com pratos exóticos, profissionais bem-sucedidos em outras áreas fazendo cursos de *chef de cuisine*. A vida reduzida a uma estocagem suicida de calorias.

Eu não queria fazer parte dessa porcaria toda. Comer e descomer, o grande projeto de vida contemporâneo. Sentia raiva ao saber das filas nos restaurantes da classe média. Fila nos quilos do Centro tudo bem — trabalhadores precisam de alimentos.

Agora, essa peregrinação dos bem nutridos pelas churrascarias e casas de massa era uma grande indecência.

O resultado estava ali, ao meu lado, equilibrando-se precariamente em pés pequenos, impróprios para a massa corporal conquistada nessa orgia alimentar.

Ao chegarmos à portaria, Heitor me olhou com espanto. Nestes anos todos, nunca apareci com ninguém. Ficou ainda mais surpreso quando estacionamos na fila para o elevador. Jacinto não conseguiria subir sequer um lance de escada.

Tivemos que esperar a chegada do segundo elevador, pois o primeiro se encheu rapidamente e minha visita não caberia no pouco espaço que restara. Um incômodo atrás do outro. Fiquei irritado comigo mesmo. Por que aceitava as ordens de uma pessoa que era tudo do qual eu fugia?

Assim que chegamos, depois de um medo infantil numa escalada em que éramos içados ao som do ranger dos cabos de aço, senti alívio por pisar o corredor do meu andar. Jacinto estava muito quente, uma usina com todos os reatores em funcionamento. Suava e emitia ondas de calor.

Abri a porta da sala e ele entrou, sentando-se na cama, para despertar muitos estalos no estrado de madeira. Não sei como a cama resistiu.

— Você mora em um consultório odontológico? — ele disse e riu. Pela primeira vez uma risada solta, que fazia sua papada tremer gelatinosamente. Fiquei quieto. O que esse filho da puta estava pensando?

— Me desculpe, sério, não consegui me conter. Quando comecei a procurar você, imaginei que tivesse ido para algum mosteiro, para um retiro espiritual qualquer. Depois pensei, ele gosta demais de buceta para se isolar assim.

E soltou outra gargalhada, que produziu ondas em todo o seu corpo, fazendo sua roupa tremer.

— Eis o meu mosteiro — falei.

— Tudo por causa da traição daquela putinha?

— Lírian esteve aqui ontem — informei.

Minha declaração dava uma naturalidade à visita de minha ex-namorada, como se ela sempre fizesse isso. Queria exibir a Jacinto uma vida sexual ativa.

— Continua fogosa?

— Está casada, com um filho. Não há mais nada entre nós.

— Nem entre você e outra mulher, pelo jeito.

— Por que diz isso?

— Cheiro de esperma. Você anda se resolvendo sozinho.

— Creio que não tenha sido para enfiar o nariz na minha vida sexual que você veio até aqui.

— Não, claro que não. Mas fiquei mais tranquilo ao perceber que está sozinho. Poderá se dedicar integralmente ao nosso trabalho.

— Que não sei ainda qual é.

— Em 1966, antes de seguir para a Bolívia e para a morte, Che Guevara passou um tempo em Curitiba.

— Ouvi falar nisso.

— Teria convivido uns dias com os revolucionários da cidade, ensinando técnicas de guerrilha.

— E deixou algum objeto valioso para trás.

— Exatamente. Você poderia abrir a janela? Esse cheiro de porra velha está me fazendo mal. Tem cerveja aí?

— Não tão boa quanto a que tomamos no almoço.

Abri o frigobar e passei uma garrafinha para ele. Fui até a outra sala e escancarei os vidros. Um ar morno entrou nos cômodos.

— Segundo consta, naqueles dias ele não deixava de lado uma Bíblia em português.

— Medo da morte?

— Não, estava encantado com Jesus. Lia os Evangelhos e tomava nota.

— O seu cliente viu essa Bíblia?

— Diz que sim. E está disposto a perder um bom dinheiro para ter esse exemplar.

— Coleciona raridades da guerrilha?

— Isso mesmo. A maior biblioteca sobre o comunismo no Brasil. Só primeiras edições.

Havia alguma perversão nisso. O ex-rebelde enriqueceu e agora coleciona documentos da época em que corria risco de vida.

— O que sabemos sobre a Bíblia do Che Guevara?

— Só o que falei.

— Apenas isso? Nem o nome de algum antigo guerrilheiro que a viu?

— Usavam nome falso, e meu cliente não ficou muito tempo com eles.

— Um guerrilheiro *a posteriori*.

— Teve um contato rápido com alguns em encontros clandestinos. Foi quando leu trechos das anotações do Che, que já estava morto — Jacinto ignorara minha ironia.

— Vai ser difícil.

— Logo receberá o primeiro pagamento. Todo mês uma parcela. E uma gratificação quando nos entregar a Bíblia. Depois talvez precise de sua ajuda para fazer um livro sobre a guerrilha segundo o cristianismo.

— Seu amigo agora é católico fervoroso?

— Mas tem mente aberta. Quer criar uma nova imagem do Che. Como alguém próximo dos ensinamentos de Cristo.

Eu não precisaria de dinheiro por um bom tempo. Vivia com a herança de minha mãe, que apliquei, e com os restos do dinheiro do serviço anterior que fiz para Jacinto. Mas algo me atraía para aquela tarefa e não me opus, como se tivesse passado esse tempo todo apenas esperando ser convocado pelo mundo. Jacinto pediu ajuda para se levantar e sugeriu que eu esquecesse o passado.

— O passado é que não se esquece da gente — respondi.

Ele sorriu e foi até a porta, abriu-a e arrastou seu corpo rumo ao elevador.

Dormi logo em seguida. Eram cinco horas quando ouvi novas batidas. Lírian ou Jacinto? Ou mais alguém fugira do passado para dizer *presente*?

Abri a porta com brutalidade e vi um jovem com jaqueta de motoqueiro. E um cartucho grande de papel, grampeado.

— O lanche que mandaram entregar pro senhor.

Ia dizer que não como fast-food, era um engano, mas intuí algo relacionado a Jacinto. Acha que estou desnutrido. Peguei o pacote e dei uma gorjeta. Depois de fechar a porta, pensei em jogar fora sem abrir. A velha curiosidade não deixou. Que tipo de comida ele encomendara?

Abri e me confrontei com um imenso sanduíche de pernil com aspecto tentador. Num saquinho plástico, havia um maço de notas de cem.

A primeira parcela, paga imediatamente. Dinheiro sem fisco, vindo da sonegação de impostos, da corrupção ou de outros crimes.

Rasguei o plástico, resgatando meu pagamento. Estava quente. Coloquei sobre a mesa e peguei o sanduíche com as duas mãos, dando a primeira mordida. Se continuasse assim, começaria a engordar.

6.

Uma cidade estrangeira: assim Curitiba me parecia nessa caminhada matinal pelo outro hemisfério do Centro.

Fui me irritando aos poucos com a mania pós-moderna de viagem. Idiotas cruzando o oceano para um fim de semana convencional em Paris. Visitam monumentos e restaurantes da moda, passando rapidamente pelos pontos históricos. Era nisso que a humanidade se transformara, num bando de turistas indiferentes a tudo que não seja a satisfação rasa. Viajar sem sair das próprias identidades. O grande deslocamento de gente fútil, de consumistas voltando com malas abarrotadas de produtos de grife, na maioria falsos. Essa merda toda.

Como protesto, passei a viver o mais próximo possível de minha toca. Omitir a cidade, fazer do pequeno raio em que viajo o meu planeta. Moro em um país chamado praça Osório. Antes lugar de veados históricos, senhores sisudos que ficavam nas esquinas esperando os garotos. Ali, encontrei uma vez meu ex-professor — bigode loiro, olhos azuis, silhueta esbelta —, todo feminino, na expectativa de uns momentos de sexo pago. Teria uns quarenta e cinco anos e conversava com amigos bem mais velhos, todos ansiosos por uma aventura.

Meu professor me olhou, entre envergonhado e destemido, eu me aproximei e trocamos algumas palavras.

— Estou aqui esperando um colega — ele me explicou, mentindo apenas por vício, pois sabia que eu sabia.

Nós nos encontramos umas vezes mais, nunca com a mesma amizade da época em que eu fazia o curso de literatura clássica. Agora, não há mais veadões na esquina, apenas os comentadores políticos nos cafés, os manifestantes, os meninos do crime, essa gente que faz do Centro um clube de desocupados. Morei nesse lugar sem nenhum interesse pelo resto da cidade. Por isso me sentia estrangeiro ao me mover para o extremo oposto da rua das Flores, revendo prédios antigos mas sem reconhecer nenhuma das lojas. A antiga Confeitaria Schaffer, a Livraria Ghignone e o Cine Groff são agora shoppings populares, com quinquilharias da China, vindas pelo Paraguai. Andasse por qualquer parte do mundo e encontraria sempre os mesmos produtos.

Como a cidade não me pertencia, estava em um deslocamento mais radical do que alguém que visitasse a Ásia.

Antes eu amava as galerias comerciais, passagens sob os edifícios que ligavam uma rua a outra. Agora, o túnel era o calçadão, um túnel aberto que me conduzia ao ponto de ônibus ao lado do prédio central dos Correios.

Esperei o Expresso Santa Cândida, depois de pagar a passagem na entrada da estação-tubo, que mais parecia um ônibus espacial, prestes a deixar o solo. Essa simulação futurista da estação me afastava ainda mais da rotina. Durante tanto tempo sem pegar ônibus, sem usar os correios para enviar carta, eu era o último homem de uma civilização dizimada.

Entrei em um ônibus biarticulado, uma imensa centopeia

que se moveu levando-me para longe de meu planeta. Como era meio da manhã, e indo no sentido do bairro, não havia muita gente nas poltronas. Apenas alguns senhores que talvez fossem visitar parentes. E rapazes visivelmente à toa. Uma senhora bem vestida, muito sensual aos sessenta anos. Fiquei olhando a cidade pela janela, os prédios novos, o comércio. Não, eu não fazia parte de nada daquilo. Voltava à cidade de outrora apenas para não me encontrar nela.

No terminal do Cabral, desci e fui a pé até a rua dos Funcionários, onde fica o Arquivo Público. Havia me demitido da universidade, entre outras razões, por não suportar a burocracia, e meu primeiro trabalho depois disso foi em um setor de repartições públicas.

Havia demorado muito para me acostumar à vida de desocupado. Exatos quinze minutos. Não voltaria aos antigos hábitos. Talvez por isso, instintivamente, não levara caderno nem lápis. Entrei no prédio moderno do Arquivo com a mesma leveza de quem busca um bar no meio da manhã. Um vigilante me abriu a porta.

— O que o senhor deseja?

Uma cerveja, eu poderia responder, mas fui educado. Expliquei a necessidade de consultar as pastas do Departamento de Ordem Política e Social (Dops), que funcionou de 1924 a 1983, usado principalmente pelo Estado Novo de Getúlio Vargas e pela ditadura militar para perseguir os revolucionários. Anos atrás, quando esses arquivos foram abertos, muitos políticos de esquerda se frustraram por não haver ficha sobre eles. Isso revelava que não eram assim tão atuantes no período da ditadura. Estava em branco a pasta de um governador que mantinha a fama de perseguido político. Um dos tais guerrilheiros *a posteriori*.

Na escrivaninha da entrada, uma moça me atendeu, levando-me a uma sala dos fundos. O prédio estava vazio. Nenhum movimento de pessoas ou ruído de vozes. O frio do ar-condicionado central reforçava a impressão de que estávamos em um planeta deserto ou em uma nave espacial. E não era isso o passado, um planeta destruído, do qual só sobraram ruínas?

Sem a ajuda da funcionária, localizei a pasta do Che Guevara. Mais de cem páginas digitalizadas. Muitas notícias de jornais, uma ficha datilografada com informações sumárias, recomendações da polícia, traços do guerrilheiro, seu modo de operar.

Li aquilo de forma salteada. Nesse tipo de pesquisa é preciso confiar no acaso. Se nos dedicarmos minuciosamente a tudo, desanimamos, sobretudo quem possui mente inquieta. Na hora do almoço, saí para comer em um restaurante operário da região. E cometi uma heresia. Peguei um pedaço de costela gordurosa.

Uma pequena mudança leva a outras. Para me redimir, caminhei pelo bairro sob o sol quente do meio-dia, desejando me indignar com aquela vida doméstica, casas com jardins, garagem para dois ou três carros, grama sendo cortada. Era contra esse conforto de classe ao qual Che se opusera, renunciando a tudo. Nunca fui fã do comandante, mas tinha que me aproximar, profissionalmente, do mito. E algo nos unia: o ódio à vida burguesa.

Em uma casa, a mais velha e deteriorada da rua, com uma água-furtada, senti uma nostalgia imprópria em um dia tão luminoso. Ter um quarto incrustado em um telhado, sentir a proximidade da chuva quando ela vier, o vento escalando a cumeeira, tudo isso me emocionou. Lembrava minha mãe. Se ela não tivesse morrido, eu estaria em uma casa de bairro, como a criança crescida que não precisa mais estudar nem trabalhar.

Passado esse momento, voltei rapidamente ao Arquivo, decidido a encontrar dados relevantes sobre Che em Curitiba. Li dezenas de fichas sobre os movimentos revolucionários do período, sem tomar nota, apenas para me sentir mais próximo da guerrilha.

7.

A volta foi deprimente. Eu não tinha mais o que ver naquele trajeto. A cidade perdera o seu fascínio novamente, e eu a percorria cego. Era começo de noite quando cheguei ao Asa. Alguns escritórios ainda estavam abertos, com funcionários tentando colocar as obrigações em dia.

Um dos inconvenientes de morar em um prédio comercial é que não se pode retornar muito tarde. A entrada da galeria é fechada às dezenove horas. Qualquer atraso me obrigaria a usar indevidamente a portaria das alas residenciais.

Fiquei pensando em tudo que li a respeito de Guevara. Não tomara nenhuma nota. Aquilo que precisa de registro para ser lembrado nunca é importante em uma pesquisa. Nossa sensibilidade é que deve se deixar ferir pelas informações.

Não sabia se eram ou não confiáveis as informações sobre ele, por não conhecer a fundo sua biografia. Dizia que Ernesto chegara a Curitiba com vestimenta de padre, e isso casava com a história da Bíblia, que também faria parte de seu disfarce. Ele começou a ler os Evangelhos para encenar o personagem que o ocultava e acabou se encantando. Com batina, cabelo e barba raspados, o padre andava sempre com uma Bíblia na mão; veio lendo no ônibus em seu longo percurso entre Belo Horizonte e Curitiba. Bíblia em português para não despertar a curiosidade alheia. E acabara fascinado por um Cristo guerrilheiro.

A primeira coisa que eu tinha que providenciar era uma Bíblia. Não guardara o meu velho exemplar. E agora precisava do livro de uma maneira diferente.

É impossível aproximar-se de uma pessoa sem tentar repetir seus gestos. A reconstituição do crime serve como metodologia. Reencenar episódios prováveis de quem queremos conhecer. Eu não chegaria a ponto de usar batina, mas teria uma Bíblia sempre por perto, meditando sobre passagens, fazendo a leitura dos Evangelhos como se eu fosse um guerrilheiro. Isso não só ajudava a compreender melhor as razões do Che como dava uma espinha dorsal para a pesquisa. Mesmo que não saibamos exatamente o que ele queria com essas leituras, descobriremos o que elas poderiam dizer a alguém prestes a entrar em mais um episódio da luta armada. Era apenas o exemplo de líder que ele buscava em Cristo? Ou mensagens cifradas para a revolução?

Na manhã seguinte, depois de localizar pela internet um exemplar da Bíblia na tradução admirável de João Ferreira d'Almeida, fui a um sebo do largo da Ordem comprá-lo.

Com alguma emoção abri o volume publicado em Nova York em 1913 pela American Bible Society, "traduzido em portuguez pelo padre…". O valor era significativo, mas fiquei com o livro sem sequer o folhear. Adquiria-o como quem investe em um bilhete de loteria. Com a sorte ainda correndo, voltei ao meu endereço de dentista.

Venci as escadas como o menino que ganhou o presente desejado e quer abrir logo o pacote e conferir que não houve equívoco. Tudo podia estar resolvido. Alimento uma crença exagerada no acaso. Os herdeiros dessa Bíblia não sabiam o valor dela e a venderam com um lote de livros velhos do pai. Por um mecanismo de atração qualquer, físico ou místico, eu comprava justamente esse volume. Acreditei que isso pudesse realmente ter acontecido. Quanto mais pensava nessa possibilidade, mais apertava o passo.

Ao entrar na sala, tranquei-me pronto para a grande revelação. Ao começar a procura, a cidade se entregava magicamente, atraindo-me a um sebo onde Che e Cristo me aguardavam.

Abri a encadernação nas primeiras páginas, tentando achar uma assinatura específica. Não havia. O que era esperado. Um clandestino perseguido pela polícia nacional e internacional não deixaria seu nome verdadeiro na folha de rosto de uma obra que o acompanhava a todos os lugares.

Folheei o volume aparentemente virgem de leituras, na esperança de me deparar com as anotações rebeldes. Não encontrei sequer um risco de lápis ou de caneta. Uma Bíblia geralmente guarda áreas viciadas na encadernação, pelo retorno constante a certos trechos. Poderiam ser apenas esses os indícios da leitura do Che. Ele se deteve em alguma passagem. Tentei em vão identificar essas marcas.

Nesse ponto, comecei a passar metodicamente página por página do Novo Testamento, já sabendo que a magia falhara. Aquela era uma Bíblia comum. Comecei então a estudar os Evangelhos. Seria minha leitura nos próximos dias.

Enquanto fazia isso, encomendava em sebos na internet exemplares dessa tradução anteriores a 1966. O primeiro que chegou pelo correio foi uma edição de 1908, que me custou o preço de uma caixa de charutos cubanos. Estava bem conservado, sem nenhuma marca. Na descrição dos vendedores, fica dito se o livro traz ou não comentários, rasuras. Exemplares com marcas tinham um valor comercial menor. E eram justamente esses que me interessavam. A Bíblia do Che poderia estar acumulando poeira em algum sebo minúsculo. Fui comprando outras edições, de 1920, 1951, 1953 e 1956. As anotações que encontrei eram mínimas e não indicavam nada.

Dias depois, saindo pouco da toca, apenas para comer, tomar banho e ir ao mercadinho, desisti do método mágico.

A coleção de Bíblias que eu acumulara — doze — não podia ser doada para a Biblioteca Pública. Ficariam na minha mesa, denunciando meu fracasso.

A partir de então, todos os dias, lia uns trechos do Novo Testamento. Alguma visita me tomaria por um homem religioso.

Mas eu já tinha perdido a fé.

8.

Em busca de obras sobre Che, voltei a frequentar a Biblioteca Pública. Os móveis velhos do prédio da década de 50 me punham em paz. A modernização da cidade e das pessoas me afastava cada vez mais delas, tornando-me um ancião, essa figura execrável. É inadmissível não se atualizar. Ficou proibido ser velho. E tudo fazem para reforçar isso. Trocar os móveis a cada temporada, reformar as casas substituindo azulejos e pisos, derrubando paredes, desfazer-se das coisas queridas. As casas burguesas sofrem tantas atualizações quanto seus donos, com plásticas, silicone, implante de cabelo, lipoaspiração etc.

Ali, nas velhas cadeiras da sala de leitura, eu me encontrava em meu ambiente. Tudo tinha um acolhedor ar de passado. Lá fora, na rua, os últimos modelos de carro andavam velozes, tentando alcançar o futuro.

Nesse ambiente, eu lia biografias como um exercício de autodescoberta. Saber o que uma pessoa fez com a sua vida nos leva a pensar no que gastamos a nossa. A existência é uma massinha de moldar que nos dão quando somos crianças. A maioria deixa que ela seque logo no início e continua sem (ou com uma única) forma vida afora. Outros conservam a massa sempre maleável e vão se esculpindo de maneira inusitada de tempos em tempos. Estava sendo obrigado a criar novos contornos para minha vida, medindo-a pela régua da existência de um herói?

Jacinto sabia que eu não era um detetive com fome de ação. Tentaria chegar àquele exemplar lendo, conversando com as pessoas, sem pressa. A lentidão era uma das minhas formas de ser velho.

Três semanas depois de contratado, eu sabia muitas coisas sobre Che, mas nada a respeito da Bíblia. Nenhuma referência a ela. Isso não me angustiava e até era propício para o trabalho. Como, além de encontrar a Bíblia, eu também deveria delinear um texto sobre o Cristo guerrilheiro, aproveitava para fazer uma pesquisa aberta.

Nos momentos de cansaço, ia até a sala de jornais e lia algumas notícias, para não correr o risco de trabalhar mecanicamente. Os jornais eram um intervalo em que eu dava uma volta. Algo como deixar o quarto de estudo e ir ao jardim regar plantas ou arrancar mato. Quando morei com minha mãe, fazia isso. Podia ser também uma caminhada pela cidade.

Folheando o primeiro caderno em uma quinta-feira à tarde, uma manchete me surpreendeu. CARRO DE LOBISTA POLÍTICO QUEIMADO EM CAMPO MAGRO. Essa era uma região de chácaras, propícia para crimes. No porta-malas, os restos de um homem. Provavelmente Jacinto Paes, o dono do veículo, que está desaparecido.

Soube então que Jacinto estava envolvido em vários processos de corrupção que começavam a ser investigados. A matéria dizia que a circunstância da morte indicava queima de arquivo. O jornal mostrava como ele enriquecera na última década e apresentava um histórico de sua fortuna, boa parte no nome de sua ex-mulher. Não haviam identificado o corpo ainda, uma massa negra encolhida, que poderia ser de quem me contratara.

Não pude deixar de pensar em algo maldoso. Quando colocaram fogo no carro, do corpo de Jacinto saiu uma chama alta e intensa. Teve uma morte luminosa, pensei. Esses trocadilhos aliviavam a tensão e também o medo. Quem mandou matá-lo poderia imaginar alguma relação do lobista comigo, e eu estaria em perigo.

Tentei afastar esses pensamentos.

Era uma ironia que Jacinto, que gostava tanto de churrasco, acabasse assado. A polícia técnica solicitara ao IML a conferência da arcada dentária do cadáver para comprovar a identidade. A matéria falava dos dois filhos que ele deixava, da primeira mulher, uma advogada — todos morando em Miami —, e da última esposa, uma jovem de vinte e seis anos. Aparecia com destaque a foto dela. Sedutora, uma cicatriz no rosto. Antes de ler o texto, pensei que fosse a filha. Na hora, apelidei a moça de Navalha na Cara. Alguma menina da periferia que ele levara ao paraíso consumista.

Continuei lendo o resto da longa matéria, que falava do esquema de desvio de muitos milhões de algumas empresas estatais, as conexões do morto com políticos de praticamente todos os partidos. Entre eles estaria quem deseja a Bíblia do Che Guevara. Mas não consegui chegar a uma hipótese, totalmente fascinado pela jovem esposa de Jacinto, Francelina Paes. Seria possível se apaixonar por uma foto? Estava tão carente a ponto de desejar a jovem viúva? Ou seria apenas um sentimento de vingança?

Saí da biblioteca sonhando com Francelina. Na rua, olhava o rosto das mulheres jovens tentando identificar o sinal da navalha. Estranhamente, em todas havia uma cicatriz imaginária.

No meu buraco, depois de forçar as panturrilhas nos degraus, analisei com calma a situação. Não precisaria mais terminar o trabalho. Voltava a ser um homem sem ocupação, entregue a uma existência supérflua. Poderia me isolar de novo em minha cabana, esquecido pelo mundo. O único inconveniente é que ficaria sem o resto do pagamento. Como havia recebido por um mês de trabalho, continuaria, até concluir o prazo, as leituras agora desnecessárias.

Para não precisar sair, me familiarizando de novo com o exílio, me dediquei aos Evangelhos. Lia o mesmo versículo em vários exemplares da Bíblia, encontrando apenas pequenas mudanças ortográficas. Esses volumes antigos funcionavam como um museu da língua.

Mesmo com essa tarefa, minha rotina voltava a circular em torno de mim mesmo. Não lia a Bíblia para descobrir o que Guevara teria identificado como atitude guerrilheira. Eu era Cristo naquelas divagações místicas. Isso produzia um sentimento desconfortável. Colocar-se no lugar do maior ícone da civilização. Talvez Che tenha se sentido assim, evangelista de uma nova seita.

Quando, uma semana depois, alguém bateu na porta, tive medo. Desde a morte de Jacinto, eu deixava a Glock ao meu lado, dia e noite, na mesa de trabalho ou sob o travesseiro. Era uma nove milímetros, restrita ao uso da Polícia Federal, a pistola mais cobiçada pelos amantes de armas, que comprei no mercado negro. Não a usava havia anos, mas confiava em minha boa pontaria. Coloquei-a na cinta, na parte de trás da calça, e abri a porta, lembrando-me do provérbio latino *Si vis pacem, para bellum.* Se quer paz, prepara-te para a guerra.

Um entregador me olhou assustado; deve ter percebido meu propósito homicida.

— O sanduíche que o senhor pediu — ele falou rapidamente, me entregando o pacote, que segurei com a mão esquerda. A outra permanecia para trás, tocando de leve o cabo de polímero da pistola.

Não pude ver se era o mesmo entregador do sanduíche de pernil; ele se afastou imediatamente, seguindo pelas escadas até um andar abaixo, onde poderia pegar em segurança o elevador. Ao contrário dos políticos, não disfarço os estados de alma. Meu rosto e minha postura me denunciam no primeiro instante. Tranquei a porta, girando barulhentamente a chave, com duas voltas. Coisa rara, pois sempre me contento com apenas uma.

Fui ao banheiro e olhei minha feição no espelho. Não era o rosto de um homem corajoso, e sim de um desesperado.

Com o pacote na mão, sentei-me à mesa e retirei com cuidado o sanduíche, um X-tudo, que deixava uma poça de gordura na caixinha de isopor que o embalava. Embaixo, o inesperado saquinho. Rasguei o plástico com os dedos engraxados e contei o dinheiro. A mesma quantia de antes. A morte de Jacinto não havia feito meu salário diminuir nem aumentar. Deixei as cédulas na mesa, depois distribuiria pequenas quantias em vários lugares, para ir usando conforme fosse preciso. Corruptos em geral não pagam suas pequenas despesas com cartão ou cheque, apenas com dinheiro vivo, que trazem sempre à mão. Eu me ligara a um grupo que atuava junto a empresas e órgãos do governo; devia agir igual a eles, não permitindo que rastreassem meus gastos.

Abri a caixa do sanduíche, desmontando-o cuidadosamente. Não comeria aquilo. Podia estar envenenado. O dinheiro seria só uma armadilha, para me tranquilizar. Eu acreditaria estar recebendo um aviso de proteção, sim, continuaria recebendo a minha parte, nada mudara, e comeria alegremente aquele alimento calórico. Morto algumas horas depois, apodreceria nesta sala remota.

O ovo estava bonito. O bacon, crocante, o presunto, envolto

pelo queijo derretido, e a gordura deixava a alface e o tomate brilhantes. Tudo era um convite à gula. Aqueles ingredientes desejavam ser devorados. Sentiam-se sensuais ao estimular a abertura de nossas papilas, produzindo a saliva para a boca melhor triturá-los, sob o ritmo binário das arcadas dentárias. Diante dessa expressão, interrompi o pequeno devaneio, lembrando-me de Jacinto. Tinha sido confirmada a sua identidade pela comparação dos dentes. Quando mexi no imenso hambúrguer, coração do sanduíche, vi que estava muito passado. Não pude, então, deixar de pensar no corpo de Jacinto. Era um pedaço dele que me serviam, envolto em alimentos tentadores?

Fechei as partes, devolvendo-as ao pacote, fui até o armário, peguei uma sacola preta de lixo e acondicionei nela o cadáver. Quando a polícia resgatava um defunto, o cobria com plásticos pretos. Se já estivesse em estado de decomposição, era enfiado dentro deles.

Com a Glock na cinta, sob a camiseta, fui até onde, no meu andar, se descartam resíduos e desovei o cadáver. No outro dia, os jornais publicariam a notícia do corpo encontrado em uma área tradicional de negócios?

Voltando rapidamente, notei que a secretária da sala ao lado, que fica com a porta aberta, me olhou sem esconder a curiosidade. Eu devia ter a feição culpada de um assassino. Pisquei para ela.

De novo protegido no meu esconderijo, deitado sobre a colcha, sem vontade de dormir, tentei entender o que estava acontecendo.

Talvez eu fosse pago pelo empresário que queria a Bíblia. Não desejava que eu interrompesse a busca. Continuaria enviando dinheiro e em breve alguém faria contato. O certo seria recusar o trabalho e devolver a última parcela. Mas devolver a quem?

Também poderia ser o caso de Jacinto ter deixado com alguém do seu setor financeiro o pagamento seguinte e a pessoa ter preferido fazer a entrega para evitar qualquer manifestação minha. Não sabia quem eu era, a serviço de quem eu estava. Só sobrevivem neste mundo aqueles que cumprem o combinado.

A outra hipótese para a manutenção do pagamento é que alguém ligado ao morto daria continuidade aos compromissos dele. Com certeza, ele tinha um escritório ou alguma empresa de fachada.

Depois de um tempo deitado, cogitando o que fazer, senti fome. Não havia descido para almoçar, perturbado pelo recebimento do dinheiro. Fosse de quem fosse a remessa, ela me mantinha no caso.

Coloquei uma jaqueta jeans, mesmo estando calor, acomodei a nove milímetros em uma posição que a ocultasse, e saí. Não teria nenhum quilo aberto no meio da tarde. Fui até uma lanchonete e pedi um X-tudo, que eu mordia sem olhar para o hambúrguer ao ponto.

9.

Tentando não pensar nos motivos que teriam para me matar, fui para meu banho de quarta-feira — o pagamento tinha sido feito um dia antes. No compartimento lateral da mochila de náilon em que levo meus apetrechos de banho, coloquei a pistola e munição extra, preparado para algum confronto. Faz tempo que não atiro, então não sei o valor dessa precaução. Em todo caso, é melhor ter a segurança psicológica de que estou armado.

Às cinco da tarde, deixei meu prédio, agora olhando com atenção todos que se aproximavam. Para frequentar saunas, alguns cuidados são necessários. O primeiro deles é só ir a bons endereços, em horários em que geralmente há hóspedes. Resolvi ir a um hotel em frente à Biblioteca Pública. Já havia separado o dinheiro para a gorjeta da portaria, o que facilitava tudo. Ao passar pela porta automática, localizava meu contato, tirava a mão do bolso, com a nota enrolada entre os dedos, e o cumprimentava, deixando com ele minha contribuição.

Nossos hotéis são um resumo do mundo político. Pagamos pequenos favores por fora e os funcionários conseguem tudo de que precisamos, de acompanhantes a drogas. Mas não deixe de molhar a mão das pessoas certas. Todos veem a gorjeta que você dá aos colegas, fingindo ignorar.

O funcionário me acompanhou até o elevador. Enquanto este não chegava, conversamos um pouco.

— Já tem gente no bar da piscina, mas se precisar de algo é só interfonar.

— Poderia me mandar uma menina? — brinquei.

— Lá, não. Mas se reservar um quarto, consigo o melhor material do mercado — ele falou isso com uma expressão safada, como se essa mediação lhe desse grande prazer.

Em uma de minhas vindas a esse hotel, sendo o único cliente no meio da tarde, outro funcionário do meu esquema pediu para um garoto gay subir e me ajudar no banho. Não tive como fugir das brincadeiras. O gozador deve ter ficado na entrada, não permitindo que ninguém se aproximasse, enquanto o rapaz fingia interesse por mim.

— O doutor gostou dos nossos serviços? — o funcionário me perguntou na saída.

Detesto ser chamado de doutor. Há mais ironia nesse tratamento do que subserviência de classe. E as duas coisas me ofendem.

Dobrei a gorjeta dele, depois de ter deixado algumas notas para o garoto.

— A água estava um pouco fria — reclamei.

— Minha prima tem um apartamento aqui no Centro. A água lá é sempre quente — e me passou um cartão.

Era preciso entrar no jogo.

— Você que a tirou do bom caminho? — eu o acusei, também com malícia.

— O senhor sabe...

Desta vez, entrei no elevador disposto a passar uma hora

relaxada, cuidando de minha higiene. Nesse hotel, a sauna é seca e não aguento muito tempo. No bar da piscina, pedi uma cerveja. Tomei uma garrafinha no bico e fui para a ducha depois de vestir a sunga. A sauna estava muito quente e fiquei apenas dez minutos, pulando logo em seguida na água fria da piscina. Dei algumas braçadas só para chegar ao outro lado, depois me encostei à borda e descansei um pouco. Faria mais duas sessões de sauna e repetiria o mergulho. O calor abre os poros da pele e logo sentimos o corpo engordurado. Quem se acostuma a esse tipo de limpeza não consegue tomar um simples banho. No momento da sauna, não penso em nada, sou apenas um corpo que teve a sua temperatura aquecida, um corpo que sua, concentrado em sobreviver ao calor. A carcaça que cai na piscina leva um choque, sofrendo em poucos segundos uma queda violenta de temperatura. Assim, os poros se abrem e se fecham, expelindo as impurezas.

Outro cliente faz sauna desta vez, mas não conversamos. Nada nos une. Ele está de passagem. Teve um dia de compromissos. Eu passo a vida preso ao pequeno tabuleiro, embora seja mais forasteiro do que qualquer hóspede ali.

No final, raspo a barba e o cabelo e tomo uma ducha demorada. Durante todo esse tempo, na porta da sauna, minha mochila me espera com suas entranhas abertas. Levo-a ao banheiro e saio de lá com ela no ombro.

Coloco-a sobre o balcão do bar e peço mais uma cerveja, para o corpo aos poucos voltar à temperatura normal. O garçom faz pequenos serviços, o outro hóspede se aproxima. Não há o que temer, ninguém faria nada comigo nesse hotel, mas puxo a mochila para mais perto.

Quando desço à portaria, meu contato me entrega a nota de despesas. Pago e ganho a rua, sentindo o vento acariciar minha pele renovada. A tarde quente me deixa lento. Ainda estou meio amortecido pela sauna. Caminho em transe, olhando a face das pessoas. Todas querem sexo, sexo com parceiros belos, viagens magníficas e objetos modernos, muitos objetos. Não faço parte disso. E essa constatação me dá alguma alegria.

Heitor me recebe festivo.

— Dez anos mais jovem— ele diz.

O banho, a barba feita, a careca reluzente. E ele imagina que vim de uma tarde de orgia. Talvez orgia gay, porque nunca apareço com mulheres.

Não dou explicações. Sorrio e tomo a direção da escada para me cansar bastante e depois ficar o máximo de tempo nos meus vastos 54,4 metros quadrados.

Na porta de minha sala, vejo uma moça sentada no chão, as costas contra a parede. Tem coxas grossas, ressaltadas pelo jeans justo, usa tênis vermelhos. Seus cabelos claros, longos, cobrem o rosto. Pelo decote da blusa, posso ver parte de seus seios médios forçando a malha. Usa o celular. Não vê que me aproximo. Não passa dos vinte anos. Talvez espere um namorado que foi a um dos escritórios. Ou a mãe era antiga paciente do dr. Ubirajara.

Concentro-me para enfiar a chave na porta.

— Você é o Carlos Eduardo Pessoa?

Olho sua face enquanto ela se levanta, identificando a cicatriz. Lembro-me do pequeno delírio, todas as mulheres se parecendo com Francelina. A lembrança faz com que eu demore a responder. Termino de abrir a porta. Um bafo de roupa suja vem de dentro dos cômodos sempre fechados. A moça já está em pé e faz um movimento, parece querer entrar. Eu me viro e interrompo a passagem, a mão na arma dentro da mochila.

— Às vezes — respondo.

— E agora? — ela tem vivacidade.

— Ainda não sei dizer. Depende de quem quer saber.

— Sou a ex-mulher de Jacinto Paes.

Faço uma cara de desconfiança.

— Estão acusando você de ter mandado matar seu marido?

— De onde tirou essa ideia? — ela se indignou, me afastando com um braço frágil, cheio de penugens descoloridas, e no entanto firme, para entrar em minha sala, perfumando tudo.

— Não, você não é dentista. Fiquei pensando por que Jacinto contrataria um dentista.

— Sou algo bem pior.

— Feche a porta.

— Pois não, minha senhora.

Ela não deu importância à ironia, sentando-se na cama. O móvel na entrada seria um convite para intimidades imediatas? Como não tenho sofá, todos se acomodam no meu colchão sem o menor constrangimento. Fechei a porta e puxei a única cadeira, que fica sob a mesa minúscula. Ela então falou.

— Sou eu que quero encontrar a Bíblia do Che. Por isso sei quem você é. Jaci me deu seu endereço e me falou muito de você, um dia antes de ser morto. Acho que previa alguma coisa.

Jaci. Os nomes que as pessoas se dão na vida íntima seguem sempre um padrão cafona. Por outro lado, ela se referia a ele como se ainda estivesse vivo. Nada denunciava a viúva. Ela não parava de falar.

— Preciso saber se tem alguma novidade. Estou ansiosa para ler as anotações do Che. A Bíblia ia ser meu presente de aniversário. Guevara foi o mais completo ser humano do século.

— Sartre.

— Não, Ernesto.

— Foi Sartre quem disse isso.

— Não importa quem disse e sim que a biografia do Che mostra que ele foi o mais completo.

Nos anúncios de garotas de programa há uma expressão recorrente: fulana é completinha. Isso significa que faz também sexo oral e anal. Pensei na mudança sofrida por essa palavra. O ser humano mais completo de hoje são putas devassas.

— Por que está rindo? Não acredita.

— Acredito — eu disse em uma voz resignada.

Eu me vanglorio de ser alguém incompleto. Sem família, sem namorada, casa, emprego. Sem nem mesmo uma causa ou crença. Meu único vínculo com o mundo são os livros, aos quais também não me apego.

— E essas Bíblias todas aí? — ela apontou para a mesa.

— Pesquisa.

— Não estava pensando em falsificar uma?

— Jacinto deve ter falado de mim.

— Ninguém é totalmente confiável. Posso ver? — levantou-se antes que eu autorizasse e pegou um dos exemplares, folheando-o instintivamente.

Ganhara a estampa de uma religiosa muito devota. Não lia a mensagem mística, apenas imaginava que Che havia estado com um volume daqueles.

— Você promete encontrar a Bíblia? — pela primeira vez ela estava sendo doce.

Olhou em minha direção, fixando um ponto na parede, e pude ver seus olhos úmidos.

— Estou fazendo de tudo — menti.

— Faça muito mais.

Ela voltou a se sentar na cama, encostando-se na parede suja, cheia de manchas, e fechou os olhos, sonhadoramente.

Che continuava um grande conquistador.

10.

— Já que você está arrumado — e ela me olhou dos pés à cabeça —, vamos jantar em algum canto aqui do Centro.

Francelina não estava convidando; convocava. E mesmo tendo renunciado ao convívio com mulheres, eu permanecia totalmente submisso aos seus encantos. Peguei a mochila antes de sair. Ela estranhou.

— Você anda sempre com isso?

Era uma malinha de má qualidade, suja e desbotada. O náilon desfiava em várias partes.

— Eu me sinto mais seguro.

— Carregue a arma na cinta — ela ordenou, intuindo para que servia a mochila.

Uma mulher assim, inteligente, decidida e liberal, completinha portanto, faz nascer grandes paixões. Jacinto deve ter estragado a vida depois que a conheceu.

Tirei a nove milímetros do seu esconderijo e a enfiei por dentro da calça.

— Se disparar, ficará impotente — ela disse, se divertindo.

Pensei em fazer uma piada machista, mas preferi a autodepreciação.

— Minha pontaria não é tão boa.

— Com esse volume aí, qualquer um acerta de longe.

Eu estava tendo uma ereção.

Saímos em silêncio, e assim permanecemos no percurso do elevador. Ao me ver ao lado de uma mulher tão jovem, Heitor fez uma cara de espanto e de malícia. Quando passamos por ele, depois de cumprimentá-lo, deve ter ficado olhando a bunda de Francelina. Eu, no lugar dele, faria isso.

— Pra onde você vai me levar?

Eu só conhecia lugares comuns, e ela destoaria muito de qualquer restaurante a que eu tivesse ido. Andamos até o de um hotel ao lado da rua 24 Horas.

Havia pouca gente e poderíamos conversar. Ela quis um vinho. Enquanto o tomávamos, veio a pergunta que eu também me fazia.

— A passagem do Che por Curitiba não teria sido apenas uma lenda urbana?

— Para o Dops, ele esteve aqui — foi minha resposta astuta.

— Quero saber de sua intuição. O que o seu coração diz?

— Meu coração só se comunica por código Morse — brinquei.

Ela estendeu a mão e tocou meu peito, apertando-o com a palma macia. Se algum repórter nos visse, divulgaria a foto da viúva recente que se encontra com o investigador contratado pelo marido morto. Um material e tanto para as colunas de fofoca.

— Está acelerado. Isso quer dizer o quê?

— Que há muito tempo estou sozinho e que não sei me controlar diante de uma mulher.

— Faltou dizer que essa mulher poderia ser sua filha.

Ela afastou a mão e continuou conversando normalmente

sobre sua obsessão. Amava Che. Desde jovenzinha, via o retrato dele nas camisetas e ficava imaginando como ele seria pessoalmente. Durante muito tempo, só namorou rapazes barbudos, morenos, com corpo atlético. Mas eram muito fúteis, queria alguém que se preocupasse com a humanidade.

— Jacinto não usava barba.

— Sabe como ele me conquistou?

Como poderia saber, não tínhamos intimidade.

— Eu trabalhava como secretária para um deputado na Assembleia Legislativa. Aquela mania de ter mulheres jovens e bonitas (desculpe a falta de modéstia) no gabinete. Não havia muita coisa a fazer, só passar para os visitantes a ideia de que o deputado, apesar da cabeleira branca e do barrigão empurrando os botões da camisa, ainda tinha bom gosto.

— Tinha mesmo — falei, olhando para ela.

— Um dia, Jacinto apareceu para uma reunião. Eu saberia depois que era disso que vivia, propondo acertos políticos. O deputado não havia chegado e ficamos conversando. Ele era muito perspicaz e foi perguntando o que eu estudava. Sociologia, falei. E os livros que eu estava lendo. Citei alguns títulos, entre eles os diários do Che na Bolívia. O deputado chegou e interrompeu nossa conversa.

— Ainda era casado?

— Era. Os filhos na faculdade, aquela coisa toda.

— Você poderia ser filha dele.

— Claro, eu passo por filha da maioria dos homens ao meu redor.

— Continue, filha.

— Ele voltou outras vezes, vivia pelos gabinetes, e sempre dava uma paradinha, com algum mimo. Primeiro me deu um pingente com o rosto do Che. Em seguida, esta corrente de ouro — e ela tirou de dentro dos seios o pingente.

— Che está mesmo em todos os lugares.

— Gostava mais desses presentinhos do que dos grandes, que começaram a chegar.

— E quando ele passou uma mansão para o seu nome, vocês resolveram se casar.

— Foi um apartamento — ela me corrigiu. — E já estávamos juntos. Ele me seduziu antes, em uma viagem. Até então nunca tínhamos nem nos beijado.

— Uma viagem para a Disneylândia dos revolucionários.

— Exatamente. Havana. Na primeira noite, já compartilhamos o quarto. É uma cidade irresistivelmente romântica. Era como se voltássemos ao tempo de meus avós.

A comida chegou e paramos as confissões para comentar a maciez da carne, o delicado travo agridoce do molho, a qualidade do vinho daquela safra. Uma safra antiga.

Fiz então a pergunta que eu deveria ter feito antes, mas que o encanto da viúva não tinha deixado.

— Quem você imagina que tenha matado Jacinto?

— A profissão dele.

— Francelina, seja mais direta.

— Me chamam de Celina. E estou sendo direta. Um homem que faz negociatas entre diretores de empresas e políticos ganha muito dinheiro e se torna perigoso. Uma hora, algum dos beneficiados, um daqueles que têm muito a perder, resolve tirar o operador de circulação. Jaci sabia que estava à beira da morte. Tinha uma vasta carteira de corruptos, gente de todas as legendas. Por isso comia e bebia tanto, embora ultimamente tivesse feito uns exames para uma cirurgia de redução de estômago.

— Comia por nervosismo?

— Não só, também para aproveitar a vida curtíssima que imaginava que teria.

— E aproveitou bem — falei, olhando de forma direta para Celina.

— Era generoso. Me tornou acionista de algumas empresas. Comprou o apartamento no Batel e outro em Camboriú. E mais umas participações em fundos.

— Ou seja, você não teria motivos para matá-lo?

— O que há com você? Uma mulher abre a alma e não consegue acreditar nela? — sua bronca foi ouvida pelos outros clientes do restaurante e pelos garçons.

Para mim, naquele momento, Celina se envolvera de alguma forma no assassinato. Talvez estivesse ali para me conquistar, evitando que eu investigasse a morte do marido. Toda essa história de amor ideológico (uma versão esquerdista para o amor platônico) por Che seria encenação. Comprara o pingente hoje para o seu teatrinho.

— Vício do ofício — falei.

— Um ofício que não é tão bem exercido, pois não conseguiu pistas da Bíblia. Gostaria que se concentrasse mais nisso. Vou dar um valor adicional — e pegou a bolsa.

O garçom viu o movimento e se aproximou, pensando que íamos pedir a sobremesa.

— Não, só a conta — ela falou.

A maneira de os ricos terem razão é sacando o talão de cheque. Ou não sacando.

— De quanto você precisa?

— Já recebi o suficiente.

— Não de mim.

— De você principalmente — e fitei os olhos dela.

Que se fizeram úmidos a ponto de um transbordamento.

— Eu gostava muito de Jacinto — ela falou com a voz inaudível.

— Sei disso.

— Estávamos separados porque, nesse desejo de aproveitar a vida, frequentava todas as boates.

Ela então segurou minha mão. Seus dedos estavam suados. Passara por uma tensão, o que não significava que estivesse falando a verdade. A verdade, essa palavrinha cheia de fundos falsos.

Celina pagou a conta com o cartão de crédito e fez um cheque para mim, entregando-o delicadamente.

— Para suas despesas.

— Elas são pequenas — argumentei, pegando o cheque.

— Quero muito essa Bíblia.

— *Querer muito*, sei o que é isso.

Ela fingiu não entender.

— Vamos? — ela pediu.

Guardei o cheque sem olhar o valor, como quem recebe uma propaganda na rua e, para não jogar fora, a enfia no bolso.

Voltamos à praça Osório mais lentamente ainda, atentos aos bichos da noite que se escondem nas sombras. Eu confiava na Glock. E essa nossa segurança talvez tenha intimidado os marginais.

Segui com ela até o estacionamento, esperei sua Land Rover Discovery Sport HSE Luxury vermelha sair, descer no asfalto e furar um sinaleiro, pegando a avenida iluminada.

Buscaria minha sala, que me pareceria muito mais solitária. Prostitutas e travestis me abordavam. Mas o que me incomodava entre as pernas não era para eles.

11.

Eu havia lido livros demais para acreditar na inocência de Celina. O cheque seria a velha forma de comprar minha boa vontade.

— Tome a sua parte do butim.

Não olhei qual era minha parte. Guardei o cheque na gaveta de trabalho, no meio de outros papéis sem valor. O pagamento não se efetivaria, embora eu ganhasse mais uma obrigação incluída no preço do primeiro trabalho: descobrir quem matou Jacinto.

Era difícil nutrir sentimentos de comiseração por um corrupto incorrigível. Quanto mais baixas nesse grupo houvesse, mais o país cresceria. São carrapatos grudados no lombo macio da democracia. Não tinha nenhum apreço por ele, apenas gostava de não ser enganado. Nunca aceitei as versões vendidas pelos poderosos. Assim, era quase um ato de resistência eu tentar descobrir o que de fato acontecera com o lobista. Além, é claro, da intenção velada de comer Celina.

Havia apenas uma pista, recolhida de uma frase da viúva.

Ela comentou que qualquer um poderia ter interesse na morte dele, principalmente quem mais tivesse a perder.

Entrei em vários sites com matérias sobre as sangrias de dinheiro público em que Jacinto tivesse o nome citado. Os desvios mais escandalosos envolviam empreiteiras com um doleiro de Londrina que se tornara figura de projeção nacional.

O suposto líder desse grande esquema seria o empresário Tomás Dávila e Ribas Santos de Sá — nome de ladrão de cavalo, como se diz no sertão. Na política e no meio social, passou a ser conhecido apenas como Santos de Sá. Suas empresas executavam obras públicas no Brasil todo e seu avião e seu helicóptero pessoais já estiveram a serviço de praticamente todo político importante da República. Definido por um blogueiro como um político fisiológico.

— Santos de Sá acha o governo passado bom, o atual ótimo e o próximo, seja qual for, melhor ainda.

As matérias jornalísticas são de uma rapidez terrível. Não se busca nada, repete-se a mesma coisa, nem dá para saber quem originalmente disse o quê. O jornalismo dera lugar ao murmúrio, a uma grande boataria repetida como novidade.

A melhor maneira de conhecer um pouco uma figura é conversando com alguém íntimo que foi traído. Em uma das matérias, falava-se da segunda separação do empresário, uma bela mulher de trinta anos. Não poderia haver fonte melhor, porque a atual é uma modelo de vinte e dois, e muito mais bonita.

Érica processava o ex-marido, exigindo uma pensão maior, o que não a levava a abandonar o sobrenome poderoso. Em segundos, vasculhando a internet, descobri o que fazia. Administrava uma loja de decoração no Batel. Estava lá o endereço.

Não a procuraria pela manhã, quando ela provavelmente estaria em alguma academia de ginástica ou em uma clínica de tratamento de beleza. O meio da tarde era mais adequado, antes de sair para um chá ou um uísque com as amigas.

Fui a pé até lá. Eu me sentia estranho nesse papel de andarilho. Usaria táxi daqui para a frente, inclusive para não chegar suado. Para visitar Érica havia comprado um blazer jovial, camisa e calças novas, um sapato de qualidade, tudo meio colorido. Isso não me fez destoar da loja. Tanto que me receberam como cliente.

— No que podemos ajudar o senhor? — perguntou uma moça muito maquiada e bem vestida.

— Gostaria de conversar com Érica Santos de Sá.

Ela se tornou subitamente formal. Não era mais a vendedora, mas o animal que protege a patroa.

— E anuncio quem?

— Professor Pessoa.

Ela foi para uma porta nos fundos da loja, onde devia ser o escritório, entrou e logo voltou.

— Ela não poderá atender, infelizmente. Tem compromissos agendados.

— Poderia entregar um bilhete a ela?

— Claro — ela disse, contrariada, e fomos até a mesa em que recebe os clientes. Passou-me um papel timbrado e uma caneta.

Escrevi rapidamente algumas palavras, dobrei a folha em quatro e entreguei à vendedora.

— Assim que puder, entrego.

— Não tenho pressa, aguardarei aqui, se não se incomoda — falei isso olhando a loja, em busca de uma poltrona.

A moça seguiu novamente para a sala num passo endurecido. Entrou. Percebi uma movimentação irritada. Retornou em instantes.

— Ela vai receber o senhor.

61

Fui até lá, entrei no escritório, amplo e totalmente clean, e ouvi a porta se fechar depois de minha passagem. Érica parecia um anjo, em uma blusa branca, transparente e esvoaçante. Uma profissional da própria imagem. Trabalhava duro para manter sob controle a aparência de mulher conquistadora. Em pé, diante de uma mesa de tampo de vidro, seu corpo se revelou, as pernas firmes de quem malha muito, visíveis sob a saia curta.

— Sente-se... — e olhou o papel —, Professor Pessoa.

Sentamos ao mesmo tempo e vi o fundilho de sua calcinha, que ficou à mostra. Era para isso o tampo de vidro. Eu enfrentaria uma exibicionista. Os pelos do entorno dos lábios de sua vagina davam um alto-relevo macio ao tecido.

— Então o senhor trabalha para um cliente que está em disputa com meu ex-marido.

Esse o meu pretexto.

— E está disposto a unir pessoas que tiveram algum tipo de desinteligência com ele — completei.

— Vai ser difícil. São muitos — ela revidou.

— Os principais, apenas.

— E o que faz o senhor crer que eu tenha algum interesse em me unir ao seu cliente, que ainda nem sei quem é — ao terminar a frase, ela abriu um pouco mais as pernas.

— Jacinto Paes.

Érica levou um susto.

— Jacinto está morto — neste momento, fechou as pernas, talvez indicando que não teria mais nada para falar comigo.

— Fui contratado pela viúva.

— Qual delas?

— Eis a questão, há sempre mais de uma viúva quando homens assim morrem.

Érica se irritou mais ainda com a indireta, endurecendo o

corpo, que inicialmente era de uma gata lânguida espreguiçando-se em tapete felpudo.

— Fui eu quem quis a separação e só depois ele conheceu a menina com quem vive.

As pessoas tinham que tentar justificar tudo. Havia caído no jogo.

— Minha cliente acha que Santos de Sá teria motivos para se alegrar com o desaparecimento do marido dela.

— Não só ele.

— Logo depois da eleição para presidente da República, e com tantas denúncias de corrupção, Jacinto poderia querer atrapalhar os negócios com as estatais. Ou ganhar mais do que o combinado para não atrapalhar.

— Não entendo de política — ela se preparava para a retirada.

— Não precisamos falar de política.

— Sobre o que falaremos?

— Traição.

— Isso é a essência da política — ela riu, contente com a sua tirada.

— Seu ex-marido trai seus aliados?

— É o jogo. Primeiro fazer acordos impossíveis, depois trair como se fosse a coisa mais natural.

— Jacinto queria muito dinheiro para não denunciar os companheiros?

— Ele sempre foi movido só por dinheiro. Estava jogando tanto com a esquerda quanto com a direita. Qualquer um pode ter encomendado a morte dele. Meu marido… — eu olhei firme para ela. — Meu ex-marido guarda ideais. Participou do Movimento Revolucionário 8 de Outubro. Nunca perdeu de todo o desejo de uma política mais igualitária. Apenas aprendeu a atuar no campo inimigo. A verdadeira guerrilha é hoje de natureza financeira. As armas não são pistolas, metralhadoras, granadas. São os financiamentos de campanha. Quem deve ou não ser eleito.

Para quem não entendia de política, ela tinha se saído muito bem. Depois defendeu Santos de Sá, falando de sua generosidade. Os trabalhos sociais que ele desenvolvia. Quanto gastava nisso. A fidelidade de seus auxiliares; todos o amam. E a ação solicitando o aumento da aposentadoria era uma questão técnica, entre os advogados dos dois. O ex-marido gostava da coisa justa, mas tinha que ser convencido. E era esse o papel do advogado dela, demonstrar que o empresário estava dando menos do que Érica merecia.

As negociações de fato deviam estar bem adiantadas e minha visita, se relatada ao interessado, aceleraria tudo. Ela só revelaria as sujeiras do marido ou algo que o incriminasse se tivesse ficado sem nada ou sem a possibilidade de conseguir alguma coisa. Dependia dele, estava amparada por sua guerrilha financeira; prejudicá-lo seria prejudicar a si própria.

Tinha aberto as pernas de novo, dona absoluta da situação.

— Agradeço a sua disponibilidade — eu disse e me levantei.

Ela fez o mesmo e me acompanhou até o centro da loja. Todos os funcionários, até o vigilante, estavam reunidos, prontos para algo. Como Érica apareceu alegre, eles se dispersaram. Olhei para uma poltrona de couro, própria para leitura.

— Bela poltrona — falei apenas para ter um assunto condizente com o lugar.

— Se indicar seu endereço, teremos prazer em enviá-la como cortesia.

— É bonita demais — eu disse, olhando maliciosamente para a dona. — E não combina com a minha mobília.

— Uma peça de designer cai bem em qualquer ambiente.

— Agradeço.

Ela curvou um pouco a cabeça, contraindo a face, o que indicava uma ameaça de sorriso.

Saí depois de o vigilante abrir a porta, sentindo que todos, através das imensas vidraças da loja, me observavam.

Érica, com certeza, fazia isso mexendo no celular, para ligar ao ex-marido.

12.

Estava lá a ficha dele nas pastas do Dops sobre o MR8.

Eu saíra direto da loja para o Arquivo Público, de táxi. Uma estranha urgência me movia agora. Resolver quanto antes o caso para me livrar dessas mulheres charmosas. Eu tinha vivido muito bem sem elas nesse tempo todo, agora começavam a aparecer do nada, como se brotassem dos bueiros, e davam a impressão de querer me seduzir. Na verdade, era eu quem as cobiçava, totalmente vulnerável a seus encantos. Não resisti à frase: vulnerável às suas vulvas. E ampliei a aliteração: vulnerável à vulva da viúva. Tanto tempo mexendo com palavras me criara esse gosto por jogos de linguagem.

Tomás Dávila e Ribas Santos de Sá vinha de uma família tradicional do Paraná. Parentes em vários andares do Tribunal de Justiça. Antepassados dando nomes de rua da cidade. O pai prestara serviços relevantes aos militares e se fizera empreiteiro, casando com a herdeira de uma grande construtora. Os policiais do Dops capricharam na árvore genealógica do revolucionário. Era a fruta podre no meio da caixa de maçãs de qualidade.

Na foto em preto e branco do documento, ele aparece com os cabelos longos, rosto fino de quem descende de um tronco europeu. O meu primeiro sentimento foi de raiva. Devia ter sempre mulheres deslumbrantes à disposição. Um galã no meio dos barbudos broncos. Deixei de ler as anotações sobre ele e olhei todas as fichas femininas. O Don Juan da revolução deve ter levado muitas delas para a cama.

Ao voltar aos comentários da polícia sobre ele, encontro seu nome de guerra — Belo Burguês. Ri sozinho. O conquistador não era levado a sério, os companheiros zombavam justamente de sua beleza e origem.

Afastara-se da família, abandonando o curso de engenharia — e a vaga natural na direção da construtora — para viver de uma banca de jornal na galeria Lustosa, onde fora preso com material subversivo e uma arma, uma Beretta calibre 22.

A banca do Belo Burguês era uma atividade de fachada. Servia para articular encontros, distribuir folhetos mimeografados, fornecer literatura comunista ao grupo. Um ponto disseminador. Não se opôs à prisão e levou os policiais ao apartamento em que vivia, onde duas mulheres foram presas, com mimeógrafos, armas e uma biblioteca revolucionária. Haviam sido encontrados doze colchões empilhados num quarto; serviriam para acomodar visitantes em busca de treinamentos de guerrilha. Era um aparelho para a preparação de quadros. Mais abaixo, no formulário sobre as mulheres, a condenação delas — dez anos de cadeia. O Belo Burguês pegou apenas quatro, que não deve ter cumprido na íntegra graças à força de seu sobrenome.

Na ficha de outro integrante do ativo operário, tal como eles chamavam o aparelho, uma informação que me comoveu. Ao receber voz de prisão, o jovem de nome Lúcio colocou o revólver na boca e disparou um tiro. Pedaços de seu cérebro ficaram grudados no teto do apartamento. Devem ter também atingido os policiais. Fico imaginando que um fragmento tenha entrado na boca de um deles, que o cuspiu no ato, mas sem deixar de sentir o amargor por longo tempo.

O suicida fazia parte do pequeno grupo de heróis que renunciam à vida para não renunciar a suas ideias. Era um pouco a história do Che. Deixara em Havana a família com filhos muito novos, abandonando cargos importantes para se perder na Bolívia. Sabia que estava prestes a morrer. A morte como exemplo de fidelidade a uma ilusão.

Nas notas sobre o Belo Burguês, encontrei o político de hoje, articulado, conquistador que tira partido de tudo, sempre cercado por mulheres. Agora, sua beleza é financeira, muito mais atraente do que a física. Enriqueceu ainda mais, usando as técnicas de guerrilha. Era um anti-Che. Talvez Celina quisesse restaurar a grandeza de Che por causa de um mundo político que o transformara em letra morta.

Como era forte a expressão *letra morta*. Significava que uma história apenas escrita não podia emocionar ninguém, as palavras haviam perdido sua capacidade de queimar. A vida pulsante do Che fora apagada por homens como Santos de Sá. Eram muitos os iguais a ele, fazendo da dedicação suicida a uma causa um amontoado de palavras e imagens. Toda vida heroica extinta precisava de alguém que a encarnasse de novo. Os sacrifícios pessoais uma vez começados não podiam mais ser interrompidos.

Memorizei mais algumas informações, verificando todas as pastas. Vi alguns nomes que eu conhecia da imprensa e cheguei à conclusão de que devia procurar o jornalista Orlando Capote, que na clandestinidade tinha o nome de Pancho Villa, por sua semelhança com o mexicano. Não havia praticamente nada no campo dedicado a Pancho. O nome completo, o apelido e que não fora preso. Só. *Encontra-se foragido* — é o que foi datilografado. Alguém depois riscou e escreveu à mão, ao lado: em Curitiba. Tornara-se um jornalista político muito conhecido, que navegava conforme o vento. Qualquer pessoa que se dedicasse àqueles anos revolucionários iria se deparar com Capote. Fazê-lo falar não seria difícil, vivia de difamar pessoas, recebendo bem da parte interessada.

Voltei de ônibus ao Centro, já pacificado. Tinha por onde começar. Olhava as pernas, os peitos e a bunda das mulheres que faziam o trajeto comigo. Na rua das Flores, decidi passar pela galeria Lustosa, onde o empreendedorismo de Santos de Sá tivera início. As galerias são os antepassados dos shoppings. Como Curitiba costuma ser fria ou chuvosa, com a eterna garoinha que nos brinda com gripes e doenças afins, essas passagens sob os prédios sempre foram úteis, com um comércio coberto que facilita a movimentação das pessoas que usam o corredor de lojas para cortar caminho.

Não havia mais banca de jornais lá, mas encontrei um café. Pedi um expresso puro. A moça que me serviu (um rosto bonito, com algumas manchas, e um corpo duro no uniforme marrom) perguntou se eu queria açúcar ou adoçante.

— Amargo.

Ela fez cara de espanto. O café ali não devia ser bom. Expliquei com uma insinuação.

— De doce chega a vida.

Ela riu, mostrando dentes muito tortos. E me vieram à mente Celina e sua cicatriz. Essa beleza bruta era fascinante. Uma beleza com defeito, em que a imperfeição está declarada de maneira agressiva.

Em alguma passagem da obra de Walter Benjamin, ele fala de certas tecelãs que haviam dominado completamente a arte de fazer tapetes. Diante desse problema, o da perfeição, própria apenas dos deuses, e temendo a punição por tal ousadia, elas começaram a produzir pontos errados, para que todos tivessem a certeza de que aquilo nascera de mãos humanas.

As jovens deslumbrantes com marcas como a de Celina se revelam humanas, e não criações estéticas. E nos informam de uma infância pobre, o que lhes dá um valor extra. Esses defeitos me aproximam delas neste momento em que chego perigosamente à velhice, quando se escancaram todas as nossas fragilidades. Elas são jovens, belas e apaixonantes, mas trazem um ponto errado. Ao lado delas eu me sinto bem.

Se a garçonete arrumasse os dentes e se vestisse melhor, acabaria muito cobiçada. Com aquelas presas tortas tinha que continuar ali, servindo café a senhores de meia e muita idade, exibindo a tristeza por precaução, para não mostrar os dentes terríveis. Com meu galanteio, ela se revelava na sua pior imagem.

Pensei em como gostaria de beijar aquela boca e que, numa era de cirurgias plásticas, de clínicas de estética, de maquiagem, de implantes de dentes, ela era um pequeno milagre.

No guardanapo de papel, escrevi um poema, tanto tempo depois do último.

não vejo nas mulheres
nuas ou semi
o que as torna
belas fêmeas

antes o que
mesmo que as enfeie
me desperta o desejo
de nelas me enfiar

É claro que havia uma perversidade nesse meu júbilo. Ela levava uma vida ruim por causa daquilo que eu enaltecia. Mesmo a achando deslumbrante, eu não a resgataria daquele destino serviçal. Faltam heróis para tantos sofrimentos humanos.

Restringi minha intervenção a uma gorjeta, que ela aceitou, submissa, sem nenhum sorriso. Saí da galeria com passos de vencedor.

Antes que meu condomínio comercial fechasse, havia ainda algum tempo para leitura na Biblioteca Pública.

Fui à estante de poesia local e encontrei, além de seu romance autobiográfico (*Amados demônios*), dois livros de poemas de Orlando Capote. Poemas políticos. Um se chamava O *marginal* e tinha sido impresso — mal impresso — nos anos 1970. O outro, *Comício*, era recente e trazia um testamento do poeta, com todos os seus textos válidos. Algumas palavras pareciam deslocadas da biografia do jornalista a serviço do poder. Povo. Revolução. Mártir. Justiça social. Na sensibilidade do poeta, aquele tempo não havia terminado. Ele era ainda o foragido, vivendo incógnito na casa de amigos, com taquicardia a cada toque de campainha. Esse eu secreto é que ditava os poemas para o eu atual, embora um fosse a negação do outro.

O poeta em nós é sempre um eu camuflado. As meditações mais íntimas e o nosso ser mais subterrâneo afloram com palavras vivas. Talvez por estar comovido pela leitura das trajetórias suicidas dos integrantes do ativo operário, os poemas de Capote me deixaram uma sensação boa. Por mais que uma vida se desviasse de suas motivações primeiras, estas continuavam ressoando, emitindo sinais que podiam nos alcançar.

Pedi uma folha emprestada ao atendente e rascunhei uma resenha, revivendo meus tempos de ensaísta universitário. Escrevi como se ainda vivêssemos nos anos 60, crendo no poder das palavras em estado de rebeldia. A guerrilha em curso. Pancho traduzia um tempo que não cabia naquele momento histórico, que continuava se expandindo rumo ao futuro. Uma revolução tem algo da renúncia mística, fazemos tudo em nome do outro mundo. O presente é apenas um tempo intermediário a ser vencido e cabe à poesia traduzir essa crença no que ainda não se manifestou.

Escrevi essas notas como um contemporâneo dos guerrilheiros, sentindo-me um devoto da revolução. Éramos duas mentiras se entrelaçando: o poeta que quer crer em algo que ele sabe inviável; o leitor que se deixa comover com um futuro que só existiu como miragem.

Essa entrega aos poemas tinha fins bem claros. Deixei-me levar pelos versos, que ecoavam Neruda, com o intuito de me aproximar de Pancho, evitando deixar frinchas entre minha leitura e os poemas.

Estava escurecendo quando saí da Biblioteca Pública, carregando no bolso do blazer a folha com a resenha. Havia muito tempo não produzia mais nenhum texto novo, e nessa tarde surgiram dois. Não queria voltar à condição de escritor em segredo, de professor que explica a estrutura simbólica dos livros. Tudo que me movia era o desejo de resolver rapidamente aquele caso duplo, a morte de Jacinto e o paradeiro da Bíblia do Che.

Sofro de um transtorno psicológico identificado como hiperfoco. Quando começo algo, não consigo fazer outra coisa. Durante dez anos, fugi de mim mesmo, escondendo-me de meu passado. Tive sucesso nesse sumiço. Mas quando Lírian e Jacinto me acharam, fui vencido. Deixei de ser o rato, sempre escondido, para ser quem busca a presa.

No tempo em que vivia seduzindo as alunas na faculdade, eu me dedicava totalmente a elas. Inventava histórias para encantar as jovens, escrevia poemas de amor, conversava sobre assuntos que as interessassem. Debates logos e apaixonados sobre temas que me eram indiferentes. Com uma aluna mais madura, casada e no entanto disponível, comecei a falar, na cantina da faculdade, sobre a traição das heroínas dos romances realistas, que foram as nossas primeiras feministas. Elas representavam a perturbação do universo patriarcal. Dei uma aula sobre o triângulo amoroso como matriz da modernidade. Ao final ela me perguntou:

— Aonde você quer chegar com esta conversa?

— Até o centro de sua buceta — respondi.

Ela disse que nunca havia levado uma cantada tão grosseira. Levantou-se e avisou:

— Acabou de chegar aonde queria.

Passamos a tarde em meu apartamento, um verdadeiro abatedouro naquela época.

Minha resenha do livro de Pancho fazia parte da mesma estratégia. Chegar ao centro que me atraía.

Protegido pela sala silenciosa, digitei a resenha, melhorando o texto, e a mandei, no meio da noite, para o autor. A antologia de poemas tinha sido publicada por um selo editorial de Pancho e trazia na ficha técnica seu e-mail. O escritor sem editora comercial está sempre em busca de contatos diretos.

13.

Já não me lembrava da última carta que eu havia recebido. E esta vinha num papel com pauta totalmente coberto por uma letrinha caprichada, de professora primária. Não viera em um envelope. Fora colocada sob a minha porta e não tive dificuldade para saber quem era o remetente. Reconheci pela caligrafia, a mesma do cheque em minha gaveta.

Num momento de solidão, depois de ter me entusiasmado com filmes pornográficos na internet, e me sentindo vazio, desejei ter uma mulher comigo. O mais próximo disso que eu possuía era o cheque preenchido e assinado por Francelina Paes, com sua escrita redonda. Fiquei contemplando cada letra como o professor que avalia o caderno de uma aluna aplicada.

Em outra época, costumava comprar cadernos de caligrafia que nunca eram usados. Não podia ver um desses objetos de alfabetização, com suas linhas duplas, moldes para letras maiúsculas e minúsculas, sem que sentisse uma vontade infantil de escrever neles. Boa parte de minha alegria, nesse período, vinha de pequenas aquisições em papelarias. Era o ex-menino completando a lista de material. Cadernos, lápis com borracha na ponta, caneta de três cores acionada por botõezinhos, apontador, estilete, penal e tantas coisinhas que transformavam minha mesa em mostruário. Minhas namoradas, todas estudantes de letras, se abasteciam ali, pedindo para ficar com vários desses itens. Menos os cadernos de caligrafia. E todas tinham letra feia. Ao decidir viver sozinho, descartei esses cadernos inúteis. Agora uma jovem com a caligrafia perfeita escrevia para mim.

Voltei a ser o professor, a quem todos os alunos querem agradar, produzindo provas e trabalhos que correspondam a uma expectativa. Celina fez mais do que isso, esmerando-se na letra de menina estudiosa. Antes de ler a sua carta, fiquei contemplando amorosamente aqueles traços, como se fossem um código secreto. Levei algum tempo para me dedicar ao que ela narrava.

Querido Carlos Eduardo,

Há certas coisas que só podem ser ditas em uma carta, porque apenas o papel e a caneta nos encorajam a confessar sentimentos muito recônditos. Gostaria que você tomasse estas confissões como um ato de amizade. Sem saber da vida do outro é impossível uma aproximação. Temos que doar parte de nossas memórias, numa espécie de transfusão, para nos irmanarmos. Reescrevi algumas vezes estes parágrafos para que você não encontrasse erros. Se achar algum, pode anotar com caneta vermelha.

Desde nosso encontro, senti que minha vida estava em um novo começo. Você, no entanto, tem reservas em relação a mim. Sei que se pergunta como uma jovem idealista se envolveu com um fauno, um lobista que muitos julgavam predador. Quero contar como foi a viagem a Cuba. Ao descrever aqueles dias, estarei revivendo a ainda quase menina que viajou para visitar seu sonho.

Pegamos o avião em São Paulo, com escala no Panamá, no

dia 7 de fevereiro de 2010. Foi minha primeira viagem para fora do país. Levava muitas coisas na mala, sabonete, escovas de dente, chinelos e aparelhos de barbear, tudo para doar, uma vez que os itens mais básicos são difíceis de encontrar no país. Uma viagem que não era turística, e sim solidária. Conheceria o país onde a revolução triunfara. Jacinto correspondia aos meus planos, incentivando o transporte desses produtos de uso pessoal porque sabia que isso fazia com que eu me sentisse útil. Paguei taxa de excesso de bagagem e ele riu. Perguntei o que tinha de engraçado nisso.

— Os turistas de Miami pagam excesso de bagagem na volta, por causa das compras. Você está invertendo as coisas, meu bem.

Fiquei lisonjeada com a observação e com a admiração de Jacinto. No avião, sem poder dormir, me dediquei a acompanhar nosso trajeto no mapa digital. Na rota da companhia, o que mais me impressionou foi a proximidade entre Havana e Miami. Alguém tinha falado em pouco mais de trezentos quilômetros. Percebi que esses dois mundos eram separados por uma distância mínima, e que no entanto era uma das mais difíceis de serem vencidas.

Eu estava feliz por ter escolhido Havana, e não tirei os olhos do mapa, daquele local para onde havíamos decidido ir.

Quando o avião aterrissou, todos bateram palma por muito tempo. Fiquei com as mãos ardendo. Estávamos em um solo que devia ser reverenciado? Nos voos normais, as pessoas soltam o cinto antes da hora, levantam-se para pegar as malas nos compartimentos de bagagem, todos querendo inutilmente descer ao mesmo tempo, e ficam ali em pé, aguardando as portas serem abertas. Mas a chegada a Havana foi um ato de admiração.

Desci como se estivesse entrando em um sonho, embriagada com o país que eu tanto amava. Na imigração, sofri uma frustraçãozinha. Não carimbaram o passaporte. Deram apenas um selo, que nem foi colado. Devo ter deixado transparecer minha contrariedade. Queria o registro dessa viagem em meus documentos. Jacinto então explicou.

— Não carimbam o passaporte para não haver problema caso queiramos entrar nos Estados Unidos.

Fiquei pensativa. Era uma forma de livrar as pessoas da responsabilidade de amar Cuba. Podiam assim ser visitantes inconsequentes, passar um fim de semana em Varadero e depois fazer compras em Nova York. Ao me ver triste, Jacinto se afastou, pedindo que eu aguardasse um pouco; entrou em um lugar que parecia um escritório e voltou com um jornalzinho tamanho tabloide, impresso em preto e vermelho.

— Para você — ele disse —, para acompanhar as novidades da Revolução — estava sendo amoroso e irônico ao mesmo tempo.

Era o Granma do dia 8 de fevereiro, ano 46, número 32, o órgão oficial do comitê central do Partido Comunista de Cuba. Folheei o jornal com grande ansiedade.

— Durante nossa estada, vamos sempre comprar o Granma, para você guardar como recordação.

A primeira coisa que notei é que era todo em fonte sem serifa, o que dificulta a leitura. A impressão ruim, com fotos que mais parecem borrões. Não passava de uma publicação de estudante de jornalismo, um desses fanzines que eles fazem na faculdade. O Granma era fino e feinho.

E isso me encantava.

Não precisavam seduzir o leitor. Todos liam porque era preciso e a Revolução esperava isso deles. Foi a minha conclusão. Eu entrava em um mundo com outra lógica, onde você não é solicitado pelos anunciantes. O jornal não trazia propaganda de nenhuma fábrica, de nenhum produto. Na página 2, um longo artigo de Fidel sobre a Revolução Bolivariana e as Antilhas, numa *seção chamada* Reflexiones del compañero Fidel. *Li alguns parágrafos enquanto andávamos até o táxi. Jacinto escolheu um Dodge 1950, bem deteriorado, com um motor barulhento, soltando muita fumaça, mas isso só me entusiasmava mais. Naquele carro, um* clássico, *como eles dizem, eu tinha a mesma idade de Jacinto. Eu me abracei a ele e o beijei, éramos um casal visitando Havana na década de 50, nos primeiros dias da Revolução.*

Chegando a Habana Vieja, vimos muitos outros clássicos, *todos fabricados pelos norte-americanos.*

— Não é uma ironia? — Jacinto perguntou.

— O quê?

— Ao manter os velhos automóveis circulando, por completa falta de opção, a Revolução Cubana fez do país um museu a céu aberto da indústria automobilística dos Estados Unidos.

— Mas é a engenhosidade do cubano que mantém os carros funcionando, mesmo não tendo peças de reposição.

— É verdade, minha menina. Você tem razão. Os jovens sempre têm razão — e ele voltou a ser o senhor de meia-idade em uma viagem erótica com a jovem militante.

Observando a cidade, percebi uma grande ausência. Era como se os prédios estivessem nus. No prédio do Instituto Cubano de Rádio e Televisão, uma frase pintada com letras imensas: Viva el 50º aniversario de la Revolución! *Foi quando descobri o que faltava na cidade. Os anúncios, as propagandas. No lugar desses reclames, palavras de ordem, com verbos no futuro* (Venceremos!), *como se fosse o dia da primeira batalha. Era isso a Revolução, a crença no porvir. Uma exortação à construção do sonho.*

Foram os dias mais felizes de minha vida, aqueles da chegada.

Os carros andavam devagar, pois estavam conectados a outro conceito de velocidade, e isso permitia que aproveitássemos o percurso. Estávamos em sintonia com a velha Havana, que sonhava com um futuro ainda a se realizar.

Jacinto tinha reservado um dos vinte e cinco apartamentos do Hotel Raquel, antiga loja de tecidos, restaurada para ser um local romântico. Antes de irmos para nossa suíte, deslumbrados com a beleza do prédio, subimos até o terraço. Do topo, contemplamos a cidade antiga, sem edifícios altos. Do nada, um garçom apareceu com bebidas e taças. Jacinto e eu brindamos pela Revolução, que tinha, entre tantas coisas, permitido que o tempo fosse suspenso.

No quarto nos conhecemos biblicamente, digamos, em outra latitude. Ele ainda não estava tão gordo e mesmo se estivesse o meu prazer seria o mesmo. Vivíamos Havana. Voltaríamos ao quarto no meio da tarde para novos encontros, que tinham como cenário um pedaço intacto do passado. Quanto mais eu me encantava com a cidade, mais vontade eu sentia de me deitar com Jacinto.

Não vou falar dos lugares que visitamos, dos passeios todos, poucos a pé, pois Jacinto não era de caminhar. Não pretendo transformar esta carta em um guia turístico. Não fui a Cuba para isso. Conto apenas que o que mais me fascinou foi não ver crianças de rua. Estamos tão acostumados com elas aqui no Brasil que lá eu me sentia em outro planeta.

Parados na frente dos monumentos ou procurando um café ou um restaurante, algumas crianças bem nutridas, vestidas e calçadas, nos abordavam. Eu tinha os produtos brasileiros na bolsa, já distribuíra às camareiras, aos atendentes do hotel, aos taxistas e agora passava para as crianças escovas e pastas de dente. Elas aceitavam sem entusiasmo e pediam doce, chocolate e chicletes. Mas isso eu não havia levado.

Ali as crianças só careciam de coisas supérfluas. Comiam e estudavam. Os prédios estavam malcuidados, mas não havia moradores de rua. Uma coisa compensava a outra.

Passando por um armazém do povo, onde se compra com peso cubano, eu quis entrar. Jacinto tentou me demover, acabáramos de sair do bar Floredita, onde bebêramos daiquiris caríssimos, pagos em pesos convertíveis, só para turistas. Ficamos em uma mesa com a visão da estátua de Hemingway. E agora eu queria entrar em um lugar escuro, com prateleiras de madeira, onde o povo se abastece usando a cota do governo, tudo anotado em uma caderneta. Não dei ouvidos a Jacinto e fui até o estabelecimento.

Era a vez de uma senhora, cheia de feridas nos braços e nas pernas. Aparentava ter uns setenta anos, mas certamente não tinha mais de sessenta. Os dentes estragados. Olhei as prateleiras vazias, com uns poucos produtos em frascos sem rótulo. Seria detergente ou azeite? Havia também cebola e farinha, uma farinha escura. A senhora analisou os produtos em desespero e, numa voz próxima do choro, pediu cebola e farinha. O atendente pegou sua caderneta suja e cheia de orelhas para tomar nota do que ela retirava dos estoques populares.

Pensei em dar dinheiro a ela, mas lhe entreguei um punhado de sabonetes. Ela os colocou na bolsa, junto com o que acabara de retirar, saindo sem me olhar nos olhos.

Enquanto se perdia na multidão, fiz uma vistoria de seu traje. Estava limpa e bem vestida e levava para casa os ingredientes para uma sopa de cebola. Havia dignidade nessa pobreza, embora fosse difícil depender assim do governo. Esses produtos eram insuficientes e ela teria que conseguir comida de outra forma, comprando nas mercearias para estrangeiros, onde só valiam as moedas fortes.

Naquela noite, Jacinto e eu não fizemos amor. Passamos muito tempo pelos bares, bebendo e ouvindo música. Ao procurar um lugar requintado, o Café Oriente, onde jantaríamos lagosta, vi um bar cubano. Tinha o irônico nome de Bar Delícias. Suas prateleiras estavam vazias. Pela placa na porta, vendiam-se rum, cerveja e refrigerante. Vi numa vitrine cinco sanduíches de mortadela ou de algo parecido.

Bebi aquela noite até perder a consciência. Não sei como cheguei ao hotel.

Agora acabou esta folha. E ainda não consegui contar como aquela viagem me modificou. Fica para a próxima carta.

Escrever longas cartas também é participar de outro tempo. Até.

14.

No dia seguinte, chegou a resposta de Pancho. Ficara fascinado com minha resenha. Até me chamou de xamã; eu tinha entendido os poemas dele de uma maneira profunda, revelando coisas que ele nem imaginara. Não entendia como um crítico desse porte — eram palavras dele — podia ser desconhecido. Procurara referências ao meu trabalho na internet e não encontrara nada, algo quase impossível no mundo contemporâneo. Todos tinham o nome rastreado nas redes sociais. Eu era um homem secreto, mas ele queria me revelar aos jornais. O desgraçado com certeza publicaria minha resenha. Dizia que era boa demais para ficar restrita a uma troca de e-mails.

Eis o preço de uma mentira em forma de crítica: será vendida como verdade. Exagerei na qualidade dos poemas de Pancho; qualquer pessoa minimamente honesta entenderia meu tom hiperbólico e cínico, que antes zomba do livro em vez de enaltecê-lo. É uma prática comum nesse mecanismo de relacionamento social chamado orelha de livro, apresentação e certas resenhas.

Mas todo escritor está esperando a aprovação incondicional, tornando-se assim presa fácil.

Peguei um táxi para ir ao endereço dele, perto de um dos parques da periferia. Havia uma intimação para que tomássemos um café e conversássemos sobre literatura, a coisa que mais lhe importava.

Ao chegar, me anunciei no interfone do portal imponente de sua casa, localizada no centro de uma chácara, no alto do morro. O táxi partiu e assim que o portão para carros foi aberto entrei e subi uns quinhentos metros de calçamento de paralelepípedos, sempre observado por um vigilante que ficava na varanda de uma mansão provavelmente da década de 1930. Havia sido a sede de alguma fazenda, loteada e reduzida à dimensão de um local para fins de semana, mas agora já incorporada ao perímetro urbano.

O segurança pediu minha carteira de identidade. Procedimento padrão, segundo ele. Se ele estivesse no portão, seria mais eficaz a checagem. Mostrei o documento, ele comparou a foto comigo.

— Não parece, mas já tive esse rosto — brinquei.

Sem rir, indicou a porta principal, de quase três metros de altura, com suas duas folhas já abertas. Entrei em uma biblioteca, com prateleiras até o teto, repletas de livros. Material jamais lido, provavelmente. A porta que se comunicava com o interior da casa estava fechada. Havia uma escrivaninha antiga, muito brilhosa, na frente dela um jogo de sofá em couro preto, estilo Chesterfield. Sentei-me no maior, de três lugares, e tentei ler os títulos dos livros. Passados uns minutos, a maçaneta se moveu e uma mulher com uniforme de doméstica entrou com uma bandeja de prata e uma xícara de café.

— O doutor Capote já atende o senhor. Está terminando uma ligação telefônica.

Peguei a xícara e bebi aquele café de máquina. E me senti em casa. Nunca tomo café feito em coador ou cafeteira. Morando ao lado da Boca Maldita, posso escolher o tipo de café expresso que mais me agrada.

Capote apareceu com um terno cinza, que combinava com sua barba e seus cabelos grisalhos. Portava uma bengala com castão em forma de fauno, provavelmente de prata. A madeira, pela cor, era jacarandá. Devia receber clientes em casa, políticos que precisavam de sua máquina difamatória.

Corpo de urso, a barba remetendo ao tempo remoto da guerrilha, uma voz sombria, que lembrava a de Fidel Castro, e gestos lentos, de animal desconfiado, pronto para o bote.

Estendeu dedos ossudos, que pouco lembravam as garras que haviam manuseado armas décadas atrás. Apertei a mão do jornalista, fina, de unhas tratadas, pele macia de velho, já descolada de músculos e ossos, e não a do revolucionário. Trocamos palavras protocolares, ele repetiu os elogios feitos por e-mail. E tratamos de literatura, eu estava informado sobre os lançamentos, ele se confessou distante da produção contemporânea, a política consumia tempo demais.

Aproveitei para entrar no assunto que me levava até ali.

— Fui amigo de Jacinto Paes — o que era uma mentira.

— Figura generosa. Morto daquela forma.

— Estava à procura de uma Bíblia anotada por Che Guevara. Será que teve algo a ver com a morte dele?

Capote ficou em silêncio por alguns segundos, talvez analisando meu interesse pelo tema. Antes que ele chegasse a uma conclusão, voltei às questões literárias.

— Uma Bíblia com a tradução de João Ferreira de Almeida.

— Como o padre escrevia bem! — ele comentou, mais descontraído.

— Deve ter influenciado a sua linguagem — concluí.

— Muito.

Qualquer pretensão de reconhecimento se torna uma armadilha.

— Jacinto não morreu por causa deste ou de outro livro — refletiu.

O tom prometia mais informações se eu ficasse quieto, permitindo que seu cérebro preguiçoso elaborasse as frases que ele gostaria que saíssem perfeitas. Foi o que aconteceu.

— Morreu por ter se tornado um problema.

Falava com pausas, que combinavam com sua figura falsamente sábia.

— Tentava trabalhar mais para si mesmo, entende? Feriu as regras e contrariou gente poderosa. Isso num momento em que muitos estão sendo presos. Essa mania nacional de delação premiada complicou o jogo. Eis minha análise.

— Santos de Sá.

— É você quem está dizendo.

— Você e Santos de Sá estiveram juntos no movimento revolucionário, não estiveram?

— Naquele tempo, quem fosse minimamente responsável estava na luta contra os militares. Cada um à sua maneira, com seu poder pessoal. Santos de Sá tinha um bom trânsito.

— O apelido de Belo Burguês não era à toa.

— Eu mesmo nunca participei da luta armada, mas me preparei para isso. E ela agora acontece no submundo. O inimigo não é fixo como no passado. Hoje um; amanhã outro bem diferente. Se um companheiro representa algum perigo, ele logo se torna o alvo. E sempre há aqueles jogados aos lobos para os demais irem se salvando.

— Não existe mais o espírito de grupo — tentei traduzir as frases de Pancho.

— Isso ainda existe, mas de forma móvel, como numa dança em que se vai mudando permanentemente de parceiro, num rodízio que se intensifica a cada troca. A modernidade líquida de Zygmunt Bauman dominou a política.

Depois de um silêncio, fui mais específico.

— Como o Belo Burguês se tornou um empresário tão poderoso?

— Sempre teve vocação para negócios. Na prisão da Ilha das Flores, negociava tudo, até o rabo dos recém-chegados — ele riu do próprio comentário. E continuou.

"Isso me lembra uma história. O prefeito do interior chega a uma boate de Curitiba e se encanta com as mulheres. Quanto mais bebe mais quer festar. Depois de algumas horas e de ter ido para a cabine umas três vezes com garotas diferentes, paga apenas a conta que acha que deve. Como anda armado e está bêbado, o gerente não cria caso. Na semana seguinte, o prefeito vem tratar de assuntos do município e aparece de novo na boate, com a sensação de ter feito algo errado. Pergunta então se ficou devendo alguma coisa. O senhor deixou pendurado apenas um cu, informou o gerente."

Agora, nós dois rimos. Fiquei imaginando uma caderneta com as anotações. Fulano deve duas chupadas. Beltrano uma buceta e um cu. Um delicioso caderno de fiados. O mundo me devia muitos cus e bucetas.

— Quem você acha que poderia ter essa Bíblia? — perguntei, aproveitando a leveza do momento escatológico.

Pouca coisa aproxima mais dois machos do que essas narrativas sexuais.

Pancho ficou imóvel por alguns segundos, e me devolveu a interrogação.

— Você acredita na existência dela?

— Era uma obsessão de Jacinto nos dias em que foi morto. Ela então deve existir.

— Jacinto escapou ao controle de todos. E estava apaixonado por mais uma putinha.

A outra putinha seria Celina. Essas meninas eram vistas apenas como aproveitadoras. Envolviam-se com senhores subitamente enriquecidos para tirar o máximo de proveito.

— A morte pode ter sido encomendada por ela? — perguntei.

— Quando uma pessoa está fadada a morrer, não importa quem puxou o gatilho. Muitas vezes não há mandante. Um dos bandidos que circulam entre esses empresários e políticos, vendo que alguém está atrapalhando, vai lá, por conta, e faz o serviço.

— Pode ter sido eliminado pelo organismo da corrupção, como um espinho que o corpo humano expele depois de criar uma infecção em torno dele.

— Bela imagem. Sabe, na guerrilha revolucionária há uma hierarquia rígida, forma-se um exército paralelo mais terrível do que o oficial. Na guerrilha mercenária, esta de hoje, tudo é confuso e prevalecem os franco-atiradores.

— Cada homem é o seu próprio exército.

— Tenho saudades do outro modelo — Pancho disse sem me ouvir.

Todos de alguma forma sonhavam com aquele passado e talvez isso fizesse da Bíblia do Che algo tão valioso.

— Você acha que existe mesmo a Bíblia do comandante?

— Do ponto de vista histórico, não creio — Pancho sussurrou. — Para ela existir, Che tinha que ter estado em Curitiba, e não há nada que comprove isso. Meus companheiros e eu nunca soubemos de sua presença na cidade. Mas isso não impede que de fato tenha circulado naquela época um exemplar da Bíblia em que ele tomou notas, talvez durante sua viagem para receber a homenagem do presidente Jânio Quadros. Uma Bíblia assim é algo que está dentro do perfil de Guevara. Sempre foi um estudioso.

— Quem mais poderia ter interesse nela?

— Todos os antigos revolucionários, até eu. Seria como guardar o rifle com que Hemingway se matou. Não somos mais religiosos, mas criamos uma cultura do fetiche.

Pancho estaria cobiçando a Bíblia. Por seu amor aos livros e seu vínculo com a guerrilha, não poderia ser indiferente a ela.

— Quanto poderia valer esse fetiche?

— Neste mundo enlouquecido do dinheiro ilegal, um colecionador daria uns cem mil.

O valor poderia ser maior, dependendo do posto do interessado no mundo da corrupção. Se eu achasse a Bíblia, Pancho a leiloaria por um valor expressivo.

Desde que nossa conversa mudou de rumo, ele havia esquecido dos poemas revolucionários, entregando-se às intrigas políticas, o seu cotidiano profissional. E já intuía um negócio.

— É muito dinheiro — falei para provocá-lo.

Ele se levantou; também me ergui. Fomos juntos até a varanda. No extremo dela, em pé ao lado de uma pilastra, o segurança olhava para a entrada. Ao nos ver, afastou-se.

— Procure o dono do sebo Papéis Velhos, especialista em documentos raros. O nome dele é Elionai.

E nos despedimos com um aperto de mão de quem fecha um contrato. Eu criara um texto laudatório sobre seus poemas chinfrins, que ele talvez publicasse, dando um título pomposo, e ele me passara algumas informações. No mundo da política, todo favor tem um preço. Você recebe algo agora e paga logo em seguida. Quem quebra essa corrente é isolado. Eis a ética dos corruptos.

Andei até o portão escoltado pelo vigilante. Depois caminhei várias quadras, à procura de um táxi. Parou um carro novo. Sentei-me no banco da frente. No painel, uma frase me chamou a atenção: "O senhor é meu pastor", Salmo 23.

15.

Na sua toca na galeria Asa, Heitor fez um movimento, erguendo os olhos em sinal de que alguém esperava por mim lá em cima. Como ele atendia o telefone e pessoas o aguardavam no balcão, apenas nos comunicamos pelo olhar.

Poderia evitar as escadas e tomar o elevador para encontrar rapidamente minha visita em frente à porta do consultório odontológico. Sentia grande ansiedade. Mas me vali do velho método de acesso ao meu andar.

Todo esse tempo tentando desarmar o desejo e, em poucas semanas, estava ali com taquicardia, subindo os degraus de dois em dois, arrependido de não estar armado.

Celina lia uma folha em pé diante de minha porta, mas permanecia atenta a todos os movimentos. Assim que apareci, ela me olhou.

— Quer marcar horário com o doutor Ubirajara? — perguntei de longe.

— Faz mais de uma hora que espero por você — sua voz estava nervosa.

Aproximou-se de mim e me abraçou, como uma menina esquecida num lugar estranho que reencontra o pai. Esse abraço era a coisa mais intensa que acontecia comigo nos últimos anos. Um sentimento que tinha algo de família. Estávamos dentro de uma relação que eu não sabia definir, de cumplicidade, talvez. Com receio de interpretar erroneamente aquela entrega, soltei-me dos seus braços finos, abri a porta e fiquei esperando que ela entrasse. Continuava, entretanto, parada, olhando fixamente para mim, talvez sem entender meu afastamento.

— Vamos, entre.

Ela sorriu de forma fria, nervosa, sem descontrair o rosto.

— Querem me matar — balbuciou, pronta para o pranto.

Estava em estado de choque. Fui até ela, ainda do lado de fora, abracei seu corpo esguio e seguimos juntos para a sala. Com o pé, empurrei a porta para nos proteger da curiosidade de quem passasse pelo corredor.

Forcei-a carinhosamente a se sentar na cama.

— Para você — ela disse, como quem entrega um presente especial, algo que foi de um parente querido.

Peguei a folha coberta com sua letrinha e coloquei na mesa, sentando-me ao seu lado.

Vi que estava com a mesma calça jeans do outro encontro, o tecido já lustroso de tanto uso.

— Na saída do apartamento — ela começou a relatar — notei que um carro me seguia. Um carro grande, de uma marca qualquer da moda, os vidros escuros. Não pude ver quantos estavam lá dentro. Com certeza mais de dois.

— E atiraram em você?

— Dobrei várias esquinas, sempre à esquerda, aleatoriamente, dando voltas, e o carro atrás nesse itinerário sem sentido. Então pensei onde poderia estar segura, dirigi até aqui, deixando o carro numa área para carga e descarga.

— Sempre a vaga proibida — resmunguei mais para mim mesmo, enquanto ela continuava sem me dar ouvidos.

— Entrei correndo no prédio e subi de elevador até um andar acima do seu. Fiquei um tempo lá, num escritório de advocacia. Falei para a secretária que queria consultar o advogado, que naquele momento estava atendendo. Logo o cliente saiu e eu inventei uma história sobre um inventário de meu pai.

— Saiu-se bem.

— Só depois de um bom tempo é que desci pelas escadas até seu andar e fiquei aqui, em pé, pronta para correr até uma das salas abertas. Uma moça passou e perguntou se eu estava bem. Indiquei a placa de seu consultório e mastiguei umas palavras sobre o medo de dentista. Ela riu e foi para seu destino, voltando tempos depois. Eu estava lendo nesse momento, porque tinha me lembrado da carta na minha bolsa, e ela parou de novo, querendo saber se eu precisava de algo. Falei: apenas que avisasse ao porteiro que uma cliente espera o dr. Ubirajara. Vi ao entrar que o porteiro era aquele seu amigo, cúmplice de sua residência ilegal na área de comércio. Quando ela saiu, fiz um raciocínio. Se tivessem me seguido já teriam me encontrado. Então, pude esperar meu dentista.

E abriu a boca mostrando os dentes perfeitos, num sorriso nervoso.

— Atiraram em você? — insisti.

— Quando eu era pequena, invadiram nosso apartamento no bairro Boa Vista. Meu pai devia aos traficantes, eu soube bem depois. Primeiro bateram nele. Dois homens terríveis. Um com um revólver apontando para sua cabeça, o outro fazendo o serviço com um soco-inglês. Este perguntava ao amigo se gostava de bife batido, e socava o rosto de meu pai, já inchado pelo vício das drogas e da bebida. Batia não para matar, só para deixá-lo com medo e com a certeza de que o melhor era ir atrás do dinheiro e pagar a dívida.

— Você estava na sala com seu pai?

— Quando meu pai viu, pelo olho mágico, as duas figuras, disse para eu me esconder. Corri para a área de serviço e entrei na máquina de lavar roupa, uma Brastemp grandona, de lata, com um cilindro no centro. Fiquei enrodilhada nele. Daí comecei a ouvir o espancamento, meu pai não gritava, apenas gemia, mas o barulho dos socos repercutia até dentro da máquina. Saí e fui pra sala. Quando os homens me viram, pararam de bater. Meu pai estava em pé, encostado na parede, e então se deixou deslizar para o chão. O homem do revólver me agarrou com uma mão, o outro tirou do bolso uma navalha e nem vi quando me cortaram o rosto. Sentia o sangue escorrer, mas sem dor. Foi quando meu pai gritou. Eles então saíram calmamente, avisando que voltariam para completar o serviço se ele não quitasse a dívida. O pai xingava sem parar, mesmo enquanto amarrava um pano no meu rosto depois de colocar pó de café no corte, para estancar o sangramento. Em seguida, me levou para o hospital no Juvevê, de táxi. Na sala de cirurgia, o médico ou o enfermeiro reclamou muito da sujeira de pó de café e sangue, limpando o corte com uma esponja de espuma, dizendo que não se devia fazer isso, poderia infeccionar se ficassem restos daquela pasta no ferimento. Felizmente não aconteceu nada, o corte cicatrizou, o pai pagou a conta com a ajuda dos parentes e amigos e nos deixaram em paz.

Sentado na cama ao lado dela, eu tinha a cicatriz bem diante de meus olhos. Acariciei aquela parte de seu rosto. Poderia ter tentado uma plástica com um grande cirurgião depois de ter se casado com Jacinto, mas talvez fazer isso fosse como apagar a memória do pai, que deve ter morrido alguns anos depois, envolvido com o crime.

— E seu pai? — perguntei.

— Por um tempo, parou de usar drogas. Organizou a vida. Estávamos até pensando em comprar uma casa. Parece que minha cicatriz dava força a ele. Um dia, foi vencido. Sumiu de casa para sempre, mas alguém acabava dando notícias. Vivia pela rua, sujo e maltrapilho, de vez em quando alguém o levava para algum desses albergues mantidos por religiosos. Assim que saía, assaltava pessoas para comprar crack. Indo ao Centro com minha mãe, eu desviava dos mendigos que dormiam nas marquises. Um deles podia ser meu pai. Você vai achar loucura, mas hoje fiquei com medo de que fosse ele me seguindo.

— Ainda está vivo?

— Acho improvável. Não se consegue passar tanto tempo assim naquele mundo. Mas qualquer homem que me perseguir vai ser para mim meu pai, que se tornou a encarnação dos seus próprios agressores. Na minha memória, ele tomou o lugar dos dois homens que me cortaram o rosto. Meu pai é o lado ruim da humanidade.

Eu tinha uma sina. Logo depois de conhecer uma pessoa, ela me tomava como confidente. E eu ficava sabendo de fatos íntimos de suas vidas. Levantei e fui até o balcão no outro cômodo, onde antes ficavam os produtos do dentista, peguei uma garrafa de Jack Daniel's e servi uma dose grande, sem gelo, num copo de requeijão. Passei para Celina, que tomou pequenos goles sem fazer careta. Sentei-me de novo ao seu lado e a abracei.

— Quem poderia ter perseguido você? — perguntei assim que ela relaxou graças à bebida.

— Jacinto.

— Você sabe que Jacinto está morto.

— Ele disse que se acontecesse algo deveria procurar o Professor Pessoa. Para ele, você é do bem. E depois me perguntou se eu sabia a razão; eu disse que não, nunca tinha nem ouvido falar em você. E ele explicou, porque o Professor não é deste mundo.

Celina falou isso e riu, já meio descontraída pelo álcool.

— Então perguntei de que mundo você era e ele falou que você simplesmente havia renunciado a tudo. Daí falei: então posso ficar nua na frente dele? E Jacinto apenas riu. E aqui estou. Não é engraçado tudo isso?

Ela ergueu as pernas sobre o colchão, tirando os tênis com o calcanhar, deixando-os cair barulhentamente na cerâmica encardida. Passou o copo para mim, esticou as pernas e pousou a cabeça no meu colo, abraçando minha cintura.

Jacinto não me contratara apenas para encontrar a Bíblia. Sabendo que ele e Celina estavam em perigo, legou-me a mulher. Minha sala seria um lugar adequado para esconder a ex- -menina pobre. Ela tinha sido empurrada até ali por um homem morto. Os pagamentos mensais, com certeza, haviam sido programados por ele. Serviriam também para esse serviço extra. Dentro de vinte dias, fiz a conta, chegaria mais um pacote de dinheiro.

Enquanto eu pensava na confusão em que havia me metido, Celina dormiu, a face com a cicatriz voltada para meu corpo, como se quisesse proteger o ferimento que nunca deixará de doer.

16.

Acomodei a cabeça de Celina no travesseiro, me afastando.

Enquanto descansava em meus lençóis, o rosto na minha fronha, em uma intimidade de casal, como se vivêssemos juntos desde o início do mundo, fui ao outro cômodo, até minha mesa de trabalho, para ler a sua segunda carta. Da rua subia um ruído de carros apressados, todos querendo voltar ao lar depois de mais um dia de escravidão ao horário. Minha casa era o próprio local de serviço, onde eu estava totalmente empenhado em aprender algo sobre mim mesmo, única tarefa a que devíamos nos entregar de forma integral.

Anoitecia quando, como um professor que corrige provas, comecei a ler a composição de Celina, assustado com sua forma de tratamento.

Amado meu,

Cuba não é apenas um país, é um pequeno planeta, com suas leis físicas próprias. À noite, andando lentamente pelo Malecón,

*entre rapazes e moças que se prostituem, na mais completa ausên-
cia de iluminação pública, contando apenas com o olho inchado
da lua, ouvíamos as ondas quebrando na amurada para depois
molhar a pista e nosso cabelo. Aquelas águas vinham de Miami e
lambiam nossos pés. Jacinto me abraçava, como se me protegesse
daquele mundo predador do outro lado. Ele me disse que, em dias
muito cristalinos, é possível ver os Estados Unidos do Malecón.
Brinquei que nem com um telescópio eles conseguem nos ver de lá.
Quem imaginaria, cinco anos atrás, esta abertura política que
presenciamos agora? Ele me beijou, chamando-me de "minha re-
volucionariazinha". Com os sapatos úmidos, avançamos contra a
noite escura até nos cansarmos.*

*Sabe, fiquei com vontade de contratar um dos rapazes que
faziam ponto ali, todos muito musculosos e jovens. Dormir com
um autêntico filho da Revolução. Cheguei a insinuar alguma
coisa a Jacinto, sempre muito perspicaz.*

*— Mas foi contra isso que eles lutaram! Para que Cuba dei-
xasse de ser um cabaré dos Estados Unidos.*

*Eu me senti envergonhada com aquela ideia imperialista. E
ele continuou.*

*— Hoje, Cuba corre o risco de se tornar um cabaré dos revo-
lucionários.*

*Meu impulso para conquistar uma noite de sexo com um jo-
vem cubano nada tinha de carnal, seria apenas ritual de integra-
ção. Eu queria me sentir parte do país, você entende?*

*— Aqui é possível conseguir facilmente meninas e meninos
sem problemas legais. Como todos precisam de dinheiro estrangeiro... — Jacinto não terminou a frase.*

*Ficamos quietos, cada um perdido em seus pensamentos. Os
meus eram de tristeza. Talvez Jacinto pensasse que poderia contratar
uma menor de idade para levar a nosso quarto. Alguém me infor-
maria depois que mesmo funcionárias do governo, em eventos ofi-*

ciais, se ofereciam para uma visita rápida ao quarto dos estrangeiros. Essa era uma das formas de driblar a falta de dólar e de euro.

Mas naquele momento eu ainda queria acreditar no país de minha juventude, país onde eu morava desde minhas primeiras leituras políticas.

Pegamos um táxi para voltar ao hotel; eu não queria mais ir ao restaurante que havíamos escolhido. Expliquei a Jacinto que estava cansada dos muitos passeios. Ele podia ir sozinho. E acabou indo mesmo e talvez tenha se deitado com alguma prostituta. Uma menina negra tal como vimos no Paseo del Prado, fornecendo seus dados aos policiais. Jacinto havia me mostrado isso como exemplo de evolução social.

— As prostitutas aqui trabalham em paz. Estão todas fichadas.

Os policiais tomavam notas em cadernos sujos e estropiados. Deviam passar cobrando a parte do governo. E aqueles cadernos me lembraram das libretas de abastecimiento. Era uma sociedade de cadernos de fiado.

Em vários prédios, em portas discretas, havia uma âncora e a frase room for rent, anúncio velado de que ali funcionava um prostíbulo. Tudo regularizado, informou Jacinto. Ele deve ter ido a um desses locais naquela noite, porque a Revolução Cubana lhe devia aquela experiência.

Pela manhã, tinha o rosto de menino guloso que recebeu sua sobremesa predileta. Tomamos banho e descemos para o café. Ele não quis nada comigo, mais um sinal de que a noitada havia sido boa. Foi na mesa do hotel que comecei a descobrir o verdadeiro sabor do país. Eu havia me iludido tanto com o desejo de conhecer o cenário da Revolução que só o percebia como um paraíso terreno. As decepções, portanto, eram certas.

Tomei a primeira Tokola na chegada e achei estranha. Depois Jacinto me contou que, quando Che a experimentou, seu comentário foi que tinha gosto de barata. Naquele primeiro momento, ri da piada, mas quando encontrei Coca-cola nos restaurantes, vinda do México, comecei a achar insuportável a bebida cubana.

Naquele café da manhã, comi maçã, mamão, abacaxi e goiaba. E nada tinha gosto. Eram frutas estranhamente aguadas. Eu já havia notado isso em outras refeições. A salada insossa. A batata frita desprovida de sabor, nem mesmo o ranço de óleo. Cuba começava a ser um mundo sem gosto ou o meu paladar fora alterado? Até o café tinha um travo ruim. O que tumultuava minha percepção gustativa?

Depois daquele café da manhã que me deixava mais triste ainda, resolvemos dar uma volta de táxi pelo Centro. E lá estava uma placa no local onde se alugavam automóveis clássicos: rentar una fantasía. Era para isso que estávamos ali, para alugar uma fantasia? Um bando de turistas de merda com boinas do Che, guayaberas vermelhas, chapéus-Panamá, fazendo sexo com meninas e meninos sem oportunidade de ganhar dinheiro de outra forma? Aqueles carros escancaravam nossa condição. Entrei sem nenhum interesse em um deles, ouvi as explicações de Jacinto, sempre ávido pela vida, querendo todas as sensações. Fiquei muda e meditativa o passeio todo.

Quando paramos na frente do Capitólio, Jacinto me ajudou a sair da fantasia enferrujada e apontou para a praça, dizendo: olhe!

Eram crianças jogando beisebol na grama. Havia famílias em vários pontos, conversando. E aquela cena me reanimou. O Capitólio, cópia arquitetônica do prédio da França, era muito parecido com o dos Estados Unidos. Mas o invólucro humano fora erguido pela Revolução. Crianças, pais, jovens casais e poucos policiais. A presença de tantos moradores na rua, em situação de lazer, me devolveu algum conforto de alma. Valia a pena estar ali. Sei que é uma coisa boba, pareço criança com essas oscilações de *humor. Mas você deve se lembrar de que eu estava realizando um sonho juvenil.*

Aproveitando a volta do meu entusiasmo, Jacinto me convidou para conhecer a fábrica de charutos nos fundos do Capitólio.

— São os mais aromáticos do mundo.

Eu estava precisando de algo intenso assim. Fomos à fábrica, passando pelas crianças que cresciam em um mundo mais justo do que o nosso, mesmo não sendo a perfeição. Entramos no velho edifício, parecia um estabelecimento dos anos 30, e compramos alguns Cohibas caríssimos. Jacinto rindo do preço. Eu com uma cara de quem não entendia.

— É que estamos pagando por este ambiente — e com as mãos mostrou os móveis e os equipamentos antigos.

Mais uma fantasia.

Não tínhamos o hábito de fumar charutos. Era para presentear amigos. Na saída, um jovem negro muito bonito nos parou. Elogiou os brasileiros, dizendo que somos irmãos dos cubanos, e logo nos ofereceu charutos clandestinos. Eu disse não, obrigada. Mas Jacinto começou a negociar o preço. Eu sem entender a razão dessa atitude. E nos encaminhamos para o local em que eles ficavam escondidos.

Enquanto andávamos rumo à parte residencial do Centro, ele me falou com voz baixa.

— Vir a Cuba e não participar da ilegalidade é não conhecer o país.

O mesmo poderia ser dito sobre o Brasil, país irmão.

— Não quero — falei.

— Vai nos levar até a casa dele. Você conhecerá como vive um cubano.

Jacinto sabia me conquistar. Diante desse argumento, me rendi. No caminho encontramos um policial que percebia nossa intenção de comprar charutos falsos ou desviados da fábrica. Ele

*apenas piscou para o vendedor. Estavam todos unidos nessas ativi-
dades de sobrevivência, conheciam os delitos e lucravam com eles.*

*Uma quadra depois, entramos em um prédio chamado Chi-
na. O cubano seguia falante, explicando que trabalhava na fábrica e que recebia seu pagamento em produto e que, por isso, podia
vender mais barato. Passamos por um portão de ferro que dava
para um corredor imenso, uma antiga galeria comercial. Cada
portinha no térreo era agora uma residência. O nosso guia bateu
em uma porta revestida com grade e uma mulher atendeu.*

— Minha esposa — ele falou.

*A mulher sorriu para a gente, os dentes muito brancos, e nos
convidou para entrar. Antigo endereço comercial, o apartamento
tinha o pé-direito alto e os cômodos eram pequenos, com divisões
internas feitas posteriormente. Sentamos em um sofazinho de três
lugares. A mulher foi para a cozinha e voltou com uma sacola
cheia de charutos. O marido explicava.*

— Cohiba é o puro de Fidel.

*E elogiou o charuto preferido do Comandante. Jacinto esco-
lheu uma caixa, regateou o preço para se sentir poderoso. Em seguida, o vendedor nos ofereceu uma dúzia de Montecristo, o charuto do Che. E Jacinto olhou amorosamente para mim.*

— Não quero — falei.

— Quer, sim — e comprou todos, agora sem pedir desconto.

*Depois de escolher mais alguns puros avulsos, envoltos em
tubos de alumínio, fomos conduzidos novamente ao corredor.
Apareceram pessoas nas portas, a dona da casa trancou rapidamente a grade, revelando alguma tensão. Saberiam que ela tinha
recebido euros? Outros vendiam os mesmos produtos? Queriam nos
oferecer algo? O guia nos escoltou, desafiando os vizinhos, como
se fôssemos propriedade dele. Havia altivez e medo no jovem que
nos retirava do edifício China, onde não vi nenhum chinês. Com
o coração disparado, segurando na mão fria de Jacinto e andando*

lentamente, deixamos o prédio. O vendedor nos acompanhou até o Capitólio. Não falava mais nada, ia tenso, temendo algo que não sabíamos o que era.

A visão das crianças brincando na praça me pareceu falsa agora. E fiquei pensando nas grades das residências ao longo do corredor. Era como um presídio. Presos na ilha. Presos em casa.

Talvez por termos nos sentido tão oprimidos naquele prédio, Jacinto escolheu um restaurante requintado na praça da Matriz, com mesas externas. Pedimos bebida e ficamos vendo os músicos se apresentarem. Era mais de uma da tarde quando, ainda sem fome, escolhemos o prato: frutos do mar grelhados.

A todo momento éramos interrompidos pelos cantores, que queriam vender seus CDs.

Pegamos outro táxi, ainda assustados com a pequena incursão pela cidade carnal. Jacinto havia me prometido uma surpresa. Já estivera antes ali, cuidando de negócios do setor hoteleiro do Brasil com a burocracia cubana. O táxi nos deixou em frente à Universidade de Havana. Subimos, Jacinto com dificuldade, as escadarias do prédio central, que é de 1934 e tem uma arquitetura neoclássica. A universidade fez duzentos e oitenta anos e isso nos humilha, não é mesmo? Não temos universidades tão antigas. Os edifícios estão deteriorados. Faltam vidros. Os estudantes deviam estar sem aula, pois não vi ninguém nos corredores.

Quando atingimos o pátio central, levei um susto. Lá estava, como um monumento, um velho tanque de guerra, cravado no coração do campus. Era algo meio surrealista. Um veículo tão bruto como símbolo da universidade. Ficava ali para lembrar o heroísmo dos jovens alunos da casa que, entre 28 e 31 de dezembro de 1958, tomaram esse equipamento de guerra do "exército da tirania", tal como podia ser lido em uma placa.

— Os duzentos e trinta primeiros anos da universidade talvez

valham menos do que os últimos cinquenta — Jacinto, todo con-
quistador, me falou, logo me beijando.

Ficamos por alguns minutos ali, olhando o monumento tão
inusitado. Não conseguia mais me entusiasmar como no começo
da viagem, mas para isso existia o rum. Passei a beber de forma
descontrolada. A crença era uma bebedeira sem fim. Íamos para
lugares onde pudéssemos encher a cara ao som de músicas sobre a
Revolução, numa urgência de não sentir e não pensar. De tempos
em tempos, voltávamos ao hotel. O sexo também fazia parte da
embriaguez.

Em uma dessas bebedeiras, Jacinto resolveu levar os restos dos
produtos brasileiros para a família do vendedor de charutos. Eu
parara de distribuir aqueles itens e por isso havia ainda muita
coisa na mala. Ébrios no meio da tarde, conquistamos uma cora-
gem que não tínhamos. Cantando com voz pastosa, sacolas na
mão, como dois adolescentes num show de rock, seguimos para o
edifício China. Foi fácil achá-lo e estava com a porta principal
aberta. Assim que entramos, alguém deu alarme. As pessoas saíam
dos apartamentos térreos. Rapazes vieram até nós para oferecer
charutos. Jacinto se lembrou do nome da esposa do vendedor —
Elena. Iríamos até o apartamento dela.

— Minha mulher — disse um dos jovens.

— Não, não é — falei.

— Sim, minha mulher — ele insistiu e nos levou até a porta
da casa dela.

Bateu e ela apareceu atrás das grades.

— Querem comprar puros — ele falou.

A mulher repetiu os mesmos gestos amáveis, abriu a porta
gradeada e pediu que entrássemos. Eu disse: não, não queremos
charutos.

— Tem que comprar — insistiu o novo falso marido.

Nesse momento, estávamos rodeados de jovens e meninos. O

efeito da bebedeira tinha terminado. Embora Jacinto continuasse com um sorriso mole, sua mente já voltara ao normal.

Foi ele quem teve a ideia. Espalhou no chão o conteúdo da sacola que trazia. Caíram sabonetes, aparelhos de barbear, tubos de pastas, escovas de dente, frascos de xampu, chinelos. Eu fiz o mesmo com a minha sacola.

— Presentes para vocês — ele falou.

Enquanto eles disputavam os produtos, fomos saindo lentamente do tumulto. Logo estávamos fora do prédio e em poucos minutos virávamos a rua em direção ao Capitólio. Olhei para trás, ninguém nos seguia. Uma moça de olhar triste nos acenou, talvez equivocadamente.

Pegamos um táxi moderno para nos tirar daquela área. Tinha ar-condicionado e o motorista estava de terno e não com guayabera, tal como era comum entre os condutores dos clássicos.

Para mim, a viagem acabou ali, embora tivéssemos mais um dia. Não comentamos nada sobre o incidente.

O plano era passar o resto do dia no Museu da Revolução, mas para iniciar a saída de Cuba ele me levou imediatamente a Finca Vigía. Estávamos em uma área internacional, que não pertencia ao imaginário da Cuba revolucionária. Vagamos pela propriedade, primeiro em torno da casa. Da janela, vimos as paredes do banheiro cheias de anotações de Hemingway.

Ao chegarmos, dois vira-latas nos recepcionaram e ficaram o tempo todo cruzando entre nossas pernas enquanto fazíamos o passeio, distantes da tensão sofrida momentos antes. Depois de conhecer a residência, fomos ao túmulo dos cachorros do escritor — Black, Negrita, Linda e Neron. Memorizei o nome deles e me senti ciceroneada, como se os vira-latas nos levassem aos túmulos de seus antepassados.

Subimos por fim até uma torre, na parte dos fundos da casa, um lugar isolado que Papá usava para escrever quando havia visitas — e havia invariavelmente visita. Lá, me vi fora de Cuba.

Na saída, um velho e depois uma criança nos pediram dinheiro para comer. Tirei algumas notas da carteira e passei a eles. Já estávamos de novo no Brasil.

Ali, ninguém mais vivia a Revolução. Todos viviam da Revolução. Durante essa semana de férias, demos mais propinas do que em um ano no Brasil.

Vi muitas fotos do Che, retratos dele pintados por grandes artistas no Museu Nacional de Belas Artes. Pessoas vendiam as peças do grande revolucionário: boinas, camisetas e coturnos. Até nos ofereceram um uniforme "verdadeiro". Che está em tudo, na praça da Revolução e em todas as lojas, em cada espaço público num país em que o que mais há são espaços públicos.

Na chegada, Jacinto fez o câmbio de euros (o dólar sofre uma depreciação de vinte por cento, uma taxa para a Revolução) por CUCs, a moeda usada pelos estrangeiros, e uns poucos pesos cubanos — notas e moedas de três pesos, com o rosto do Che. As notas são vermelhas e recebemos cédulas novas, que nunca tinham sido usadas. Guardo essas lembranças comigo. Foi a única coisa além dos charutos e do Granma que trouxemos de Cuba. Se Che está em tudo que lembra a Revolução Cubana, ele não está mais lá. De fato, deixou o país em 1966. Fui procurá-lo no lugar errado.

Em uma de nossas conversas iniciais, Jacinto havia dito que se Che Guevara não fosse um homem tão belo, a Revolução Cubana não teria o mesmo encanto internacional. Falou isso com ciúme, embora tenha sido através do Che que ele tenha me conquistado.

Saiba que ando precisando ser reconquistada.

Beijo da Celina.

Terminei de ler essa longa carta com a certeza de que Jacinto me contratara como uma espécie de acompanhante de Celina. Ou talvez como companheiro revolucionário, nessa revolução extemporânea pela qual ela tanto ansiava. Celina desconhecia o fim dos tempos rebeldes. E com certeza nutriu o sonho de morar na ilha de Fidel, mas as duras descobertas na viagem a expulsaram de seu sonho.

Eu sabia meu destino imediato. Tomei também uma dose de uísque. Desci para guardar o carro dela em uma garagem, recolhendo a multa no para-brisa. De volta, sem tirar a roupa, deitei ao lado de Celina, na minha cama de solteiro, colando minhas costas à parede e abraçando aquele corpo frágil. Havia escurecido e eu sentia muito sono. Em dez anos, seria minha primeira noite ao lado de uma mulher. A sua bunda se encaixou em minha virilha, tornando confortável aquela posição.

Ela passaria a noite num ambiente que mais parecia uma barraca de acampamento.

17.

Estava em uma sala tão escura que não era possível identificar nada. Uma camada espessa de breu me envolvia, como uma massa muito mole recebendo meigamente meu corpo, mas sem nenhum contato. Andava ou flutuava naquela maciez escura, tomado por uma sensação reconfortante. Nunca havia sentido isso e o simples movimento nesse vácuo produzia um prazer sentido na pele. Eu estava longamente nu, como se jamais tivesse ocultado meu corpo, e algo me acariciava sem me tocar. Devia ter uma expressão de alegria. Passei a mão nunca antes tão leve nesse rosto, que era e não era meu. Esse contato me indicava que sim, aquela pele, aquela carne, tudo ali me constituía. A maciez da superfície, no entanto, uma maciez de pele de bebê, a ausência da aspereza da barba e as formas arredondadas me diziam o contrário — não, aquele rosto não me pertencia. Essa e outras confusões se sucediam e se prolongavam sem que eu pudesse ter certeza de nada. Tentei ao menos definir onde eu estava. Em uma sala escura, como naquelas boates em que todos fazem sexo sem se ver. Ao pensar nisso, senti meu pau pulsar. Ele latejava contra algo, talvez o colchão, a bunda de alguém ou mesmo a cueca apertada. O lugar escuro e a realidade com essa súbita suavidade despertaram o entusiasmo de meu sexo. Esse estado de levitação e o de compressão poderiam durar por horas e eu não me cansaria. O mundo perdera o peso. Minhas satisfações sexuais vinham sendo rápidas, aceleradas por vídeos pornôs, por fotos depravadas, para que eu perdesse o mínimo de tempo com isso, os famosos cinco minutos, que muitas vezes não chegavam a dois. A mão direita conquistara uma sabedoria muito grande em estrangular o pescoço de meu pau.

Lembrava-me muito de minha avó segurando com uma das mãos os pés de um frango e com a outra puxando a cabeça dele, enquanto o pescoço crescia, ela ali segurando até soltar o frango no quintal, ele se debatendo, sem força para se erguer, as asas imprestáveis, tentando o voo impossível, para se acalmar aos poucos, reduzido a um amontoado de penas em que um ou outro estremecimento se manifestava. Minha avó pendurava o frango morto de cabeça para baixo, o pescoço muito maior do que quando ele estava vivo, e ele rapidamente se fazia cheio de um sangue que logo coagularia, tornando-se duro. Então minha avó depenava o frango, abria-o, separando a barrigada e cortando a cabeça, para retirar o pescoço intumescido, que seria refogado e entregue a meu avô.

Herdei de meus antepassados esse convívio contínuo com o pescoço cheio; em poucos minutos meu pau inchado se fazia inerte, menino vendo a avó matar frango. Quanto mais me masturbava, menos tempo isso me tomava. Mesmo ao sair com prostitutas, a lógica era a mesma. Terminar logo. Destroncar o pescoço do frango.

Agora, eu não mexia em meu pau e ele estava resistindo por um tempo muito longo. Sua independência em relação a mim me alegrava. Devia ter um rosto de contentamento naquela sala escura.

Havia, no entanto, uma duplicação de mãos que se ocupavam de outra tarefa. Eu acariciava um rosto meigo e me acariciava ao mesmo tempo. Com o dedo, identifiquei lábios carnudos. E eles engoliram meu indicador. Na mesma hora, um dedinho fino correu por meus lábios, apertando-os contra meus dentes. Estava como que diante de um espelho que repetia os atos, com alguns segundos de descompasso. Eu havia me dividido. Na masturbação solitária somos sempre dois corpos, o que acaricia e o que recebe o carinho. Era um delírio onanista que eu experimentava? Se sim, nunca havia sido tão bom. E eu queria prolongar essa experiência. Se eu fosse dois corpos, poderia alcançar com minha boca os meus lábios. Então os procurei, levitando naquele escuro. Encontrei-os a poucos centímetros. Mordi minha outra boca. No êxtase, saí de meu corpo e me atracava a ele como um outro. Foram esses beijos, meio imateriais, que aumentaram meu sentimento de estranheza. Uma boca mais uma boca era igual a uma boca. O oco dentado de cada uma delas se fazia único. E o ar passava entre elas, renovando-se pelas narinas, que expeliam lufadas quentes em minha face. Eu fodia comigo mesmo. Tinha aprendido tão bem a me masturbar que conseguira um estado de união independente de outro corpo.

Meu pau já não latejava no ar, na massa invisível e aconchegante em que eu flutuava. Havia se acomodado contra algo. Mas queria avançar. Segurei o pescoço sanguíneo e o guiei entre as nádegas depiladas e fartas. Talvez as minhas? Mas ele se acomodou na fenda úmida que não poderia ser meu ânus. Onde eu entrava então? Deixei de procurar a resposta e concentrei minhas sensações naquele pequeno e grosso pescoço. Meu avô gostava de morder a pele, rasgando-a, para depois chupar o osso envolto em sangue coagulado, escuro do cozimento em meio a outros miúdos. Repugnava-me a cena. E era a memória dela que me vinha nesse momento em que algo também mordia o pescoço cheio, meu pau inchado, mas com uma gengiva sem dentes. E a vontade que eu sentia não era de vomitar, mas outra forma de extravasamento, que expeliria no entanto a mesma sujeira incontida, liberando um cheiro ardido que nos envergonharia.

Fui então derrubado. O que estava embaixo de mim se rebelara com tal força e num movimento tão brusco que caí de costas e senti que agora sim eu era a outra parte, a que recebia. Ergui as mãos e encontrei seios desnudos. Eu estava ali com uma mulher. Não era alguém específico. Nesse outro tempo, o mundo todo ausente, sem formas reconhecíveis, éramos apenas os esboços anônimos dos corpos masculino e feminino. Senti a vagina desdentada lambendo o pescoço do frango. A boca mole não podia rasgar a sua pele. Apenas a acariciava enquanto eu espremia os seios da fêmea.

Quando criança, gostava de fechar os olhos com força no quarto escuro. Isso me dava uma coragem boba. Tinha medo da noite e não temia minhas trevas interiores. Assim que cerrava os olhos, manchas surgiam. Manchas móveis. Depois o escuro mais escuro e enfim o sono. Dormir ficou sendo entrar na própria escuridão. Era a mesma situação desse momento. Penetrava o breu duplo, de um homem e de uma mulher. Os dois eram algo informe, como duas nuvens escuras que, ao se encontrarem, se misturam.

Não sei quanto tempo nos alternamos no negrume das coisas ainda não criadas. Em certo momento, como se eu fosse abrindo lentamente as pálpebras, passei a identificar a silhueta de uma mulher nua deitada ao meu lado. Uma sombra apenas, volume mais negro que a noite. Também vi meu corpo estendido ao lado dela: massa em repouso, escultura de areia na praia. E reconheci então Celina nua em minha cama estreita. Olhei para a janela do outro cômodo — a porta ficara aberta — e acompanhei a luz de uma manhã que ia dando forma àquela parte do mundo que ficara momentaneamente nas trevas.

Já estava bem claro quando, fixando os olhos recém-abertos de Celina, subi sobre seu corpo, enquanto ela afastava as pernas, e aquele meu outro pescoço, nunca tão inchado, retornou à maciez de suas entranhas e ficamos um bom tempo ali, um rindo para o outro até o desfecho ruidoso.

18.

— O que eles fizeram?

Ao nos chamar de *eles*, Celina não estava negando o encontro de nossos corpos, nem se eximindo da responsabilidade do que acontecera, querendo separar o corpo enlouquecido de momentos antes do atual estado de consciência. Ela queria voltar a ser quem anonimamente fomos por um lapso existencial. Sua pergunta era apaixonada e logo ela me beijou.

— Fizeram o que queríamos fazer desde o início — comentei.

— Não precisaram de palavras, nem mesmo de nomes próprios.

— A forma mais pura de...

— Antes da linguagem, antes da individualidade, dois corpos iguais a todos os outros.

— Com a mesma idade: nenhuma?

Ela me olhou ternamente.

— Mas meu amor é crepuscular e por uma mulher matinal — eu disse isso olhando para a luz que inundava tudo através da janela sem cortinas.

— As manhãs são um vidro tão frágil.

Assim que Celina concluiu sua frase, procurei com os olhos o relógio digital que ficava sobre a mesa — 8h26.

Ela se levantou, pisando sobre as roupas emboladas no chão. Vi sua calcinha preta, os fundilhos pelo avesso, e ergui meus olhos até o banheiro, com a porta aberta, no exato momento em que ela se sentava no vaso. Ouvi um jato espesso e firme de urina. Celina estava me expelindo.

Sentado na cama, os pés no chão frio do ladrilho, comecei a me vestir. A relação de um homem de cinquenta anos com seu corpo não é das melhores. Precisamos de tecidos que nos protejam do mundo. Celina voltou nua, parando em pé na minha frente. Sua vagina tinha pentelhos dourados apenas em torno dos grandes lábios. Minha boca e sua buceta ali na mesma altura. Eu a beijei e ela se afastou.

Terminei de me trocar, enquanto ela olhava a cidade pela janela, talvez temendo o que a esperava lá fora.

— É bom você não sair daqui por uns dias...

— Cárcere privado?

— ... até eu descobrir o que está acontecendo.

Eu não tinha nada para um café da manhã. Então desci à padaria, voltando com suco de laranja, bolo, pães, salada de fruta e dois copos descartáveis de papelão, com tampa, com nossos cafés. Ao me ver com a bandeja de papel em que os copos estavam encaixados, um ao lado do outro, e com a sacola cheia, Heitor piscou para mim.

— Acordaram com fome — ele brincou.

O porteiro estava alegre por eu ter arrumado uma companhia feminina. Espalharia isso a todos que sabiam da existência do abominável homem das neves do décimo quarto andar. Fui até ele e deixei uma nota de cinquenta.

— Você sabe que não há ninguém mais no consultório — falei em tom firme, sem deixar margem para brincadeiras.

— Tenho certeza absoluta disso — ele assumiu o mesmo tom de voz, guardando imediatamente o dinheiro no bolso da calça.

Numa seriedade rara entre nós, fizemos um cumprimento com a cabeça e me afastei rumo ao elevador. Nos próximos dias, usaria apenas esse meio de alcançar minha torre, e Heitor não faria nenhum comentário sobre a mudança.

Celina estava na cama em posição de lótus, ainda nua. Sua buceta sorria verticalmente para mim. Sentei na frente dela e colocamos a comida entre nós, um pequeno piquenique no campo. Foi uma das refeições mais intensas que já fiz. Comia e bebia olhando para o sexo dela.

Depois de termos arrumado a cama, foi se trocar. Ela agora não demonstrava medo. Seus gestos decididos indicavam que iria embora, ignorando os temores do dia anterior. O fim da tarde e a noite sempre nos assustam, ampliando nossos fantasmas.

— Fique — implorei.

— Você sabe que é impossível.

Impossível passar uns dias comigo ou que ficássemos juntos? Ou as duas coisas?

— Ninguém vai procurar você aqui.

— Claro que vão. Eles sabem de tudo. Devem ter vigiado Jacinto quando ele visitou você.

— Podemos então nos hospedar em algum hotel.

— Durante quanto tempo? Dez anos? Não dá para fugir.

Ela estava pronta para me deixar. Eu poderia ficar ali, esperando que em um momento de fraqueza voltasse, ou ir com ela, afastando-me de meu mundo.

— Aqui está — falei, entregando a chave do carro.

Ela tentou tirar a chave de minha mão. Não deixei.

— Não vai soltar?

— Nunca — respondi com uma força que a convenceu.

E seguimos juntos para a porta. Fechei o consultório sem ter tido tempo de avisar aos pacientes que o dr. Ubirajara ficaria um tempo longe da cadeira de dentista.

Passamos pela portaria sem olhar para Heitor e sem nenhuma palavra entre nós. Só depois de pagar o estacionamento e entrar no carro, voltamos a conversar.

— Para onde? — perguntei enquanto acionava o motor.

— Avenida Batel — e ela me passou o endereço de seu prédio.

Um casal que sai numa manhã de sábado para visitar alguém.

— Por que estão atrás de mim? Pode me explicar? Por causa do dinheiro que ele me deixou? Pensei que poderia ser a ex-mulher e os filhos. Mas eles nem vieram de Miami para o enterro.

— Jacinto deve ter espalhado que tinha provas que comprometiam as pessoas com quem estava negociando, na esperança de receber mais dinheiro. Geralmente se deixa com mais de uma pessoa um conjunto de documentos ou a informação de onde encontrá-los, em caso de apuro. Ele deixou algo com você?

— Até onde sei, não. Nunca falou muito sobre negócios.

Ela havia se metido numa engrenagem corrupta e Jacinto talvez tenha se separado dela para protegê-la. Desvinculou-se dessa paixão, legando-lhe uma fortuna e me contratando para ficar ao seu lado caso acontecesse algo. Não havia trabalho melhor no mundo.

— E a namorada de Jacinto, estava no velório?

— Uma coitada, mais nova do que eu. Ficou apenas com um apartamentinho e o saldo de sua conta. Ele depositava uma mesada para ela. Já me procurou atrás de dinheiro para o condomínio.

— E você logicamente deu.

— Jacinto tinha pedido para eu cuidar dela.

— Ele pensou em tudo.

— Sempre pensava em tudo.

Eu havia entrado na vida de Celina por uma decisão dele. A busca da Bíblia não era um pretexto. E sabia que a ex-mulher ficaria contente ao encontrar aquele volume. Servia, ainda, para me fazer participar da paixão extemporânea dela pela luta armada. Se eu desempenhasse bem o papel do detetive, ela se apaixonaria por mim e ficaria amparada.

Como todo homem maduro que viveu uma paixão por uma jovem, Jacinto não queria que ela acabasse nas mãos de alguém de uma geração mais nova.

Eu tinha a mesma idade de Jacinto.

19.

Ao abrir a porta do apartamento de Celina, esperando encontrar móveis de qualidade, o brilho dos mármores, obras de arte, enfim, tudo aquilo que eu desdenhara, me deparei com uma bagunça imensa. Os sofás haviam sido rasgados, os quadros estavam no chão, um deles com um corte de faca ou navalha, os enfeites revirados. A desordem era tão grande que não conseguiríamos entrar sem pisar nos destroços.

— Que merda é esta? — Celina falou não reconhecendo a própria sala.

E havia merda mesmo no tapete branco. Uma merda escura de quem havia comido feijão-preto ou tomado vinho tinto.

— Teve sorte — falei com calma, entrando com ela e fechando a porta. — Depois da perseguição de ontem, voltaram para matar você.

— O que querem? — agora sua voz era de choro.

— Dar um susto. Se estivessem em busca de algo não precisavam ter feito tanto estrago.

Ela se aproximou de uma tela caída. Um Portinari. Aqueles

quadros valiam muito. Todos comprados com dinheiro sujo. Funcionavam como depósitos bancários. Apareceriam como herança em declarações de imposto de renda e poderiam ser vendidos em leilões. A casa funcionava como uma conta na Suíça.

Chamamos o porteiro e o síndico. Enquanto eles não chegavam, vasculhei o apartamento. O escritório fora posto abaixo. No quarto de casal, as roupas dela no chão, as gavetas abertas. Algumas de suas calcinhas tinham um corte no fundilho. Talvez fosse uma forma de dizer que ela usara a buceta para se dar bem e seria exatamente onde a castigariam. Nenhum criminoso furaria a cueca de um homem para deixar uma mensagem.

Mexeram no colchão. Nenhum quadro na parede. Queriam achar algum esconderijo.

— Você tem cofre?

— Claro que não. Nem joias. Bijuterias, apenas. As obras de arte é que são valiosas.

Ela recolocara as almofadas nos sofás, sentando-se em um deles com o Portinari nas mãos. Avaliei o preço no mercado, uns dois milhões. Jacinto investira nos grandes pintores do Modernismo.

O síndico — um desembargador aposentado — chegou com o porteiro. Explicamos o que havia acontecido. Eu os levei aos demais cômodos ouvindo o síndico repetir *esses selvagens*. No fundo, ele se alegrava com a destruição. Devia odiar a jovem moradora, que enganara um coroa rico e vivia em um lugar que socialmente não lhe era devido. Essa gente sem origem. Quando são eles os assaltados, se indignam. Talvez pensasse assim.

Na sala, enquanto ela respondia às perguntas do síndico, que declarara não ter havido nenhuma ocorrência, tirei algumas notas da carteira e passei ao porteiro. Ele não fizera o plantão da noite, mas tinha acesso ao conteúdo das câmeras. Guardou o dinheiro e sorriu.

— Preciso ver as imagens das últimas quinze horas — expliquei.

— Copio para o senhor — ele cochichou.

Perguntou imediatamente ao síndico se ainda precisava dele ali, pois a portaria havia ficado sem ninguém.

— Tem certeza de que não viu nada mesmo? — o seu chefe perguntou.

— O movimento foi normal — ele disse isso já saindo para retomar seu posto.

Ficamos conversando. Era eu quem fazia as perguntas agora.

— O senhor... — ele parou a frase indicando que não sabia meu nome.

— Professor Pessoa — respondeu Celina por mim —, um amigo.

— O professor não estaria desconfiando de alguém do edifício, não é? Aqui moram apenas pessoas de bem. E nossos funcionários são selecionados criteriosamente.

— Não suspeito de ninguém. Quero apenas mais elementos para entender.

— Elementos?

— Pessoa é investigador particular — Celina explicou.

Embora não fosse aceita pelos moradores do prédio, era mais respeitada do que eu. Tinha por trás de si muito dinheiro.

— Uma boa providência — o síndico disse.

Insinuava que uma pessoa que enriquecera facilmente era previdente ao andar na companhia de um investigador. Minha presença ali ajudava a desqualificar Celina. Eu não podia agir como um macho ofendido.

— O vigia da noite está há quanto tempo no condomínio?

— Há anos.

— Quantos?

— Talvez dois.

— Foi ele quem pediu para trabalhar à noite?

— Não sei, acho que sim. Por quê?

— Quando isso ocorreu?

— No mês passado.

— Ganha mais para trabalhar à noite?

— Um pouco mais, mas ninguém quer.

— E o que ele alegou?

— Precisava fazer uns bicos de dia.

— Entendo.

— Não está desconfiando dele, está? É um senhor religioso. Vive com uma Bíblia na mão.

— São os piores — falei e depois me lembrei de minhas bíblias.

— Vou chamar a polícia — ele interrompeu meu interrogatório. — Deixar na mão das autoridades.

— A senhora Francelina Paes não quer isso. Não sumiu nenhum objeto de valor. Só bagunçaram a casa.

— Mas houve invasão.

— Talvez ela não se lembre, mas ontem Celina convidou uns jovens aqui do prédio para uma festinha. Eu não pude vir.

O síndico ficou em silêncio. Eu havia mudado a versão do que acontecera. De invasão para festa. Ele esperava mais explicações minhas para tomar a decisão de comunicar ou não à polícia.

— E não será bom para a reputação do edifício a polícia saber que os jovens fizeram este estrago numa festinha inocente. Vão querer saber o que serviram.

Mais alguns segundos de silêncio, enquanto Celina me olhava sem entender a história que eu criara, colocando todos os moradores dentro do mesmo balaio. O síndico então se dirigiu a ela.

— A senhora precisa que eu faça alguma coisa?

— Não, obrigada pela gentileza de ter vindo.

Com um cumprimento de cabeça, ele se afastou. Fui ao balcão e peguei a única garrafa de uísque que não havia sido esvaziada no chão e nos móveis. Catei um copo que fora jogado sobre o sofá, cheirei para ver se estava limpo, despejando em seguida a bebida nele. Sentei-me ao lado dela e ficamos bebendo em silêncio.

Depois de um tempo, ela concluiu.

— Estão de fato buscando possíveis provas contra eles. Julgam que tenho algo.

— Também acredito nisso. E aproveitaram para amedrontar você.

— Se avisássemos a polícia e a imprensa, os perseguidores poderiam reagir com ainda mais violência.

— Em qualquer lugar em que aparecem polícia e imprensa, as coisas sempre ficam mais difíceis. Você tem provas contra os invasores?

— Nem sei quem poderiam ser.

Eu me levantei e comecei a arrumar o apartamento. Era sábado e a empregada só apareceria na segunda-feira. Fomos colocando as coisas estragadas em imensos sacos de lixo. Celina guardava o que não fora destruído. Com uma folha de sulfite, peguei os excrementos e os joguei no vaso do lavabo. Brincavam conosco.

Eu já me sentia incluído na vida de Celina.

Não se pode morar na selva, sozinho, por muito tempo.

Salas, cozinha e lavanderia arrumadas, pudemos preparar alguma comida. Um talharim com molho ao sugo e hambúrgueres assados no forno elétrico, cobertos com uma fatia de mozarela. E vinho. Haviam perdoado a adega climatizada.

Depois de lavar a louça, fomos arrumar os quartos e a sala

de tevê. A tevê fora danificada. Objetos estavam jogados em todos os cantos. Recolhi os itens deteriorados em um saco.

Desci mais de uma vez à portaria para descartar os detritos, embora não fosse o horário nem o dia de tirar o lixo. Quando terminei de me desfazer do material, e não achando Celina no local onde a havia deixado, corri até os quartos, chamando-a. Não respondia. Eu trancara a porta de entrada ao descer até a lixeira, mas talvez os invasores tivessem a chave.

Encontrei Celina na cama da suíte, apenas de calcinha, as pernas abertas, sinalizando o caminho. Fizemos o que tinha que ser feito, agora não mais como corpos anônimos. Éramos quem éramos. Depois dormimos.

Acordei com o barulho da campainha. Na sala, pelo olho mágico, reconheci o porteiro. Entreabri a porta mantendo a trava de segurança.

— Está aqui.

Ele comprara um pen drive para gravar as imagens das câmeras. Dei mais uma nota por conta dessa despesa.

O computador portátil não fora danificado. Eu o experimentara na hora de arrumar o escritório. Nele, fiquei vendo as gravações, adiantando as cenas. Gastei duras horas nisso. Celina acordou e se juntou a mim.

— A que horas você saiu ontem? — perguntei.

— Às quatro da tarde.

— Normalmente você ficava fora até que hora?

— Mesmo em uma sexta à noite, não passava das duas da manhã. Por quê?

— Eles sabiam onde você estava e alguém nos vigiou durante a última noite.

Diante do silêncio dela, mostrei o horário em que os dois homens passaram pelas câmeras externas, usando jaquetas — 20h36 —, começo do turno do porteiro da noite. Adiantei bastante as imagens e, às 4h18, a mesma dupla partiu em sentido contrário, agora com camisetas pretas. A madrugada é sempre mais fria e estão com roupas leves, que facilitam os movimentos.

— Veja a bolsa a tiracolo do homem da esquerda. Está estufada com as duas jaquetas.

— Não dá para ver o rosto.

— Sabiam onde ficam as câmeras.

— Como entraram?

Fui até a sacada, Celina me acompanhou. Empurrei a porta de vidro. Estava aberta.

— Como sabiam que nunca fecho a porta da sacada?

— Quase ninguém fecha. E se estivesse trancada tinham um pé de cabra para forçar o alumínio. Essas estruturas são frágeis.

— Você explicou como entraram, mas moro no quarto andar.

— Você notou como eles são atléticos? Subiram pelas sacadas, escalando. Esse tipo de assaltante é conhecido como Homem-Aranha. Como as cortinas das salas ficam fechadas por causa do prédio bem em frente, não foram vistos. Eis a minha teoria.

Reagindo ao que acontecera, ela voltou para a sala e trancou a porta da sacada.

— Esta noite vou dormir aqui no sofá — informei.

Recebendo um beijo.

20.

Não poderíamos ficar o tempo todo no apartamento, pedindo comida pelo telefone e consumindo os restos de bebidas. Também não me animava deixar Celina sozinha ali ou em qualquer outro lugar. A pistola, que voltei a usar o tempo todo, me dava uma pequena sensação de poder, o que me fazia crer que, ao meu lado, ela corria menos risco. Mesmo não atirando havia anos, mantinha a Glock lubrificada. Ao comprar uma arma, você terá que usá-la uma hora, inevitavelmente. Então, o melhor é cuidar bem dela, poderá ser sua única vantagem em algum momento.

Decidi levar Celina comigo ao sobrado do largo da Ordem. Eu me julgo alguém com inteligência suficiente para enfrentar os inimigos dela, que agora também são meus, apesar de desconhecer a identidade deles. Sei apenas que não deixarão de fazer o que devem fazer. É o código do mundo do crime.

Parei a Discovery numa garagem do Centro, avisando que o carro ficaria ali por mais de um mês. Coloquei como meta resolver tudo em trinta dias, e para isso era necessário acelerar ações que eu devia desencadear, o que representava perder a grana mensal que alguém — Celina jurara não ter nada com isso — estava me enviando. Claro, eu era um homem solitário, e essa raça sempre faz as coisas em busca de alguma admiração sexual por parte das mulheres. Muitas vezes apenas para guardar um cheiro na memória e poder se masturbar com aquela presença perturbadora. Eu estava recebendo muito mais. Devia me empenhar em corresponder às suas expectativas. Havia sido contratado para algo bem específico. Merda, pensei. Assim que ela não precisar mais de mim, serei abandonado à minha vida solitária, à qual terei que me acostumar de novo.

— Vamos ficar sem carro? — ela me perguntou apenas por perguntar, totalmente entregue às minhas decisões.

Estava cansada de ter que escolher isto ou aquilo, pensar nesta ou naquela hipótese. Deixava sua vida nas minhas mãos, pelo menos por um tempo, para descansar de tudo o que vivera ultimamente.

Eu queria amoitar o carro chamativo e, por isso, de fácil identificação e perseguição. Mas não expliquei nada.

— Não me sinto bem dirigindo carro de rico — resmunguei.

— Sempre achei que os pobres devem desafiar os bem--nascidos.

— Para isso, nada melhor do que o desprezo.

— Meu pequeno guerrilheiro.

Não tinha até então consciência disso, mas ela me via, talvez pelo estilo de vida, como alguém que no fundo queria mudar o mundo. Minha residência no edifício Asa, ala comercial, funcionaria na cabeça dela como um aparelho de resistência aos valores contemporâneos, essa grande ditadura. Eu tinha vinte anos para ela, mas em um corpo de cinquenta, menos envelhecido do que os de minha geração, pois ainda guardo os traços do menino que fui. Via em mim os homens entre os quais queria viver. Esse pretenso tempo paralisado que eu representava lhe dava a esperança de uma existência minimamente heroica. Por isso aceitava tudo que eu dizia e fazia. Ao andar com alguém armado, sabendo-se perseguida e tentando chegar a um segredo que era a razão de nossos dias, ela revivia um tempo do qual se sentia injustamente separada.

Fomos de táxi até uma locadora de carros e aluguei um modelo popular, branco, um carro comum que se misturasse com os demais da mesma marca e cor. Em uma loja de produtos para veículos, mandei colocar uma película escura nos vidros.

— Esta é fora de padrão. O senhor pode ser multado — o vendedor me alertou.

Saímos como um casal num começo de vida, em um carrinho de motor fraco e sem outros acessórios além do ar-condicionado. Só andaríamos com os vidros erguidos.

— Nossa espaçonave vagarosa — Celina falou quando coloquei o carro em movimento.

— Já fez sexo em órbita?

— Não, deve ser bom. Os engates ficam mais fáceis com a falta de peso dos corpos.

— O Kama Sutra aumentaria consideravelmente.

E ficamos imaginando maneiras novas de unir os corpos. Ela esfregava as mãos no meio de minhas pernas. Eu dirigia lentamente, sem querer chegar.

— Deve ser estranho um homem se masturbar em órbita — disse isso me olhando.

— Acho que é o que mais fazem.

— O esperma fica vagando na cabine.

Ela fez um movimento de quem estava abocanhando algo no ar e depois fingiu engolir, lambendo em seguida os lábios.

Foi nesse clima que fizemos o trajeto até o Centro histórico.

Estacionei o carro ao lado das ruínas de São Francisco e descemos, abraçados, as poucas quadras até o sebo Papéis Velhos.

É uma loja extremamente organizada, com móveis antigos, quadros, gravuras e objetos de escritório expostos — de lápis da década de 30 a uma máquina de escrever do início do século xx. Misto de loja de antiguidades e sebo de obras raras. As lombadas dos livros são vetustas, nada que nos remeta a livrarias de brochuras. Um rapaz de roupas antiquadas, colete de linho sobre uma camisa social, veio nos atender, perguntando se procurávamos algo específico.

— Alguém específico — respondi. — O senhor Elionai. Diga que é parte de Orlando Capote.

Logo aparecia um homem muito magro, de uns sessenta anos. Eu disse meu nome, apresentando Celina como uma amiga. Os nossos olhares, qualquer um via, não eram de amigos. Elionai percebeu isso na hora, fazendo uma mesura jovial. Devia ser raro ter em sua loja de quinquilharias do passado uma jovem tão bonita e bem cuidada, de uma brancura que reluzia. Talvez pessoas que convivam tão intensamente com destroços de outras épocas sintam a necessidade de se entusiasmar com mulheres que os devolvam ao presente. Celina, com suas roupas coloridas, era uma manhã de sol.

— Capote me ligou falando de você.

Havia uma comunicação total entre os membros dessas sociedades ligeiramente secretas. Ele nos levou ao escritório, todo montado com peças de no mínimo cinquenta anos. Celina parecia uma personagem do futuro que entrou por equívoco em um ambiente passadista. O escuro das madeiras, os couros ressecados dos sofás e poltronas, os objetos com uma crosta de velhice, as molduras corroídas dos quadros, os tapetes gastos, tudo isso contrastava com a calça amarela de Celina, a blusa florida e o tênis colorido — essas peças pareciam ter acabado de sair da fábrica. Talvez a mesma distância separasse meu corpo estragado do dela.

— O que vocês procuram é quase uma lenda.

— O senhor não acredita em lendas? — Celina perguntou, ironicamente.

— Devo acreditar, pois vendo muitos livros que recolhem lendas, mitos e narrativas místicas.

— Todas as narrativas são místicas — Celina afirmou.

— Há alguma pista sobre a Bíblia do Che? — eu perguntei, reconduzindo a conversa para o terreno do mundo real.

— Localizei um ex-guerrilheiro que viu o exemplar anotado por Guevara. Há um problema. Isso foi em 1976, dez anos depois da suposta passagem dele por Curitiba.

— Suposta? — Celina estranhou.

— Guevara ficou um ano incógnito. Havia se transformado em um mito. E os mitos têm o dom da onipresença.

— O senhor acredita que ele não esteve aqui? — tentei ser ponderado. Não queria que Celina perdesse totalmente a crença em algo que nos unira.

— Apenas não tenho provas de que esteve.

— É claro que esteve — Celina disse isso e se levantou, deixando entender que não acreditava no que Elionai dizia.

Aquele não era o passado em que ela queria viver. Não aceitava a existência de peças que não se encaixassem. Foi para a loja e ficou olhando as vitrines com documentos, gravuras, objetos e livros.

— Qual a possibilidade de o exemplar dessa Bíblia existir? — aproveitava a ausência da paciente para uma conversa franca com o médico que a atendia.

— Trabalho com todos os colecionadores da cidade. Conversei com os principais. Ninguém nunca viu. Dois ouviram falar.

— Devo desistir?

— Não abandonamos as nossas paixões.

— O senhor não desistiria, então?

— Sou um vendedor. Negocio coisas concretas.

— Entendo — me levantei e ele também.

— Sei que está querendo dar realidade ao sonho da moça. Nesta idade, elas precisam crer em algo. E é sempre mais fácil se apegar às coisas do passado. Por isso esta onda *vintage*, este movimento retrô. Vivo disso. Crer em algo que ficou esquecido no passado.

— A vida das pessoas não acontece no passado.

— Se você acredita que os objetos guardam uma parte dos que os usaram, as pessoas ainda estão vivas neles. Sabe, os que mexem com antiguidades são os apóstolos de uma nova seita. A pessoa chega aqui e quer algo que pertenceu à época em que o pai emigrou para o Brasil. Vieram para trabalhar no campo, ficaram na hospedaria de imigrantes e foram conduzidos para uma fazenda onde lhes deram apenas o essencial para viver — ele contava isso e se encaminhava lentamente para o centro da loja, onde paramos. — Duas gerações gastaram a vida na lavoura, daí um dos netos fez faculdade, ganhou algum dinheiro e apareceu aqui querendo um exemplar da *Divina comédia*, em italiano, da década de 20. Ele aprendeu a ler na língua dos antepassados e se esforça para herdar o livro que eles não puderam ler, não só porque nunca tiveram um livro mas principalmente porque todos eram trabalhadores braçais e analfabetos. Eu arrumo a edição, comovido por essa história de superação das limitações culturais. E ele terá um livro que, na sua historinha para as visitas, está na família há quase um século. Somos todos ficcionistas.

— O senhor vai nos ajudar?

— Ajudo todas as pessoas a adquirirem um passado pessoal que não existiu, mas que lhes servirá como apoio.

— Está me sugerindo inventar a Bíblia do Che?

— Não sugiro nada. Apenas relato este lado, digamos, humanitário de meu trabalho. Arranjo o anúncio em jornal de um navio que alguém imagina que foi o que trouxe seus antepassados ao país. Vai colocar isso em um porta-retratos ou mandar ampliar para exibir no escritório. Precisamos desses fios históricos que nos liguem a episódios grandiosos. Meu avô veio para o Brasil com a família e a roupa do corpo, e fez aqui a sua vida, orgulha-me esse tipo de gente. Eu dou a eles algo que os parentes não podiam ter deixado porque não tinham. Sou o intermediário entre as pessoas de hoje e objetos e imagens que precisam ser herdados. Vasculho o passado para os outros.

— Arranja a roupa para o baile à fantasia.

— Um pouco é isso. Olhe lá sua amiga.

Celina havia retirado de uma chapeleira antiga um chapéu com penacho e outros enfeites. E o experimentava na frente do espelho embaçado do móvel. Uma cabeça antiga num corpo jovem, colorido e moderno.

— Para ela ficaria melhor talvez um quepe — brinquei.

— Posso arranjar um da época da guerrilha — Elionai disse, rindo.

— O senhor trabalha com tudo?

— Não. Muita gente procura objetos nazistas. Não os descendentes de alemães, estes são os que se desfazem dos itens incômodos, na esperança de se livrar da vinculação com o genocídio. Sempre alegam que ganharam de alguém.

— Qual o objeto mais terrível que já ofereceram aqui?

— Uma coleção de fotos de meninas nuas em um campo de concentração na Polônia. Estavam muito magras. Não deviam ter mais de quinze anos. Mal olhei duas ou três fotos e já fechei o álbum, explicando que não trabalhava com esse tipo de material.

— E a reação do vendedor?

— Saiu imediatamente da loja.

— E quem vem comprar?

— Pessoas que acreditam que o Brasil é uma esculhambação e que Hitler havia feito a coisa certa. Hitler é o Che Guevara da extrema direita.

— Ouvi uma vez de um descendente de alemães que o pai dele morrera afirmando que o nazismo era bom; o equívoco havia sido o hitlerismo.

— E dá para separar?

— Foi o que perguntei a ele. Queria dizer que seu pai estava certo por ter professado o nazismo, transferindo para Hitler todo o mal.

— É só fachada. Quem me procura idolatra Hitler. Qualquer objeto, um anel da ss, uma adaga, uma bandeira, é uma forma de ressurreição da alma do Führer.

— Então temos pequenos museus do nazismo na cidade?

— Com certeza.

Celina se cansara de olhar os objetos e livros antigos e me aguardava, imprevidentemente, do lado de fora da loja, observando o movimento desta manhã de segunda-feira. Despedi-me de Elionai e voltei ao tempo presente ao beijar os lábios dela.

21.

Uma batida suave na porta me acordou. No meio da tarde, depois de termos almoçado em um restaurante do bairro, como medida de segurança, Celina me deixou perto do edifício Asa, para visitar a tia em Porto de Cima, na serra da Graciosa. Havíamos conversado sobre a necessidade de ela se afastar por um tempo enquanto eu tentava descobrir o assassino de Jacinto e o provável mandante dessas invasões e perseguições. Perguntei se ela tinha algum conhecido ou parente na praia ou no interior. Falou que só restavam sua tia e uma prima, isoladas em uma chácara em Porto de Cima, às margens do rio Nhundiaquara. Achei que seria um esconderijo adequado, bastava saber apenas se não era muito previsível.

— As pessoas sabem dessa tia? Você fala nela?

— Não, faz anos que ela mora lá. Na infância, eu sempre a visitava. Ela fazia palmito cozido para mim, palmito que ela cortava na hora em algum canto da chácara. Você sabia que o palmito refogado fica escuro?

Não, eu não sabia, mas notei que essas lembranças a devolveram a um espaço acolhedor. A chácara seria um lugar perfeito. Ela me passou mais informações, ficava retirada da estrada e com vizinhança antiga; chegou a desenhar um mapinha indicando a localização da propriedade. Depois afirmou que seria um lugar paradisíaco se não fossem os mosquitos.

— Quem disse que no Paraíso não havia mosquitos?

— Mas não deve ter tanto como lá — ela falou e riu.

Fomos a um mercado. Solicitei que Celina permanecesse no estacionamento com os vidros fechados e no lugar do motorista, pronta para arrancar se algo acontecesse. Corri até as prateleiras. Ao reencontrá-la no carro, senti um alívio. Não estávamos sendo seguidos. Pedi que fôssemos a uma loja de departamento discreta.

— O que é isto aí? — ela quis saber ao ver a embalagem que eu deixara no banco traseiro.

Deve ter imaginado, neuroticamente, tratar-se de uma arma.

— Repelente — informei.

Paramos em uma loja nas imediações do Centro, entrando juntos. A nove milímetros me apertava a barriga, presa pela cinta. Com muita agilidade, e sem nenhuma dúvida quanto a modelos e cores, compramos algumas roupas. Depois sacamos dinheiro de minha conta e da dela em um caixa eletrônico. Eu também levava comigo o último pagamento.

Ela então me deixou na praça Osório, mas do lado contrário de meu prédio, partindo em busca de abrigo na serra. Ficaria lá até que eu tivesse alguma certeza sobre quem a perseguia.

Cruzei a praça e entrei no velho edifício, movimentado àquela hora comercial, de fim de expediente, subindo as escadas que não me levavam a nenhum lugar acima da cidade dos homens. Era preciso agora retomar a rotina, mas antes queria dormir um pouco, para fazer com que assentassem os pensamentos e as emoções.

Assim que fui acordado pelas batidas, olhei as horas no velho despertador sobre a mesa: 17h38. Havia descansado menos de trinta minutos. Uma sensação de irrealidade tomou conta de mim. Não sabia direito quem eu era naquele antigo consultório. Cheguei a pensar que estava esperando a vez para ser atendido. Eu tinha quinze anos e muito medo da anestesia e da broca que roeria parte de meus dentes. Minha mãe me deixara na recepção para fazer algo e eu dormira por causa do pavor, acordando quando todos já tinham ido embora. Por um lapso mínimo de tempo, revivi como pesadelo esse medo infantil. Outras batidas me convocaram para a realidade.

Afastei-me rapidamente da infância e fui ao local de onde vinha aquele som. Abri a porta esperando encontrar Celina. Havia desistido da viagem e voltara à minha cabana no meio da mata, apavorada com o que poderia acontecer com ela longe de mim.

Do lado de fora, encontrei dois jovens musculosos, com camisetas pretas coladas ao peito e aos braços imensos. Só pessoas muito fortes batem com tanta delicadeza em uma porta. Qualquer descuido e eles a arrombam, sem querer.

— Professor Carlos Eduardo Pessoa? — me perguntou um deles, avançando em minha direção.

— Sim — respondi e recuei diante daquela carcaça.

— Viemos da parte do dr. Santos de Sá — ele falou já dentro da sala.

O outro também entrou, fechando a porta. Tonto de sono, deixei a Glock sob o travesseiro. O menino que acordou nem sabia da sua existência.

— Sinto informar que não estou pegando novos casos — eu quis ser engraçado.

— Não são os seus serviços que nos trazem aqui.

— Mas é o que tenho para oferecer.

— Sabemos o que o senhor tanto procura — o mais forte deles falou.

— Então sou eu que preciso contratar os serviços de vocês.

— Sinto informar que não estamos pegando novos casos — ele disse e tive que rir da brincadeira de meu provável sequestrador.

O que entrou depois olhou para meus pés descalços.

— Poderia colocar os sapatos? — falou com educação.

Com certeza, foi ele quem bateu na porta.

— Gosto de ficar descalço em casa.

— Infelizmente terá que nos acompanhar.

— Perderei a novela das sete.

Não tenho televisão.

— Programe o aparelho para gravar.

— Boa ideia.

O outro invasor empurrara em minha direção os tênis, que haviam ficado ao lado da cama. Um deles se virou.

— Minha mãe dizia que calçado virado chama tragédia.

— Superstição — disse o mais forte.

Sentei-me na cama e calcei os tênis estropiados por minhas movimentações pelo Centro. Depois os amarrei com força, esticando o cadarço até meus pés doerem. Em movimentos lentos, peguei minha carteira na mesa, esticando o braço direito, e me levantei.

O mais forte resgatou meu blazer, atirado sobre o espaldar da cadeira, e me passou. Eu o vesti.

Foi o outro quem abriu a porta, tirando antes a chave do tambor interno e me entregando para que, depois que saíssemos, eu pudesse fechar a sala sem levantar suspeitas, caso houvesse alguém no corredor. Os dois me ladearam enquanto eu trancava o consultório, para onde eu talvez não voltasse mais. Parecíamos conhecidos num final de expediente.

— Preferimos as escadas — o mais forte informou quando nos aproximamos do elevador.

Descemos em completo silêncio. Na portaria, meu delicado sequestrador se adiantou e puxou conversa com Heitor, enquanto o outro me abraçou, ocultando-me com seu corpanzil. Como era horário de muito movimento, todos com pressa de ir para casa, nem sequer meu amigo me notou. Segundos depois de chegarmos ao carro, estacionado em uma rua paralela, o outro comparsa apareceu, assumindo o lugar do motorista. Fui no banco de trás, ao lado do mais sisudo, que estava pronto para a contenção de eventuais expansões.

— O que o dr. Santos de Sá quer de mim?

— Pergunte isso a ele — meu companheiro de banco falou.

— Espero ter esse prazer.

— Vai depender de você — ele disse, olhando para fora, enquanto o outro dirigia falando com alguém pelo celular.

Pouco tempo depois, entrávamos na garagem de um hotel nas imediações da Rodoferroviária. O carro parou na porta do elevador de serviço, que logo chegou, vazio, oferecendo-nos suas paredes acolchoadas. Entramos os três. Não vi o número do andar a que me destinaram, mas era alto. Assim que a porta se abriu, naquele barulho incômodo de lâminas de guilhotina que se afastam, o jovem mais forte saiu sozinho, talvez para verificar se não havia gente por ali. O outro ficou com a mão na porta, impedindo que o elevador fosse para outro andar. Em seguida, olhou para fora e me indicou, com um movimento de cabeça, que saísse. Andamos poucos metros até a primeira suíte, cuja porta estava aberta. Ela foi rapidamente fechada assim que a cruzamos.

Era um quarto grande, com dois ambientes. Sofás, mesa de trabalho, cortinas de qualidade. Uma televisão imensa. Poucas pessoas sentem saudade de casa se hospedadas em um quarto com uma boa tevê e uma rede wi-fi.

— Você pode se sentar — ordenou o meu raptor mais silencioso.

Não me mexi. O outro saiu para falar ao celular, enquanto o que ficara arrancava o aparelho de telefone da tomada do quarto. Depois me revistou, não encontrando nada.

— Vou me deitar — falei. — Vocês me interromperam o sono.

Ele me olhou com desprezo. Sem tirar a roupa ou os tênis sujos, me acomodei na cama macia, deixando os pés para fora. Ele fechou a porta dessa parte da suíte, e ouvi a televisão sendo ligada num programa de esportes.

Não dormi, logicamente. Fiquei pensando na razão de me levarem a um hotel. Talvez eu aparecesse morto por overdose no dia seguinte. Seringas usadas na mesa, restos de droga, eu teria escolhido o hotel para me divertir sozinho. Uma história mal contada na qual todos acreditariam. E não haveria ninguém para sofrer com o fim de um solitário.

Claro que esse enredo poderia ter variantes. Eles me matarão e o melhor lugar para desovar um corpo é em um hotel com grande fluxo de viajantes. Há o problema das câmeras de segurança, mas devem ter acertado a desativação delas.

Fiquei imaginando essas hipóteses ao som da televisão. Pouco mais de meia hora depois de ter me deitado, a porta principal da suíte foi aberta e ouvi um dos sequestradores dizer:

— Está dormindo.

A outra porta acabou escancarada por um homem grisalho, com um terno ostensivamente caro, de um tecido preto de muito brilho, que contrastava com sua cabeleira farta. Eu ainda estava na cama.

— Espero que esteja gostando das acomodações.

— São ótimas — eu disse isso me levantando. — Pena que não tive tempo de fazer as malas. Poderia ter tomado um banho e me vestido mais adequadamente para este encontro.

Santos de Sá riu, aproximando-se da cama e se sentando em uma das pontas.

— Meu pessoal tentou marcar esta visita, mas o senhor não tem telefone.

— Telefone é para falar com as pessoas, e isso é algo que evito.

— Mas esteve conversando com minha ex-mulher.

— Por pura necessidade.

— Agora quem tem a necessidade de conversar sou eu.

— Faço uma proposta. Respondo duas perguntas para cada uma que o senhor me responder. É um bom negócio.

Ele riu novamente, agora com superioridade.

— Acredito que você não esteja em condições de estabelecer os termos contratuais — e olhou para os dois seguranças, que permaneciam impassíveis, completamente alheios às nossas ironias.

— Neste momento, não...

— Acho que em nenhum outro. Por isso, minha contraproposta é três perguntas por uma, para marcar a minha vantagem.

— Contrato leonino.

— A primeira: qual a relação que você está estabelecendo entre mim e Jacinto?

— Jacinto trabalhava para a sua empresa.

— Nunca trabalhou.

— Não digo formalmente, mas como lobista.

— Essa é uma atividade ilegal. Se ele atuava em tal área, não tenho informações.

— Nessa suposta atividade de operador, ele ficou com uma parte do dinheiro que devia ser distribuído no condomínio de empresas. Isso teria trazido problemas para todos, comprometendo o esquema de financiamento de campanhas dos aliados do governo.

— Sua conclusão: sou o assassino de Jacinto.

— Não, apenas um dos suspeitos.

— Quem seriam os outros?

— A própria esposa dele, Francelina.

— Com quem você tem sido visto.

— Até agora não encontrei nada que a comprometesse.

— Embora procure com muita minúcia, pelo que dizem.

— O segredo de qualquer busca é a minúcia, mesmo quando sabemos que não se encontrará nada.

— Daí vira apenas diversão. Francelina poderia ter matado Jacinto para ficar com o dinheiro dele. Mas há outro suspeito...

— Penso que poderia ser alguém do governo, dos partidos da base de apoio. Ele deve ter deixado de repassar somas bem interessantes. Mas isso não é o pior. Estava fazendo chantagem para receber mais. Morto, deu sossego a todos, mas principalmente ao pessoal dos partidos, que é quem mais tem a perder. Então, qualquer um desse grupo lucraria muito com o sumiço de Jacinto.

— Nesta sua narrativa, Jacinto era um mocinho que roubava os bandidos. Aquele negócio de ladrão-que-rouba-ladrão.

— Seria um suicida. Intuía a morte próxima, então tratou de proteger seu dinheiro, transferindo altas somas para pessoas queridas.

— Principalmente à pessoa que para você se tornou muito querida.

— Também para ela.

— Não se esqueça que Jacinto era glutão. Queria tudo para ele.

— Ansiedade?

— Não creio. Farei minha última pergunta: quem está pagando você e quanto?

— Para isso também não tenho resposta. Quem me contratou foi Jacinto, mas continuo recebendo uma parcela mensal. Como não sei até quando vai, não posso dizer a cifra toda.

— O seu preço então está em aberto...

Ele tirou o celular do bolso e teclou algo. Pensei que fosse ligar para alguém. Mas me mostrou seis dígitos. Era a sua oferta. Não a pronunciou por causa dos seguranças, que ganhavam salários medíocres para fazer o serviço sujo. Cada um na sua classe social.

— Tudo para enterrarmos definitivamente Jacinto.

— Não trabalho em funerária. Mas parece que se consegue um enterro por bem menos.

— Talvez você tenha razão — ele disse e se ergueu, o que fez a frase soar como uma ameaça.

— Agora minha única pergunta.

Santos de Sá parou no meio da suíte e se voltou para mim, esperando.

— Por que ele foi morto?

— Já respondi, por ser glutão. Vivemos uma era *fit*.

Ele se virou para os seguranças e explicou algo que eles já sabiam. Era só um reforço.

— Vamos deixar nosso hóspede descansar.

E se encaminharam para a porta principal, em fila indiana, Santos de Sá no meio. Continuei sentado. Não queria que tomassem algum movimento meu como perigoso. Mas não resisti a um último comentário.

— Li sobre o senhor nos arquivos do Dops. O Belo Burguês.

Ele parou de novo, mas sem olhar para trás, para o quarto padronizado em que um cinquentão malvestido estava tentando parecer provocador. Imaginei, no entanto, um sorriso nervoso, antes de ele começar a falar.

— O pessoal daquela época inventava muita coisa. Esses arquivos são uma verdadeira prova de distúrbio mental coletivo e se compõem de notas tomadas por neuróticos.

— Mas o Belo Burguês esteve preso.

— Gente muito mais revolucionária do que eu também — e ele voltou a se mover.

Alguns passos depois, olhou enfim para mim.

— A diária está paga. Com um jantar no restaurante do hotel. Infelizmente não poderei acompanhá-lo, mas aproveite. Aí na mesa estão os contatos para você chegar até mim, caso mude de ideia.

Ao terminar as explicações, um dos seguranças fechou a porta.

Fiquei mais uns quinze minutos, peguei a folha de papel timbrado do hotel com o nome de duas mulheres e seus telefones. Saí e logo estava no saguão, passando ao lado da porta de vidro interna do restaurante, com o cardápio do dia e a carta de vinhos fixados num suporte.

Não me interessei em saber o que estavam servindo.

22.

Só há verdadeira solidão quando não amamos ninguém, obliterando as lembranças de prazeres passados. Ao nos recordarmos de um velho amor, de seu cheiro ou de uma história banal vivida a dois, uma força incontrolável surge e acabamos apaixonados de novo. Apenas um lampejo de alegria incendeia nossa alma toda. Se Lírian não tivesse aparecido em meu monastério, despertando em mim sentimentos custosamente amortecidos por meio de muita renúncia, eu não estaria apaixonado por Celina agora. Desenvolvi o amor por ela através da lembrança de meu entusiasmo pretérito por Lírian. Celina atualizou, tal como um programa de computador é automaticamente atualizado, uma predisposição que já não havia em meus equipamentos emocionais. O amor é algo gravado em uma mídia que se torna obsoleta muito rapidamente. Precisamos que ele seja rodado em mídias mais recentes.

— Nessa teoria não existiriam relacionamentos duradouros?

Foi a pergunta que me fiz nas horas vazias em que a ausência de Celina me jogara. A minha resposta, provisória, era que nos casamentos de décadas as pessoas estão sucessivamente se apaixonando por outros parceiros, reaprendendo assim as ansiedades amorosas. Em vez de se separar da pessoa com quem estão, desenvolvem a capacidade de usar essas inflações de ânimo para reavivar as cinzas conjugais. As novas paixões, desde que captadas à distância, fazem o relacionamento de sempre funcionar a todo vapor. Pode ser a paixão por uma atriz ou um ator de cinema, por colegas de trabalho, por alguém que vemos na janela do prédio ao lado; o importante é que leve um dos integrantes do casal a conjugar de novo o amor sacramentado. Claro que tudo isso eu só conhecia como teoria, pois nunca consegui manter uma mulher ao meu lado por muito tempo. Mas cada uma que chegava era a modernização emocional das que já pertenciam a um tempo perdido. O próprio ato de pensar isso agora se faz como repetição de um pensamento anterior, em um período qualquer de minha vida. O amor, reprise inaugural de sensações até então esquecidas.

No silêncio de meu conjunto comercial, passei a ver o meu afastamento, até aqui defendido com violência, como algo terrível. O recente fim de semana com Celina me devolvera a uma casa, a um espaço preparado para um casal, e pouco me importava que o relacionamento que dera existência àquele lugar, fazendo reunir móveis, objetos e roupas, não tivesse prosperado. Um apartamento como aquele, ainda quando habitado por uma única pessoa, é um projeto amoroso, visível nas duas torneiras na pia do banheiro da suíte, no closet com uma área para vestidos e outra para paletós, na cama de casal de dois por dois metros, na *chaise longue* dupla na sala da tevê. Tudo ali falava a linguagem do *dois*.

Por isso, a sala em que eu passara quase uma década se tornou inabitável. Fiquei só, mas sem a paz de alma que esse ambiente exige, pois não havia mais renúncia em mim. Eu era um homem apaixonado por Celina e por todos os amores que tive ao longo de uma vida e que agora entravam na juventude da velhice. Queria uma casa com cheiro de comida, com máquina de lavar roupa ronronando na área de serviço, com o volume de televisão alto e a eterna lista de produtos que devem ser comprados no mercado, não se esqueça de que o amaciante tem que ser da marca tal; enfim todos esses incômodos que compõem uma rotina. Um amor completo vem com tumulto doméstico.

Enquanto eu pensava nessas e em outras coisas, alguém batia à porta, com cuidado e respeito, mas intensamente. O amor era isso, alguém batendo em sua porta. Fazia três dias que Celina partira para a serra, e eu continuava sem notícias dela. A comunicação entre nós seria difícil. Eu não tinha telefone. Na chácara, ela não devia ter sinal de celular. A distância entre Porto de Cima e o Centro de Curitiba voltava a ser imensa, como no período colonial. Ela ficara de me mandar um telegrama, por isso eu descia constantemente à portaria para saber se chegara algo. Heitor zombava de mim, brincando com minha mudança de comportamento. O homem mais recluso da cidade ansiava por um contato com o mundo. Ele desconfiava que o mundo, para mim, tinha como centro uma buceta. O escandaloso quadro de Gustave Courbet não devia se chamar *A origem do mundo*, o que dá ao órgão feminino, com uma pelagem densa, um caráter meramente reprodutivo. Para mim, esse quadro devia ser rebatizado como *O centro do mundo*. Não era de onde vínhamos, mas para onde convergíamos.

As batidas na porta talvez fossem de Heitor, que fugira do balcão por um instante para me trazer o telegrama. É lógico que ele jamais faria isso, mas se apaixonar é crer no improvável. Poderia ser a própria Celina retornando, não suportara minha falta e estava ali para viver comigo.

Abri tão abruptamente a porta que assustei um rapaz que estava indo embora. Devo ter me demorado nesses pensamentos.

— Achei que não tivesse ninguém — ele falou, meio se desculpando.

— De fato não tem.

— Queria fazer o orçamento para restaurar um dente.

— O dr. Ubirajara se aposentou e aqui funciona uma clínica de aborto.

— Ah, mil perdões — ele disse e seguiu rumo ao elevador, sem olhar para o monstro que fazia curetagem no útero de jovens.

A secretária da sala ao lado, que me conhecia, saiu no corredor e me olhou, rindo. Todos ali no andar se divertiam com minhas esquisitices. Eu era o louco do prédio e eles precisavam comentar meu estilo de vida para se sentirem satisfeitos com a merda da existência deles. A dedicação ao trabalho vale a pena. Veja a vida do homem que dorme o dia inteiro no antigo consultório do dr. Ubirajara.

Nesses três dias, os mais longos de minha vida, terminei a pesquisa sobre a passagem do Che Guevara por Curitiba, mais apropriadamente pelo Paraná, e sentia uma necessidade imensa de contar tudo a Celina. Queria mesmo era vê-la e transformava esse desejo na necessidade profissional de narrar as descobertas pífias que fizera. Permanecia sem saber quem matara Jacinto e perseguia a sua viúva. Essa deveria ser minha principal tarefa. As informações que eu levaria a Porto de Cima não significavam nada e só deixariam Celina triste, mesmo assim eu queria me fazer emissário delas.

Dormi decidido a viajar na manhã seguinte. Ficaria com ela umas poucas horas, caminharíamos às margens do rio Nhundiaquara, sentaríamos nas pedras imensas que afloram em seu leito, molhando nossos pés na água fria da montanha. Depois, eu estaria recarregado de sua energia, podendo ficar mais algum tempo sem ela.

Na manhã seguinte, andei displicentemente, olhando vitrines, fazendo zigue-zague pela área central, entrando nas galerias para chegar a outras ruas e depois voltar ao mesmo ponto, na tentativa de ludibriar algum eventual perseguidor. Levei quase uma hora para alcançar a Rodoferroviária, onde comprei passagem para Porto de Cima. Esperei no embarque da ala interestadual, de onde, pelo vidro, vi o meu ônibus estacionar no lado oposto. Fui ao banheiro do outro lado do terminal, cruzando uma área proibida para pedestre. Assim que entrei no sanitário malcheiroso, dei meia-volta e saí rumo ao portão de embarque, que ficava bem na frente. Entrei no ônibus como um fugitivo, acomodando-me com rapidez. Logo estávamos a caminho da serra. Fingi dormir por alguns minutos, mas quando abri os olhos flagrei a vizinha do banco ao lado me observando.

— Que bom que o senhor acordou — a senhora me disse.

Aparentava uns sessenta anos, levemente arredondada, com muita maquiagem no rosto. Ameaçava ser uma dessas pessoas que precisam forjar intimidade com estranhos. Não falei nada, fechei novamente os olhos, mas ela tocou meu braço, perguntando se eu era de Morretes, destino final do ônibus.

— Não — resmunguei.

— Também não sou mais — ela começou a sua narrativa.

Nada me livraria de emprestar meus ouvidos a uma história qualquer.

Estava indo visitar a região onde se criou. O pai se estabelecera em Curitiba para tocar um depósito de bananas que saíam verdes de Morretes e ficavam amadurecendo no barracão. Ela brincara no meio dos cachos estocados quando criança. Os adul-

145

tos não gostavam de suas travessuras. Tinha ocorrido um acidente famoso com as bananas. Um viajante que voltava do litoral comprara um cacho pequeno em uma barraca de beira de estrada, para aproveitar a oportunidade. São muito boas, as melhores do Brasil. Doces, muitos docinhas. O senhor já experimentou as balas de banana do litoral? Ela quis saber e eu menti, dizendo que sim. Não gosto de doce. E odeio bananas. Ela já falava das fábricas em Morretes e Antonina. Como na infância visitava as indústrias, sentia enjoo com o cheiro das bananas muito maduras. Cheguei a ter ânsia de vômito imaginária. Explicou que não era um odor de podre, e sim da doçura intensa da fruta. Dizia isso salivando, movida por uma lembrança olfativa de quase cinco décadas. Não fazia uma viagem de ônibus a Morretes, entrava em outro tempo. Também me contou dos banhos de rio, da descida na correnteza em boias. Hoje usam caiaques e outras coisas caras. Na nossa época era tudo mais rústico — ela já me incluía na geração dela, vendo-me como um possível namorado, o que me deprimiu.

— A senhora estava falando de um acidente…

— Me chame de você — ela disse com os lábios úmidos.

— Você ia contar algo.

E voltou então a narrativa interrompida.

O pai comprou o cacho de banana, última recordação da temporada de praia, e colocou na parte traseira do carro, ao lado do filho de dois anos que dormia no banco, acomodado em travesseiros, como em uma manjedoura. O menino não fez nenhum barulho durante toda a viagem. Só em Curitiba, ao tirá-lo do carro, viram que estava morto. Tinha uma picada de cobra no pescoço. O animal peçonhento, uma pequena e perigosa coral, voltara a se enrolar entre as bananas. Enquanto a mãe gritava com o corpinho do filho no colo, o pai esmigalhou a cobra com um pedaço de madeira que pegou no quintal, amassando junto todas as bananas.

— Uma versão da morte de Lindoia, em *O Uraguai*, de Basílio da Gama — o velho professor de literatura voltava à ativa?

Minha companheira de viagem continuava seu relato, indiferente ao meu comentário.

— No depósito, morríamos de medo de cobras escondidas nos caixotes de banana. Mas nunca vi nenhuma. E também me recusei a parar de brincar lá. Sabe por quê?

— Pela emoção de se avizinhar do perigo.

— Não tinha pensado nisso — ela falou, tentando olhar em meus olhos, mas me fixei na paisagem montanhosa. Já estávamos na estrada da Graciosa.

— Porque no barracão eu me via andando nos bananais de minha terra.

Explicou então que, em Curitiba, até os anos 1970 não existiam bananeiras. A cidade era tão fria que só as frutas de origem europeia se desenvolviam. Lembrava muito das pereiras. Os quintais tomados por essas árvores com suas floradas brancas, o que fazia com que elas, as meninas, sonhassem com véus e grinaldas de noiva.

— Eu entrava no barracão e me transportava para a chácara onde passei a infância. Era uma forma de matar as saudades da terra natal, tão perto mas tão diferente. Em Curitiba eu buscava o namoro e o casamento; no barracão, a memória de minha meninice.

— E volta sempre para lá? — tentei desviar a conversa para temas mais neutros.

— Passo alguns fins de semana na casa de meus primos. Curitiba está cheia de bananeiras nos quintais. Sinto saudades hoje é das grinaldas das pereiras.

— O aquecimento do planeta — falei.

— Há até lagartixas em Curitiba. E elas são de climas quentes.

— Estamos sempre no lugar e no tempo errados — falei.

O comentário continha muita crueldade. Eu, no entanto, não tinha força para controlar um desejo de ferir minha interlocutora, que se calou na hora, talvez pensando na velhice, na distância que nos separava de quem fôramos na infância, em todas as demais coisas que nos entristecem depois de certa altura. Sim, vivemos sempre em lugares e tempos errados. O que falei servia para ela e também para mim. Uma moça que estava sentada na poltrona da frente se levantou para ir ao banheiro e na volta fiquei olhando a sua bunda. Desse ponto em diante, a senhora fechou os olhos e fingiu dormir. Talvez tenham se misturado em sua mente cenas com cachos de banana, flores da pereira e lagartixas.

Acompanhei minha imagem refletida no vidro do ônibus, misturando-se à paisagem de muitas árvores e flores silvestres. Havia uma linha geográfica das bananeiras ou das lagartixas que foi rapidamente se deslocando até englobar Curitiba, a capital mais fria dos estados brasileiros. Termômetro do aquecimento geral. Como se o planeta estivesse na menopausa. Se eu comentasse isso com minha vizinha ela com certeza choraria.

Ao descer em Porto de Cima, ela ainda fingia dormir na poltrona ao lado.

Caminhei até um armazém e perguntei se eles conheciam a tia de Celina — dei o nome dela. Conheciam, era uma velha moradora, e explicaram como chegar à sua chácara, a uns três ou quatro quilômetros dali, a maior parte deles em uma estradinha de terra.

O clima litorâneo dominava a região. Algumas casas serviam para fins de semana. Além das bananeiras, vi muitas palmeiras de palmito. A casa que eu procurava não tinha cerca, e a varanda lateral, onde se guardava o carro, estava vazia.

A tia de Celina me atendeu com um sorriso acolhedor. Estavam almoçando, que eu entrasse. Ela falara de mim antes de partir.

— Partir? Pra onde?

— Disse apenas que estava indo. A impressão que tive é que ela veio aqui para se despedir.

23.

Francisca insistiu para que eu almoçasse com eles, tinham acabado de se servir. Da janela da casa de madeira, uma cortina de tecido fino, branco, me acenava, movida pelo vento. Ouvi por uns poucos minutos os relatos da tia sobre a visita de Celina.

— Quase não nos víamos e não dá para falar pelo celular aqui, as operadoras estão sempre sem rede. Então foi uma surpresa a chegada dela naquele fim de tarde. A última vez havia sido logo depois do casamento dela.

— Trouxe o marido?

— Não, acho que tinha um pouco de vergonha da família.

Eu não acreditava nisso. Francisca significava muito para Celina. Era uma parte da humanidade que ela queria manter afastada do mundo em que vivia. Se essa tese estivesse certa, o fato de ela me revelar o endereço de Porto de Cima era uma profunda demonstração de amor. Pobres animais rejeitados, estamos sempre desejosos dessas demonstrações. Ela poderia ter escolhido outro local para se esconder, e eu jamais teria entrado em contato com seus familiares.

— Ela me falou muito bem da senhora.

— É uma boa menina. Ela disse, em nossa conversa naquela noite, que se sentia protegida, agora que havia encontrado uma pessoa. Foi quando elogiou muito o senhor, comentando que era professor de literatura.

— Não sou mais.

— Mas não tem mágoa de ter sido, tem?

— Não, nenhuma — menti.

— Sabe, conheço muitos professores que, quando se aposentam, querem esquecer o tempo em que davam aula.

— Mesmo se eu quisesse, não conseguiria. Mas, me conte, a senhora achou Celina amedrontada?

— Eu queria ter dito que é como uma filha para mim. Minha irmã e eu éramos muito próximas. Fui contra o casamento dela com o pai de Celina, sempre metido em confusão. Tem gente que, mesmo ficando em casa diante da tevê, arranja encrenca.

— Celina também?

— Tem o dom do pai. Não é estranho? Ela apanhava das amigas na escola. Estava em uma festa em que acontecia uma briga qualquer e acabava envolvida. Pessoas assim funcionam como ímãs.

— A senhora tem medo de se aproximar muito dela?

— Não é medo, mas cuido de meus netos. Minha filha trabalha no litoral e passa a semana lá. Celina deposita todos os meses uma ajuda. Graças a ela temos tudo em casa. Até pude comprar um carrinho para minha filha. Celina é nossa benfeitora.

— Mas prefere que ela fique distante. Foi isso que deu a entender quando ela visitou vocês com o intuito de passar uns dias aqui?

Francisca me olhou assustada, como se eu estivesse descobrindo os seus sentimentos mais recônditos. Nutria amor e gratidão pela sobrinha, o que não era suficiente para desfazer seus temores.

— Não disse nada. Poderia ter ficado aqui o tempo que quisesse.

— Não creio que a senhora tivesse dito isso. Sei que gosta dela. Mas as nossas atitudes comunicam aquilo que não temos coragem de colocar em palavras.

— Não vou me ofender pelo que o senhor está dizendo, pois sei que também gosta dela. Mas Celina chegou já com a intenção de ficar pouco tempo — sua voz estava mais firme.

— Como a senhora sabe? Ela disse isso?

— Não trazia roupa.

— Havia comprado roupas novas antes de vir para cá.

— Então nem tirou do carro. Entrou em casa apenas com a bolsa de documentos. Foi embora na manhã seguinte.

— E quanto ela deixou para a senhora? — perguntei de forma rude.

Sua feição ficou crispada. Temia talvez que eu estivesse ali para pegar de volta o dinheiro. Ainda não o teria levado ao banco, pois é a filha, que só chegaria na sexta à noite, a encarregada de fazer isso. O dinheiro deve estar no meio das roupas íntimas dela. Ninguém vai mexer nos sutiãs e calcinhas de uma avó que faz trabalhos de chacareira.

— Dentro de uns trinta minutos, o mesmo ônibus em que o senhor veio volta pra Curitiba — ela disse isso depois de olhar o relógio masculino no pulso, um modelo caro que deve ter sido de Jacinto, repassado a ela pela jovem viúva.

Morrer é liberar os objetos que agregamos ao nosso redor, e que nos representava, para que se dispersem rumo a pessoas erradas.

— Devo voltar nele, não se preocupe. E não me interesso pelo dinheiro de Celina. Gostaria apenas de saber o valor que ela deixou para a senhora porque assim descobriria quanto restou e até onde ela poderia ter ido com as sobras.

Francisca se virou, dando a impressão de que se recolheria à casa, mas não se mexeu. Ficou imóvel por alguns segundos. Quando se voltou para mim, girando apenas o tronco, informou com tristeza o valor deixado pela sobrinha. Era mais da metade do que havíamos conseguido no dia da partida.

— Ela disse que logo eu receberia mais, bem mais.

— Quem mandaria?

— Não falou. Tive a sensação de que estava falando em herança. Ela está doente?

— Não, talvez tema alguma coisa.

— Como eu disse, ela atrai acidentes. Ainda bem que encontrou o senhor.

O que Francisca de fato estava pensando é que havia sido uma bênção Celina não ter ficado ali. Ouvi então um choro na cozinha.

— Tenho que entrar — sua voz se tornara fraca, misto de medo e afeto, não por mim, mas pela sobrinha azarada.

— Se Celina aparecer, diga para me procurar — pedi isso já tomando o rumo do vilarejo.

Andei sob o sol quente do meio-dia e, antes de virar à esquerda, para pegar a estradinha que me levaria a Porto de Cima, observei a casa de Francisca. Não havia ninguém na varanda ou na janela. E a cortina branca continuava me dando adeus.

O ônibus atrasou, o que me permitiu comer um sanduíche no armazém, acompanhado de uma cerveja. Assim que tomei o veículo, tive a impressão de que encontraria Celina ali. Sentaríamos um ao lado do outro e passaríamos umas poucas horas viajando.

Quase todas as poltronas estavam vazias. Escolhi a última e fechei as cortinas ao redor dela. A beleza da região, as árvores floridas na serra, o rio com suas pedras imensas, pacientemente lavadas ao longo dos séculos, as casas de veraneio, as plantações de banana e palmito, nada disso me interessava porque Celina não se encontrava mais na serra da Graciosa. A alma de uma paisagem são as pessoas amadas.

Dormi a viagem inteira — talvez por causa da cerveja, talvez como uma forma de chegar mais rapidamente à cidade onde Celina poderia estar. Na Rodoferroviária, peguei um táxi em direção ao apartamento dela. Se tivesse retornado em seguida, por que não me procurou? Eu precisava saber disso. Não queria ter tomado um táxi. Minha ansiedade era tão grande que apenas uma ambulância, com as sirenes ligadas, furando sinaleiros, poderia me conduzir até Celina. Eu a imaginava no apartamento, recém-saída do banho, com um short e uma camiseta branca sem sutiã. Para mim, esse era o estado ideal de toda mulher. Entraria na sala e, sem saber se a empregada tinha vindo ou não, começaria a roer amorosamente seus lábios, para logo derrubá-la no sofá.

Ali, no banco traseiro do táxi, tive uma ereção.

Demoramos vinte minutos para chegar ao prédio dela. O taxista reclamava do trânsito, uma merda por causa dos comunistas que tinham tomado de assalto o país.

— Agora, cada pobre tem um carrinho popular. Não querem mais usar ônibus. A cidade invadida pelos chilangos. Carro de passeio deveria ser para poucos. O senhor não acha?

— Não tenho carro — falei.

— O senhor está certo. Até podia ter um, mas não tem. Veja, as domésticas hoje vão trabalhar com carros novos. Na frente dos prédios de apartamento não conseguimos mais estacionar. Já levei multa por parar em fila dupla. E se não fizer isso não consigo atender o cliente.

O taxista buzinava e xingava os outros motoristas, destilando, nesse meio-tempo, seu ódio em relação aos novos bárbaros motorizados. Na frente do prédio de Celina, não havia mesmo onde estacionar. As vagas estavam tomadas por veículos imensos, SUVs, camionetas, sedãs espaçosos. Não vi o carro popular que havíamos alugado. Paguei a corrida e desci.

Era o turno do porteiro que eu havia subornado. Ele me atendeu alegremente. Ao dar a mão para cumprimentá-lo, passei uma nota de cem, que ele escondeu na gaveta do balcão com a agilidade de um vendedor de droga.

— Dona Celina está em casa?

— Desde segunda, quando saiu com o senhor, não vi mais ela.

— Não voltou em outro horário?

— Acho que não, mas posso dar uma olhada nas câmeras.

— Se tiver tempo, faça isso. Chegou alguma correspondência?

— Envelopes de banco, contas, propagandas, essas coisas. Enfiei por baixo da porta do apartamento.

— Alguém quis falar com ela?

— A empregada, apenas. Aparece todo dia de manhã e, como não tem chave, não consegue entrar.

— Tentarei passar aqui amanhã.

— Ela sumiu?

— Viajou sem avisar quando volta.

Saí do prédio com os pés pesados, mas decidido a caminhar até o Centro. Levei uma hora para chegar à praça Osório. Na primeira banca, comprei os jornais populares e os folheei ali mesmo. Nenhum corpo de uma bela jovem fora encontrado. Isso me deixou momentaneamente tranquilo.

A partir de agora, eu me tornaria um leitor ansioso desse tipo de jornal, abrindo seus cadernos sempre com um friozinho na espinha.

Joguei aquelas folhas sangrentas na lixeira da praça e fui para meu consultório odontológico, sabendo que não haveria pacientes precisando de um tratamento dentário que me ocupasse por algumas horas.

24.

Eu sabia muito bem por que ainda não lhe revelara minhas conclusões sobre a passagem do Che pelo Paraná. Não havia maiores enigmas e eu precisava prolongar minha presença na rotina de Francelina Paes. Havia sido contratado para localizar um amuleto da revolução e sofria com as descobertas feitas sobre esse período.

Nos dias de espera, depois da visita a Porto de Cima, consegui poucas notícias dela. Pelos documentos de locação do carro, identifiquei a placa e fiz ligações para as delegacias da região, usando o aparelho da sala ao lado, ao qual raramente recorria. Não constava nenhuma ocorrência envolvendo o carro. Todos os atendentes das delegacias me aconselharam a comunicar à seguradora e à polícia civil. Na minha versão, uma amiga saiu com o carro e não havia voltado ainda. Temo um acidente, pois ela não tem experiência de direção fora da cidade, e a estrada da Graciosa é um lugar perigoso. Não, não foi roubo.

Um desses funcionários da delegacia me solicitou o nome

dela. Sem pensar, acabei informando o de Lírian e depois senti remorso. Para proteger Celina eu envolvia uma antiga paixão. Era melhor desistir de procurá-la. E esperar. Não era isso o amor?

Tentando me ocupar nesses dias tensos e vazios, organizei em um caderno as prováveis ocorrências do Che no Paraná. Como sua última aparição pública foi em Cuba, em 14 de março de 1965, quando comunicou a Fidel Castro que levaria sua ajuda militante a outros países, Che surgiu em vários lugares até enfim ser descoberto na Bolívia, mais de um ano depois.

O Quartel-General de Curitiba informa, em circular interna, a possibilidade iminente de Che surgir em Curitiba, dando a descrição dele.

"Trinta e oito anos, cabelos castanho-escuros, com um nítido 'bico de viúva'; testa saliente e dividida; olhos castanhos; nariz grosso e reto, com grandes narinas; pele clara e branca; de compleição forte e peito musculoso, não muito cabeludo; mãos grossas, com grandes unhas chatas. Bigode repartido abaixo do nariz, crescendo numa curva natural nos cantos da boca; barba morena e escassa nas faces."

Ri da descrição dos militares. Só uma amante pode guardar detalhes tão minuciosos de alguém. "Peito musculoso e não muito cabeludo" é uma descrição erótica. Não se está erguendo a estampa de um perigoso soldado do comunismo, mas de um galã de cinema. Jacinto estava certo. Talvez esse poder sedutor tenha sido o grande trunfo do revolucionário. Se fosse um homenzinho feio e sexualmente desinteressante não teria conquistado tantos adeptos para a causa, principalmente depois de morto. Toda ditadura precisa de um ícone, Cuba se valeu de seu guerrilheiro mais rebelde, transformando-o em um James Dean do drama ideológico em que a Revolução se transformara. Homens e mulheres ainda suspiram diante de sua imagem. Era natural que Celina estivesse tão fascinada por ele, quase cinco décadas depois de seu fim.

A descrição dos militares continuava tentando alertar para as marcas do corpo do futuro deus da Revolução: "Tem uma cicatriz no lado esquerdo do pescoço, logo abaixo do queixo, causada por uma ferida de bala, quase fatal, em 1961. A cicatriz está meio coberta pela barba e não é discernível em fotografias". Pensei longamente em Celina, que também tem uma cicatriz do lado esquerdo do rosto. Ela conheceria essa semelhança? Teria sido alguma mulher que, ao acariciar o rosto do herói, revolvendo amorosamente seus pelos, descobriu esse detalhe e o anunciou aos inimigos? Se não foi uma mulher, terá sido com certeza alguém íntimo. Che teria também uma mancha do lado direito da sobrancelha. Quando estava livre das crises de asma, fumava charutos e bebia conhaque com moderação. Depois do retrato amoroso, uma estocada de desdém é desferida pelo autor do relatório, deixando-se revelar o brio masculino ferido. Na última vez em que foi visto, em maio de 1965, "estava muito cansado, gordo e provavelmente doente". O belo guerrilheiro se viu transformado em alguém desinteressante e fraco.

Em outro informe, Guevara é descrito como um homem de cabelo e barba raspados, com um braço engessado em uma tipoia. Numa informação de 1967, usaria uma carteira de identificação emitida pela Polícia do Paraná e o nome falso de Antônio de Ávila ou Juan de los Santos, vestindo-se como religioso, pois teria vindo do Recife, de ônibus, depois de um encontro com dom Helder Câmara, o bispo vermelho.

Nessa excursão pelo Brasil, estaria organizando os movimentos subversivos. O Paraná seria também palco da luta contra o imperialismo. No oeste do estado, perto da tríplice fronteira, fora desmontado um aparelho de guerrilha. Em Curitiba, outro. Che vagou, nesse período, entre a Argentina e o Paraná.

Entrou no Brasil em junho de 1966 pela cidade catarinense de Dionísio Cerqueira, fronteira com Bernardo de Irigoyen, na Argentina, e Barracão, no sudoeste do Paraná. Hospedou-se num hotel no lado paranaense e, como era inverno, pediu, em espanhol, conhaque. Alto, sem barba, expansivo, praticou atos muito estranhos para a pequena urbe: deu gorjeta ao garçom e também ao jovem engraxate, que caprichou no brilho de seus sapatos.

O que chamou a atenção é que Che usava terno, tendo como companhia um motorista, e não se afastava de sua bolsa de documentos, na qual provavelmente se encontravam armas e o dinheiro de Cuba para suas atividades. No hotel, conversou com a mulher de outro hóspede, mostrando-se muito interessado nela. O marido assistiu a tudo com a resignação própria dos apaixonados pacíficos, evitando assim que a Revolução fosse deflagrada por causa de um par de pernas, conquanto essas fossem merecedoras de todas as disputas masculinas. O recepcionista do hotel conta que o motorista ficou conversando com o marido enquanto Che subiu ao quarto com a esposa adúltera. Questionou-se se ela poderia ser uma informante e aquele um encontro organizado por Cuba para entregar dinheiro à guerrilha, hipótese que o funcionário descartou com veemência, lembrando que, depois da escapada da esposa, ela e o marido discutiram, ele chorando muito, abraçando-a, em visível — e deplorável — estado de sofrimento amoroso.

No período em que esteve em Barracão, ninguém ainda tinha ideia de quem era o homem que atendia pelo nome falso de Abram Jehangotembieski, disfarçado de viajante comercial. Só depois de sua partida é que se percebeu que a cidade entrara na rota do perigoso bandoleiro. Pelo prefeito soube-se que o visitante, em vez de escolher a rota mais curta — ir a Maringá por Foz do Iguaçu —, preferiu passar por Cascavel, o que não era comum nem prático. Mas agindo assim evitara áreas vigiadas pelo Exército.

Fico imaginando que hoje, décadas depois da ditadura militar, tenha sido erguido um monumento a Che em Barracão; talvez haja até uma estátua — ele jovem, formoso e conquistador — na praça dessa cidade que não conheço.

Che e seu motorista chegaram a Maringá em um Simca verde ou amarelo — o dono do Hotel Canadá, um certo José Rocha, não soube especificar. Ficou apenas uma noite, vagou pela cidade, também distribuindo gorjetas a funcionários, bebeu vinho e riu muito na mesa de jantar. Não houve registro de encontros amorosos, embora com esses comunistas a gente nunca saiba exatamente o que acontece.

No antigo prédio do Hotel Canadá, se é que ele ainda existe, poderia ser colocada uma placa em bronze: "Aqui dormiu Che Guevara enquanto preparava a guerrilha no Paraná".

O comandante não parou quieto. Ia de um lado para outro, tanto para não ser capturado quanto para organizar os focos revoltosos. Não permanecia muito tempo em nenhum lugar.

Em duas ocasiões, apareceu em Curitiba. Na primeira, vindo de São Paulo, de ônibus, chegou meio bêbado à velha estação rodoviária, onde funciona hoje o Terminal Guadalupe, na rua João Negrão. Esperava seu contato, que não apareceu na hora em que o ônibus encostou. Então Che aproveitou para fumar um charuto. Portava terno, trazia a barba bem-feita e exibia uma careca, o que o deixava incógnito. Mas foi imediatamente desmascarado por um bêbado, que reconheceu sua voz quando lhe pediu uma informação qualquer.

— O que Che está fazendo em Curitiba?

Antes que o herói respondesse, ele o arrastou ao bar da rodoviária, exigindo que cantasse "Sabor a mí", com sua voz que lembrava a de Lucho Gatica: "Pasarán más de mil años, muchos más/ Yo no sé si tenga amor la eternidad/ Pero allá, tal como aquí/ El la boca llevarás / Sabor a mí". Ele cantava mal, mas tinha um certo charme, por ser cantado em castelhano.

Seu contato por fim aparece, briga com o herói que se expôs tanto assim e logo o leva a algum lugar do interior do estado. Mas ele já havia passado por aqui antes, em sua peregrinação sem parada. Chegou como canadense, sob o nome de Alec Alexander, acompanhado de uma enfermeira inglesa. Quem descobriu tudo foi um grupo de senhoras que se valeu de uma estratégia inusitada para confirmar a identidade do suspeito. Sabendo de um senhor alto, forte e elegante, que só falava com os curitibanos em espanhol, apresentando-se sempre ao lado de uma bela moça, as vigilantes damas marcaram um chá na casa de uma delas, convidando o casal. Queriam testar o sangue-frio do Che, pois o endereço ficava a poucos metros do Quartel-General. Ele chegou com pontualidade, citando os últimos versos de um poema de Federico García Lorca:

A las cinco de la tarde.
¡Ay qué terribles cinco de la tarde!
¡Eran las cinco en todos los relojes!
¡Eran las cinco en sombra de la tarde!

Além de seduzir pelas palavras (que mulher sensível não gosta de ouvir poemas com tantas exclamações?), ele também conquistava pelo visual. Bem vestido, cabelo muito arrumado, gestos de mesura, beijou a mão de todas as presentes, dissertou sobre pintura, contou histórias de suas andanças.

— De onde o senhor vem agora? — perguntou a anfitriã.

— Do México, onde moramos algum tempo.

E falou maravilhas do povo mexicano, afirmando-se também deslumbrado com Curitiba, com a recepção que tivera, e prova disso era o presente chá, tão refinado, o que negava a fama de cidade fechada, avessa a adventícios.

Depois de mais de uma hora naquelas agradáveis companhias, Che, sempre sorridente, foi embora, despertando suspiros nas terríveis delatoras. Em breve deixaria Curitiba para continuar suas andanças. Ao ouvir isso, as senhoras sentiram faltar o chão — estavam ali, cara a cara, com o famoso, e formoso, bandido.

Só no dia seguinte tiveram forças para comunicar à polícia a verdadeira identidade de Alexander. Ele passou a ser caçado; ardiloso como era, escampou nos braços de uma bela fêmea, não se sabe sob qual disfarce.

Apareceu ainda, em períodos diferentes, no Rio Grande do Sul, na cidade de São Borja, em reverência aos herdeiros políticos de Getúlio Vargas, em São Paulo e Minas. Manifestava-se em tantos e tão variados lugares que criou um pequeno pânico nas famílias. Muitos acreditavam que ele poderia estar no prédio ao lado. E bastava um desconhecido aparecer falando em espanhol, com ou sem barba, esbelto ou gordo, que surgia uma denúncia.

Entre sua última aparição em Cuba e a guerrilha na Bolívia, Che cresceu no imaginário das pessoas. Era todos os estrangeiros e ao mesmo tempo nenhum deles. Tinha parte com o demo, tomando a forma de pessoas diferentes. Enquanto alguns afirmavam que acabara morto em uma discussão com Fidel, outros juravam que fora visto na casa de um vizinho de quem sempre suspeitavam.

A sociedade curitibana, desconfiada por natureza, se empenhou na caçada ao Che, que se valia do Paraná como região de manobra para ir à sua cidade natal na Argentina, Rosario, e também a seu esconderijo em algum lugar não muito longe de nosso estado. Seríamos incorporados à nova pátria campesina que os comunistas queriam fundar, a mesma que pouco tempo antes havia sido cogitada como território nazista.

Não contaria nada a Celina sobre as lendas do Che entre nós. Seria direto.

— Nunca esteve no Paraná.

— Não me fale uma coisa dessas — Celina talvez me dissesse.

— Foi tudo imaginação popular sob o efeito de uma ditadura de direita, estimulada pelo medo da investida comunista no país. Uma paranoia coletiva.

— Então não existe a Bíblia?

E eu apresentaria a ela um raciocínio que vinha fazendo. Uma hipótese literária.

— Che não foi apenas um homem de carne e osso que morreu em La Higuera. Foi também as inúmeras pessoas confundidas com ele, pois era de sua natureza se replicar no outro, encarnando em pessoas que desconheciam a situação. Pode ser que uma dessas figuras, digamos que Alec Alexander, tenha tomado notas em uma Bíblia em busca dos sinais guerrilheiros de Cristo. Ideologicamente, essa obra pertence a Che. Sua Bíblia não precisa ter sido necessariamente comentada por ele. Você entende? Ele se fez muito maior do que sua existência real.

— Então continue procurando — era o que eu queria ouvir de Celina.

25.

Fazia uma semana que eu não tinha a menor notícia dela. Todas as manhãs, abria os jornais em busca de algum sinal. Ficava em casa com o rádio ligado nos programas locais, à espera de algo. Eu me dedicava a uma pessoa que até meses antes não existia para mim, embora o amor que sentia por ela estivesse incubado por anos. O que nos liga a alguém de forma assim tão visceral? Talvez o cheiro. Animais altamente sexuados, adquirimos uma dependência do odor alheio. O amor seria um vício odorífico. As fodas mais terríveis para mim foram com pessoas cujo aroma — e não falo dos perfumes desagradáveis — me repugnava.

Foi pelo rádio que soube da prisão de Elionai Valgas, o dono do sebo Papéis Velhos, acusado de apologia ao nazismo, comércio de material que incentivava o preconceito racial e exploração sexual de menores. Uma ficha bem completa. Era pouco mais das sete da manhã quando ouvi um locutor lendo a manchete do maior jornal da cidade. Desci pelas escadas para buscar esse exemplar e os demais da imprensa paranaense.

Desde o desaparecimento de Celina eu havia retomado meus velhos hábitos — subir e descer escadas, banhos ocasionais em saunas de hotel, aprisionamento consentido ao Centro da cidade, crença na mobilidade mínima etc. Em toda a minha vida, não havia feito nenhuma viagem internacional, nem mesmo a Foz do Iguaçu, fronteira com a Argentina e o Paraguai. Meu enraizamento era extremo. Não conhecia o Nordeste e havia ido uma única vez a São Paulo, na infância. De Santa Catarina só conhecia um ou dois balneários, nos quais estive por motivos de sexo. Seguia as opções de Machado de Assis e Carlos Drummond de Andrade, fazendo a eterna volta ao redor de minha sala comercial e projetando todo o meu ímpeto de deslocamento na leitura.

Não conseguia, no entanto, voltar à dedicação desinteressada pelos livros. Com esforço, fui à livraria uma única vez depois da entrada de Celina em minha vida.

— O senhor estava viajando? — me perguntou o vendedor.

— Estava — menti.

Não era propriamente uma mentira. Apaixonar-se é uma viagem total ao corpo amado, principalmente quando ele está longe.

Comprei um romance novo enquanto o vendedor me falava do fim de semana na praia. Descera ao litoral com uns amigos e só saíram da areia ao escurecer, depois de litros de cerveja.

— Que livro você levou? — perguntei, maldosamente.

— Sabe, trabalho o ano inteiro com livros.

— Enjoou?

— Queria umas férias.

Há pessoas que nunca tiram férias, que jamais se aposentarão, mesmo não trabalhando. Com o romance recém-comprado, pensei que preencheria o buraco deixado por Celina. Engano. Ela era mais do que um buraco, era uma cratera. Um imenso meteoro caíra, afastando terra, pedras e água, extinguindo os animais e se fragmentando para deixar apenas a marca de sua ausência.

Em casa, minhas tentativas de leitura eram vãs: as palavras não se juntavam, não faziam sentido. Havia surgido vazios entre elas. Meus dias se resumiam a ouvir rádio, ler os jornais e tentar entender o que estava acontecendo. Eu me fizera um detetive imóvel, vasculhando apenas a memória e os próprios sonhos.

Diante da notícia que acabara de ouvir, procurei com pressa a cidade, na minha eterna viagem vertical. Assim que cheguei à banca da praça Osório, vi a foto de Elionai na parede do quiosque. Era a manchete da capa. Comprei vários periódicos e, contrariando minha rotina, fui a um café. Queria gente ao meu redor para que aquela notícia não me parecesse apenas um pesadelo.

No porão do sobrado onde funcionava o sebo, Elionai instalara um estúdio de fotografia que, por meio de projeção digital, num fundo branco, de cenários de campo de concentração, recriava o teatro dos horrores nazistas. Nesse ambiente, ele instalava meninas muito magras, quase cadavéricas, nuas, de uma nudez de carne e gordura, que posavam para fotos sem nenhuma sensualidade. Os jornais borraram o rosto das meninas, explicando que eram pessoas com anorexia ou viciadas terminais em crack. Embora não se pudesse ver o rosto, pelo encolhimento do corpo, pela junção tímida dos ossos, transmitiam grande tristeza. Elas se envergonhavam de seu estado físico ou não queriam revelar a grande obscenidade de um esqueleto à mostra. Vivemos escondendo nossos ossos, seja sob roupas, seja sob camadas adiposas ou musculosas que fazemos crescer ao redor deles. Nas fotos, o objetivo era o contrário, ressaltar o futuro estado cadavérico.

Os pais de uma menina acusavam Elionai de incentivar o emagrecimento da filha com drogas para controle de peso. Um médico era acusado de fornecer as receitas. A menina perdeu mais peso depois que ele surgiu em sua vida, intensificando seu problema de saúde.

— Vimos nossa filha desaparecer, como se seu corpo fosse subtraído dela. Já nem andava, mas esse monstro mandava buscá-la. O senhor que se apresentava dizia que era enfermeiro, que a levaria a uma clínica de tratamento para anoréxicos. Chegava de branco, todo atencioso, e nós acreditamos. Não podíamos imaginar que era para fotografar a degradação humana — contava a mãe.

A pergunta que eu me fazia era: quem teria prazer em ver essas cenas? A reportagem, no final, informou que a polícia identificara um grupo internacional de neonazistas, que comprava as fotos como se autênticas, da época da Segunda Guerra Mundial. Uma perversão sexual terrível, um prazer à sombra do genocídio.

As fotos eram comercializadas em grupos secretos e apareciam compradores de vários estados e de outros países. Elionai os recebia no andar de cima e havia um código para a identificação desse público, que devia ser encaminhado a uma área reservada. O código era: viemos em busca de algum material de Anne Frank. Depois de uma conversa prévia para ter certeza das intenções do comprador, o proprietário Elionai Valgas o conduzia ao andar superior e, por meio de códigos, sem nunca dizer nada diretamente, evitando gravações, apresentava algumas fotos, três ou quatro, das falsas meninas judias. O repórter que se fez passar por comprador reproduziu a negociação passo a passo.

O livreiro deixava o cliente olhar de perto as reproduções, mas por pouco tempo. Com uma luva de borracha, usada para não deteriorar o material "antigo", abria um cofre em que as imagens estavam guardadas, acomodadas em envelopes e envoltas em um papel especial, transparente. Tirava uma de cada vez, fechando o cofre em seguida. No dia em que o repórter o visitou, enquanto a polícia se preparava para invadir o sebo, o preço das fotos variava de mil a dois mil dólares. O valor subia de acordo com o grau de magreza das meninas. Nas reproduções do jornal, não se revelavam as partes púbicas delas, mas deviam ser depiladas, para dar a impressão de que eram praticamente crianças. A magreza ajudava a falsear a idade. Esses homens queriam se excitar com corpos infantis morrendo à míngua em campos de concentração. Senti uma náusea profunda, uma vontade de me isolar ainda mais em minha sala.

Elionai enganava os clientes por meio de um processo que ele desenvolvera. Comprava fotos antigas, dos anos 40, removendo as imagens com produtos químicos, e, no laboratório também no porão, imprimia as imagens recentes, usando velhas técnicas manuais. As fotos ficavam expostas em uma estufa com muita luz, para que passassem por um processo de cura e talvez ainda recebessem algum produto químico para forjar o envelhecimento. Elionai se declarou inventor desse sistema, usado também para falsificar outros tipos de imagem. Segundo ele, não há tantas antiguidades do nazismo para abastecer todos que se interessam em reviver os feitos de Hitler. Cinicamente, diz que não é culpado, apenas traduz fantasias alheias. Como uma prostituta que encena os desejos mais recônditos dos clientes.

No cofre, foram encontrados pen drives com imagens de muitas meninas e um pequeno estoque de papel fotográfico. Havia também objetos nazistas da época. Anéis de comandantes da ss, bandeiras, adagas, botões de uniformes, armas.

Ele não soube dizer quantas fotos fez nem quantas vendeu. Nem mesmo a quantidade de meninas que usou como modelos.

— Todas viciadas — declarou, como se isso o livrasse da responsabilidade daquela prática hedionda.

A única mãe ouvida pela reportagem, e que não quis se identificar, falou que a filha usava remédios fortes, mas não consumia cocaína nem crack. Elionai, no entanto, foi categórico, dizendo que se fizessem exames de sangue nela descobririam a verdade.

Seus depoimentos eram de alguém que não sentia culpa, de um técnico que apenas faz seu trabalho. O repórter perguntou se com isso não estava incentivando a onda nazista que voltava a ganhar força no país.

— Ajudava a apaziguar. As pessoas viam as fotos e acalmavam seu ódio.

— Como?

— Pela excitação.

— Então teria uma função psicanalítica?

— Exatamente. A pessoa se contentava em ter um momento de prazer fugaz e inocente.

— Inocente?

— Se comparado com o que poderia fazer: sair na rua atirando contra grupos minoritários; amarrando uma bomba no corpo para explodir uma loja. Essas coisas que vemos na tevê todo dia.

— O mal menor.

— É.

— E por que usava como código o nome de Anne Frank?

— Ela está no inconsciente coletivo. Todo neonazista gostaria de abusar dessa menina imortalizada pela literatura e pelo cinema.

— O senhor ressuscitava Anne Frank nessas fotos, fornecendo versões dela?

— Podemos dizer que sim.

A entrevista era sórdida pelas opiniões imorais de Elionai, que reivindicava sua condição de simples mediador. Estava tão convencido de sua inocência que falava tudo, com as palavras mais diretas. Sobre as modelos, disse que, quando alguma pedia para posar de novo, coisa que ele evitava, dava ainda um dinheirinho a ela, para comprar drogas.

— Não queria nenhum envolvimento com as meninas. Nunca revelei como usaria as imagens. Minha sorte é que muitas morriam pouco depois.

— Era difícil arranjar modelos? — o repórter tinha que ter um estômago forte para continuar fazendo as perguntas.

— Não, a moda criou uma legião de jovens perturbadas.

Ao final da leitura, olhei ao meu redor, para as demais mesas, e não vi seres humanos. Éramos todos sórdidos assim, cada um alimentando sua perversão.

Fechei o jornal sem vontade de continuar a ler os demais, onde talvez encontrasse alguma notícia sobre Celina. Quando o ser humano se revela dessa forma, somos atingidos por uma desesperança total. Queria levantar da cadeira e ir embora. Vi que não havia nem mexido na xícara de café, paga previamente. Não iria tomá-la agora. Ergui-me com dificuldade e voltei ao meu refúgio. Quem me visse na rua das Flores, com os jornais debaixo do braço, olhar triste e passos lentos, imaginaria que perdi alguém muito querido, talvez uma filha.

Tive que subir de elevador. Heitor estranhou. Sorri para ele, indicando que tudo estava bem. Claro que não deve ter acreditado.

Protegido na sala odontológica, abri o computador e digitei no sistema de busca as palavras "meninas com anorexia". Instantaneamente, corpos muito magros surgiram na tela.

26.

Na volta do almoço, depois de ter ficado sem fazer nada a manhã toda, paralisado pelo mundo que se colara em mim como um plástico que vai nos envolvendo e sufocando, consegui abrir os outros jornais. Estudei cada um deles, à procura de pistas da mulher amada. Esse trabalho mecânico me reorganizou a mente. Tinha apenas que olhar as notícias com método, sem precisar propriamente ler. Passava os olhos pelas colunas de texto em busca de algum fato que pudesse estar relacionado a Celina. Fazia isso com calma, riscando as páginas vencidas com um imenso X.

"Carro é encontrado carbonizado na serra da Graciosa."

Somos sempre atraídos por aquilo que buscamos. Na verdade, é a coisa buscada que nos procura. A manchete para a notícia mínima em uma coluna sobre o cotidiano me chamou a atenção. Talvez por Jacinto ter sido morto nas mesmas circunstâncias. Seria uma forma de unir o casal pelo estilo de morte? Talvez pela referência ao local, onde Celina fora vista pela última vez. Li a nota pulando linhas.

Era um carro da mesma marca daquele alugado por nós. Estava a poucos quilômetros da casa de Francisca. A placa havia sido retirada, mas a reportagem dava a numeração do chassi. Eu não precisava confirmar esse dado. Não se falava em corpo no porta-malas, o que era um alívio. Celina estava viva, refém do assassino de seu ex-marido. Isso não significava que não poderia ser morta a qualquer momento, apenas que não o fora na hora da captura e que não desejavam que encontrassem o corpo dela. Se a quisessem morta, aquele teria sido o melhor momento.

A polícia falava em roubo, pois tinham desaparecido as rodas com os pneus. Um dado para desviar a atenção do sequestro de Celina, algo que para mim era certo. Depenaram o carro para despistar a polícia. Queriam Celina viva para levá-los até o cofre ou em busca da senha de contas no exterior. Eu poderia ligar para a polícia e questionar a tese do roubo, fazendo um boletim de ocorrência sobre o desaparecimento de Francelina Paes. Basta ser minimamente desconfiado para saber que quanto menos a polícia se envolver em um caso, melhor. A simples entrada de policiais nessa investigação que mexeria com políticos poderosos era um risco de vida para a vítima. Ela poderia ser executada sumariamente e seu corpo apareceria desfigurado em alguma valeta.

O que queriam de Celina? Documentos ou acesso ao dinheiro deixado por Jacinto? Se ela não colaborasse, chegariam às duas únicas pessoas com quem tivera contato nos últimos dias — Francisca e eu. A qualquer momento receberíamos um aviso ou uma visita.

Não dava para saber quando o carro fora queimado, mas agora a locadora seria rapidamente avisada e eles chegariam até mim pelo contrato de locação. Eu havia fornecido o meu endereço e o telefone de Celina.

O telefone dela não funcionava desde sua ida a Porto de

Cima. Incomodei a secretária da sala vizinha várias vezes, tentando um contato com Celina. No começo, pensei que não havia sinal de celular onde ela estivesse — Francisca confirmou que lá não pega celular. Foi essa falta de notícias que me levou a procurá-la. Não a encontrando, tive certeza de que seu aparelho fora desligado.

Restava à seguradora então me mandar uma correspondência pelo correio, pois não fornecia nunca meu e-mail.

Fiquei aguardando os avisos — da seguradora, da locadora e dos sequestradores. Estes poderiam surpreender, além de mim, a tia de Celina. Naquele resto de tarde, não me afastei da Glock. Chegariam a qualquer momento e matariam o professor solitário, provavelmente pedófilo, que se escondia em uma antiga clínica odontológica. O importante nunca é a verdade, e sim a versão. Há uma legião pronta para acreditar nela e espalhar.

O morto era tido pelos vizinhos como antissocial, recebia visita de gente estranha, meninas bem mais moças do que ele, provavelmente menores de idade. (Qualquer jovem adulta pareceria bem mais nova do que eu.) Não trabalhava e não mantinha relação de amizade no prédio, fora os contatos formais com o porteiro, que não o julgava uma pessoa má, apenas esquisita, talvez um homossexual reprimido. Na sala transformada em apartamento foram encontrados alguns papelotes de cocaína. Nenhum parente apareceu para reivindicar o corpo no IML, onde um velho amigo dele trabalha como médico-legista. Foi um susto descobrir depois de tantos anos a verdadeira identidade de Carlos Eduardo Pessoa, declararia o médico.

A mente humana é pródiga em criar esses enredos que, mesmo completamente absurdos, passam a ser mais reais do que qualquer outra coisa. Vivemos à sombra de tais ficções. Somos todos autores do romance delirante de uma vida secreta, mais presente do que a revelada por nossos atos.

Ao ouvir passos no corredor, eu empunhava a pistola, pronto para o tiroteio em que mataria os dois assassinos, depois de receber um tiro na coxa. Até me movia pela sala mancando por causa do ferimento. Quem porta uma arma acaba se imaginando em cenas vivenciadas no cinema e na literatura. Mesmo aqui, nos atos cotidianos, estamos no plano da ficção.

Dormi com a Glock na mão, sentado nos travesseiros, contra a parede, vestido e calçado. Foi uma noite agitada, com pequenos cochilos, dos quais eu despertava assustado. Esperei por horas aqueles que viriam me matar e que, para executar o plano, tinham permanecido no prédio, ocultos em alguma área de serviço. Queriam me surpreender sem testemunhas.

Ao amanhecer, rosto e roupas amarrotados, fui até a janela e olhei as pessoas chegando para o trabalho. Temores imaginários para elas era luxo. E me senti envergonhado por minha disponibilidade. Desci, armado, para um café em uma lanchonete popular, onde os salgados são imensos, com muito amido, para dar energia aos clientes. Pedi café com leite em copo americano, meio embaçado pelo uso intenso, e pão com manteiga na chapa. A balconista era uma jovem, levemente gorda, com um uniforme encardido. Quando tirasse aquela roupa de trabalho e colocasse as que são de fato dela, se tornaria uma mulher conquistadora, atraindo olhares de desejo. Ali, era preciso despi-la mentalmente.

Entregou-me o pão com a sujeira gordurosa da chapa e o copo de café com leite, afastando-se para atender outro cliente. A manteiga que se pegava a meus lábios enquanto eu comia vagarosamente me lembrava a umidade da boca da jovem que se movia atrás do balcão, fronteira entre os dois mundos em que vivíamos. Embora estivesse com a nove milímetros na cinta, escondida pela jaqueta, não pensei muito em quem poderia querer me matar. Fui tirando a roupa da jovem, vi seus seios brancos com aréolas escuras e fios enormes. A barriga levemente redonda guardava um umbigo fundo, taça em que eu sorveria o seu suor durante o início da refrega. Giraria minha língua ali em busca desse prazer preparatório. Tirei sua calça, abaixei a calcinha e fiquei brincando com sua vagina peluda, de lábios escuros. Fiz tudo isso enquanto comia meu pão e tomava goles de café com leite.

Uma ficção tomando lugar da outra.

A moça veio recolher o copo e o pratinho vazios, em que eu deixei os lenços gordurosos com que limpara a boca.

— Gostei — disse, com lábios lúbricos.

— Que bom — respondeu enquanto anotava o preço em uma comanda.

Ao me passar o papel, empurrando-o sobre o balcão, pus minha mão sobre a dela e nos olhamos por um segundo.

— O caixa é ali, senhor — ela informou, tirando sua mão e me devolvendo à realidade.

Sorri com uma inocência infantil, vendo-a se afastar rumo à chapa para engordurar outros pães. Paguei a conta, achando muito baratos aqueles momentos eróticos, e segui para a banca de revistas.

Em todos os jornais, matéria sobre o falsificador de fotos. Teria uma conexão com os neonazistas do Brasil, que lhe encomendavam objetos de culto. A indignação era geral. Ouvido, o médico que autorizava remédios para emagrecer disse ignorar o envolvimento do empresário Elionai Valgas com atividades criminosas e que apenas aviava receitas a ele, desconhecendo o resto. O que ele fazia com os medicamentos era problema dele.

Já no meu deserto privado, com a pilha de jornais, trabalhei a manhã toda sem achar mais nada sobre o carro queimado ou sobre Celina. Voltavam-me à memória as criaturas esquálidas. Entrei nas redes sociais e vi algumas pessoas defendendo Elionai. As meninas eram maiores de idade e tinham ido lá para se exibirem. Mesmo as mais fragilizadas sentiam necessidade de se expor. Ele não teria feito nada errado. E estamos precisando de uma volta aos métodos mais drásticos de ordem social. Pessoas sensatas tentavam mostrar o equívoco dessas posturas, outras simplesmente ofendiam os defensores de Elionai. Uma grande confusão, onde tudo se misturava. Fechei o computador e fiquei imaginando a bela garçonete com quem eu tinha tido um prazer solitário. Encantara-me com ela porque era cheinha e me livrava da imagem desesperadora das jovens anoréxicas? Havia em suas gorduras eróticas uma pulsão materna? Um desejo de reprodução, uma crença das células na vida? Ela fora um antídoto contra as meninas-esqueletos.

O que mais eu poderia fazer para esquecer a encenação dos horrores nazistas? Procurar Celina, que estaria nas mãos de pessoas tão cruéis quanto os nazistas. Fui a um restaurante vegetariano e depois direto para as proximidades do Terminal Guadalupe, onde Che cantou o bolero "Sabor a mí". Em uma portinha escura, praticamente um corredor, ficavam os motoboys, dia e noite atendendo as solicitações. Era um lugar sórdido, com sofás velhos e sujos, caixas retiradas das motos, um cheiro de graxa, de comida velha, de suor, tudo misturado. Quando entrei, me olharam. Estão acostumados a receber chamadas telefônicas ou mensagens no celular, não clientes em carne e osso. Os olhares eram de desconfiança. Eu poderia ser um fiscal ou um vendedor.

— Preciso de alguém para uma viagem — falei.

Continuaram em silêncio. Dois deles receberam mensagens nos celulares e saíram em busca das motos. Encomendas para entregar.

— Uma viagem até Porto de Cima, na Graciosa — completei.

Não havia reação. Eu não existia.

— Levar recado a uma pessoa que não tem telefone — continuei explicando.

— E o telegrama? — falou enfim um dos rapazes, dando chance para que eu começasse um diálogo.

— Não sei o endereço postal e a resposta demoraria. A pessoa mora em uma chácara.

— Qual o recado? Não é nada de drogas, né?

— Só perguntar se a dona da casa recebeu alguma notícia da sobrinha.

— Faço a entrega — disse um rapaz com os braços tatuados. — Sempre quis conhecer a estrada da Graciosa.

Ele se aproximou e saímos para a calçada. Combinamos o preço: um sinal ali e o resto na volta. Expliquei com muitos detalhes o local e dei o nome da tia.

— Qual o seu telefone? — ele quis saber.

— Não tenho.

— O senhor não existe — ele disse, sério.

Por que todos os motoboys têm a cara amarrada?

— Me procure no edifício Asa até as sete da noite — e passei o número da sala e meu nome.

— E não leve a caixa na moto — ordenei.

Ele me olhou sem entender a recomendação.

— Se a sobrinha estiver lá, ela pode querer voltar com você.

— Aí será mais caro. Transporte de gente. A moto gasta mais combustível.

— Sem problema.

— Vou providenciar mais um capacete.

Voltou ao corredor escuro e pegou um capacete cor-de-rosa, todo esfolado. Provavelmente o que reservava para a namorada.

O caos urbano nos levou a viver em uma cidade de motoboys. Eles dominam nosso tempo, rodam dia e noite, entregando de tudo, de livros a drogas. Servem como táxi, buscam um produto de que precisamos com urgência. E tudo na mais completa informalidade. Não há contratos e garantias de nenhum dos lados. Mas eles cumprem, de maneira sempre irritada, tudo que aceitam fazer. São os novos cavaleiros medievais da modernidade, infringindo leis de trânsito, morrendo ou ficando inválidos em acidentes.

O motoboy que contratei iria direto a Porto de Cima. Saiu em alta velocidade, como se tivesse que entregar uma pizza antes que esfriasse.

27.

Dormi negando minha tese do compromisso a toda prova dos motoboys. Meu emissário não apareceu. No começo da noite, imaginava momentos de alegria ao lado de Celina. Ela teria viajado na garupa da moto e, cansada, contava os perigos do trajeto, o motoqueiro ultrapassando caminhões, as curvas fechadas, mas também o vento abraçando-a com força.

— O vento me lembrava seus braços — ela diria.

Esse romantismo adolescente me dominou até eu ter certeza de que ela não chegaria. O motoboy deve ter ido para casa com parte do meu dinheiro ou apenas contornou o quarteirão e voltou para o lugar onde esperava a convocação do comércio. Eu fora enganado.

Não tinha ódio dele, pois tudo que fazemos para a pessoa amada, mesmo as ações mais infrutíferas, é uma forma de agradá-la, de reforçar a sua centralidade em nossa vida. Sem saber desse meu ato vão, Celina me agradeceria pelo cuidado. Pensar assim me acalmou.

Era muito tarde quando ela entrou em meu consultório.

Estava com roupas de couro, uma jaqueta cheia de rebites prateados, mascava chiclete. Não entendi a mudança. Estaria se disfarçando? Seu rosto havia se modificado. Uma raiva concentrada refulgia em seus olhos.

— Sabe para que vim até aqui? — ela me perguntou.

Não, eu não sabia. Mas na hora pensei que pudesse ser para me matar. Uma energia demoníaca irradiava de seus gestos, de suas palavras. Ela então riu.

— Pobre coitado. Está com medo. Melhor assim.

Quis pronunciar seu nome com um acento carinhoso, restaurando a intimidade entre nós.

— Fique calado e não faça essa cara de cão faminto.

Ela era só ordens. Eu obedecia. Obedecer está na raiz do amor. Eu amava até essa Celina tão diferente.

— Por que está vestida assim? — consegui perguntar, a voz oprimida.

— Ah, ele não sabe. O grande idiota não sabe. Então vou ter o prazer de contar. Porque me apaixonei pelo William.

— Quem é William?

— O deus que você mandou me buscar — ela mudou a feição, tornando-se dócil.

— O motoboy? Então foi isso? Você veio se esfregando nele e pararam em um motel?

— Lá em casa — ela falou.

— Agora entendo tudo.

— Ele está aí fora. Quer receber o que você prometeu. Falei que não precisava; tenho dinheiro, muito dinheiro, vou comprar uma moto importada para ele. Uma BMW. William não vai mais precisar desses servicinhos. Mas ele faz questão de receber. Há um compromisso entre vocês.

— Já ganhou mais do que merecia.

— Love!

A porta se abriu e William entrou, pronto para a briga. Seus olhos estavam vermelhos.

— Você não devia beber e depois pilotar uma moto.

— William, nosso amigo se recusa a pagar — ao falar isso, Celina estava autorizando que ele usasse de violência para receber o que eu devia.

— São todos iguais. Contratam os serviços e depois não querem se separar do dinheirinho amado.

Vi um soco-inglês em sua mão direita, com a qual ele esmurrava a outra, como forma de ameaça.

Abri a gaveta da mesa para pegar a carteira, perguntando quanto eu devia, e então apareceu a pistola carregada. Esqueci a carteira e empunhei a Glock. William explicava que eu devia pagar uma quantia absurda. Porque ele correra risco ao enfrentar os nazistas que queriam matar Celina. Iam deixá-la à míngua, ficaria só couro e osso. Depois tirariam fotos obscenas dela e espalhariam na internet. E ela seria encontrada num terreno baldio, como uma ossada qualquer, só couro, sem nem sinal da carne.

Eu me virei e dei um tiro em sua perna. Ele caiu mas logo se levantou com a ajuda de Celina, que me chamava repetidamente de assassino.

— Podia ter matado esse lazarento — falei.

— Agora sei de tudo. É você quem está me perseguindo — ela disse em desespero pela situação do namorado.

Eu não dava atenção aos dois.

— Atirei apenas para ele ficar aleijado. Vai ter que amputar a perna e não poderá mais andar de moto.

Saíram do meu consultório, ele enganchado em Celina, arrastando o membro atingido, um rastro de sangue pelo chão. Fechei a porta. E então vi que, na queda, ele tinha deixado cair a chave da moto. Fui até a janela e fiquei esperando. Quando o casalzinho apareceu na calçada, joguei a chave. Eles me olharam. Claro que ele não conseguiria dar a partida, apertando o pedal. Eu havia acertado a perna direita.

Quando acordamos de um sonho mau, nosso corpo dói. A tensão sofrida é de natureza muscular e isso aumenta a sensação de irrealidade, como se aquela não fosse nossa carcaça. Por um momento, a vida real é que parece falsa, como se entrássemos em um sonho. Olhei os móveis ao meu redor e por um segundo não sabia o que estava fazendo ali. Então me levantei e fui à janela. Havia bastante tempo já amanhecera. O sonho me reteve no outro lado. Não era um problema, porque aqui eu não tinha muito que fazer.

Voltei à primeira sala e abri a geladeira, pegando um iogurte vencido que tomei em goles grandes. O gosto estava alterado, ou talvez fosse apenas o amargo de minha boca.

Liguei o computador e, depois de dias, abri a caixa de e-mail. Agora que parara de comprar livros pela internet, e não mantendo correspondência com nenhum amigo, por não ter amigos, havia me esquecido de meu endereço eletrônico.

Encontrei várias mensagens coletivas de Zapata. Resenhas, comentários e entrevistas sobre seu livro. Nenhuma frase introdutória do remetente. Apenas o texto colado ou o link. Como eu não chegara a publicar a resenha que fiz para me aproximar dele, estava sendo o alvo da demonstração de sucesso da literatura do ex-guerrilheiro. Era uma forma de me provocar. Veja como o que escrevo é importante. Para transmitir alguma impessoalidade, vinha da assessoria. Zapata sabia usar as novas armas. Eu continuaria sendo bombardeado até que um fato nos afastasse para sempre, tornando-nos inimigos. Não li nenhuma das matérias nem comentei os e-mails. Fui apagando um por um. A tecla Del é um gatilho que apertamos sem dó.

Cheguei a um endereço desconhecido. Alguém que não

assinava nem revelava pistas sobre seu nome. Mas eu sabia muito bem de quem era.

"Preciso muito falar com você, mas não posso aparecer. Você está sendo vigiado. Vê se me responde. Um beijo grego."

Ali estava a senha. Em nossos encontros, depois de se banhar e se perfumar, Celina pedia um anilingus. O e-mail não seria de alguém que não tivesse experimentado isso comigo. Olhei então a data; dois dias atrás. Eu estivera procurando Celina nessas quarenta e oito horas, enquanto ela se encontrava o tempo todo em meu computador.

Na ânsia de rever quanto antes seu corpo, com o cheiro em que me viciei, com os encaixes adequados ao meu tamanho, escrevi um e-mail rápido.

"O que devo fazer?"

Não assinei. Nem perguntei se ela estava bem. Pular todas as formalidades e ir ao centro das coisas. Celina devia estar com dificuldade de acesso à internet e sem celular. Provavelmente escrevera de uma lan house.

Apaguei todos os e-mails recebidos, como quem arruma um quarto, deixando a caixa de entrada pronta para o ingresso de uma única pessoa.

Com o computador aberto, esperando a correspondência, gastei o resto da manhã. Não fui alertado pelo barulho de recebimento de mensagens, apenas por batidas na porta. Abri a porta para me encontrar com o motoboy. Pedi que entrasse, estava com uma cara de assustado. Mancava. Apenas olhei para a perna dele.

— Um tombo na serra. Os paralelepípedos são escorregadios. E aquela quantidade de curvas.

Minhas despesas aumentariam.

— Quer se sentar?

— Não precisa. A tia disse que não teve mais notícias da sobrinha. E que depois do senhor ninguém apareceu lá.

— Obrigado. Fico mais tranquilo.

— Ela me mandou entregar o telefone da filha dela. Se quiser saber algo é só ligar — e me passou um pedaço de papel.

Francisca devia ir ao vilarejo diariamente para ligar para a filha. Éramos seres improváveis em tempos de conexão vinte e quatro horas. Eu ainda possuía o computador, com um endereço secreto.

— Dona Francisca tinha mandado um vidro de palmito para o senhor, mas na queda ele se espatifou.

— Sem problema, é palmito tirado ilegalmente da mata.

— O que hoje não é ilegal, doutor?

— Você tem razão. Queria acertar as despesas do acidente também.

Ele deu rapidamente o preço, mostrando a nota da farmácia e o orçamento de conserto da moto. Por isso tinha demorado. Cumprira a sua parte em nosso acerto, eu cumpriria a minha.

Paguei em dinheiro. Com notas novas. Ele conferiu, sorrindo, como se o som das cédulas ainda ásperas fosse a música mais alegre do mundo.

— Você se chama William?

— Não, senhor — ele disse saindo, manquitolando mais do que na hora em que chegou, para que eu tivesse certeza de ter feito o certo ao indenizá-lo. Não revelou seu nome. Se eu perguntasse, daria apenas o primeiro ou um apelido. Era assim entre esses profissionais da informalidade; nada os vincula aos clientes, completamente livres, vagando pelas ruas, como uma substância química ilícita que corre nas veias de um indivíduo, fazendo-o funcionar mais rapidamente.

Depois de me despedir de William — ele sempre seria para mim o motoboy do sonho —, voltei ao computador. Não sairia para almoçar nem para qualquer outra coisa até receber instruções.

Em certo momento, ouvi ruídos de freada de carro e de buzinas. Pela janela, avistei um acidente na rua. Um carro havia atropelado um motoqueiro. A moto se encontrava no chão, retorcida, a caixa preta da garupa aberta na calçada, com pacotes espalhados ao redor. O piloto se sentara no meio-fio. Em dois minutos surgiram vários motoboys, avançando pelas calçadas, entrando na contramão, costurando os carros parados pelo acidente. Formaram uma cerca viva ao redor do motorista que havia causado aquilo. Aceleravam as motos, pressionando-o a fazer o acerto antes que a polícia e o socorro chegassem. Um dos motoboys conversava com o dono do veículo, dedo em riste. Talvez estivessem pedindo um cheque ou os documentos, que só seriam entregues depois que ele acertasse as despesas e pagasse o prejuízo dos dias parados.

Em poucos minutos, a confusão se desfizera. Não havia mais moto, caixa, pacotes ou motoqueiro no chão. Ele partira no meio dos demais, pilotando precariamente seu veículo avariado. Os carros se movimentaram desobstruindo a rua e, quando a polícia apareceu, convocada por algum vizinho, o trânsito já fluía na velocidade corriqueira.

28.

Era bom me sentir assim, em trânsito, no meio de uma grande quantidade de pessoas que procuravam a rodoviária. Todas estavam com malas, bolsas a tiracolo, empenhadas em transportar uma pequena fração de suas casas aos locais para onde iam ou de onde vinham. Os que seguiam para a praia eram mais alegres e alguns bebiam latinhas de cerveja. Imaginariamente já se encontravam à beira-mar, com poucas peças de roupa. Mesmo os de meia-idade riam, nesse frenesi que antecede um momento de aventuras longamente esperado. A maioria, no entanto, viaja para o interior e para outros estados, em busca de familiares que só podem ser visitados nas férias de verão. Há mais tristeza entre esses, que talvez se lembrem da infância e da juventude vividas em outras paragens, sabendo que essa volta é paliativa, matarão saudades por um tempo curto e logo retomarão uma vida que não é a deles. Ao chegarem ao antigo endereço, encontrarão parentes e amigos envelhecidos, doentes, alguns mortos. Então, esperam um ônibus que os levará a alegrias e tristezas. Carregam mais bagagens e são interiormente mais pesados.

Não trago mala ou mágoa alguma. Espero o reencontro e o recomeço. Ando de um canto ao outro da plataforma de embarque, sentindo o cheiro de fritura das lanchonetes, desviando de pessoas sentadas no chão, com seus fardos ao lado, me deixando ser empurrado por quem está para perder o ônibus. E isso tudo só me dá alegria. Identifico-me com os jovens a caminho do mar, embora esteja mais na idade dos que voltam desiludidos à cidade natal.

Olho em todos os rostos femininos, aguardando o que me reconhecerá. Fico mais de uma hora nesse ir e vir entre pessoas, identificando em certo rapaz um provável assaltante. Olha fixamente para o bolso das calças masculinas e para a bolsa das mulheres, esperando a oportunidade de insinuar discretamente a mão e sacar o dinheiro reservado para a viagem. Ele me encara e pisca o olho, tomando-me como alguém da mesma profissão. Talvez esteja me desafiando: quem fará o primeiro assalto ou quem terá mais lucro? E me faço ali, de fato, um ladrão, mas que busca um único bem, o mais valioso.

Sou suspeito por não portar bagagem. Nem passagem. Se a polícia me abordar, direi que espero uma amiga.

No tempo em que fiquei zanzando pelos corredores, nenhum policial me parou. Próximo do horário combinado, fiquei na frente da entrada para o embarque, mas não vi nenhum sinal de Celina. Talvez não tenha conseguido chegar.

Na sua segunda mensagem, dera as instruções. Ir sem bagagem, a pé, até a rodoviária, escolhendo trajetos improváveis, e esperá-la no portão tal às cinco da tarde. Vim antes, como forma de despistar os supostos perseguidores. Também trazia o máximo de dinheiro, acomodado em pacotes no bolso do blazer, na calça e em uma barrigueira, sob a cueca. Era praticamente todo o meu dinheiro, o que eu recebera pelos serviços e o resto de minha poupança, que saquei e troquei por dólar. Talvez ela quisesse apenas a grana para depois me devolver à solidão. Nunca mais a veria. E a paixão me fazia esperar esses poucos minutos de encontro como se eles fossem uma vida inteira.

Na frente do edifício Asa, peguei um táxi até um shopping central, para a irritação do motorista, que esperava uma corrida mais longa. Dei uma nota de cinquenta a ele, pedindo que parasse em fila dupla na frente da entrada principal. Com muita calma, como quem vai fazer compras, subi as escadas do antigo quartel militar, convertido em templo do consumo. No elevador, apertei o andar da garagem, no subsolo, descendo imediatamente a um dos pisos intermediários, procurando o carro que eu não tinha enquanto subia no sentido da saída, para ganhar a rua do outro lado. Em meio ao movimento de veículos, me afastei rapidamente para a rodoviária. Umas quadras depois eu até poderia pegar outro táxi, sem risco de ser seguido. Mas tinha muito tempo e o taxista provavelmente reclamaria da extensão da corrida.

Sempre atento, no mercado municipal, ao lado da rodoviária, pedi um café e um pastel de carne. Nas últimas vinte e quatro horas, eu tinha apenas tomado providências para me encontrar com Celina. Não saíra para almoçar, indo somente ao banco e ao cambista. Depois da primeira mordida no pastel é que senti fome, muita fome. Terminado o primeiro, pedi mais dois, enrolando-os como se fossem uma trouxa, e os devorei com gosto, derrubando farelo no blazer e na mesa. Do mercado à rodoviária, gastei menos de cinco minutos, dando início então à longa espera. Por menor que seja, a espera pela pessoa amada sempre parecerá interminável.

O funcionário da empresa se aproximou para perguntar se iria embarcar.

— Não sei ainda — respondi.

Nesse momento, uma mulher com um lenço que cobria uma cabeça raspada, roupas interioranas, vestido florido largo e sapatos masculinos, pediu licença. Eu estava obstruindo a porta de acesso à plataforma. Recuei para ela passar e vi que me estendeu algo na ponta dos dedos da mão direita, colada à sua coxa. Peguei o papel discretamente. Era uma passagem para mim. Passei pelo controle de entrada e fui ao portão indicado. O funcionário da empresa esperava este último viajante. E foi com irritação que conferiu meu bilhete, tirando a parte de controle da empresa.

— Bagagem?

— Nenhuma — respondi, embarcando em um ônibus para Campo Grande. Um destino improvável para quem nunca se afastava de seu umbigo urbano.

Minha poltrona era a última, ao lado do banheiro, no corredor. A mulher de lenço no cabelo estava lá, talvez trouxesse notícias de Celina. Pedi licença para me sentar ao seu lado. Ela permaneceu voltada para a janela, sem responder.

Acomodei-me e também olhei para fora, talvez Celina estivesse na plataforma para se despedir de mim. Não estava. Toquei o seu ombro. Certamente me levaria a Celina.

Na hora em que se virou, entendi tudo.

— Celina — falei, entre a alegria e o susto contidos.

Ela sorriu e pôs o indicador em minha boca. Ficamos assim, mudos por um tempo, até o ônibus sair totalmente da cidade, como se com isso não pudéssemos mais ser descobertos. Passamos o tempo todo de mãos dadas, sentindo nossos corações pulsarem através desse contato.

Era noite; as pessoas começavam a se acomodar para dormir. Eis um momento interessante nas viagens de ônibus. Saem cobertores de sacolas, surgem travesseiros, outros se cobrem com jaquetas, usam bolsas para escorar a cabeça contra a vidraça, uma série de pequenas manobras para construir no veículo estranho alguma familiaridade de quarto. A viagem apenas começou mas todos pareciam previamente cansados, entregues a um sono improvável se estivessem em suas casas.

— O que aconteceu com você, Celina?

Ela estava com a pele mais escura e emagrecera nas semanas de sumiço. Talvez tivesse levado uma surra. Teria sido abandonada como indigente em um terreno baldio da periferia, depois recolhida a um hospital, onde rasparam sua cabeça e a trataram, até recobrar forças e memória. Eu fazia essas conjecturas antes de podermos começar a conversar.

— Cíntia. Estou usando os documentos de minha prima, que roubei no dia da visita à minha tia — ela praticamente cochichava em meu ouvido.

Dissesse o que dissesse, mesmo se me xingasse, suas palavras em minha orelha soavam eróticas. Eu me arrepiava.

— Sempre fomos muito parecidas e, mesmo se não fôssemos, ninguém estranharia que uma mulher mudasse sua feição depois de um tratamento de câncer.

Esta última palavra me deixou angustiado. O tempo todo ela estivera doente, por isso fugira, para se submeter a algum método de diminuição de um tumor que eu não sabia nem onde ficava. Não queria que ninguém se compadecesse dela, internando-se sozinha para as sessões de quimio e de radioterapia. Cortara o cabelo para evitar vê-los caindo.

— Não é o que você está pensando — ela explicou, lendo minha cara de pânico. — Não estou com doença nenhuma, não que eu sabia.

Ao ouvir a explicação, beijei seus lábios, que continuavam apetitosos e saudáveis.

— Finjo que estou doente.

— Mas você emagreceu — e nessa hora, para comprovar isso para mim mesmo, segurei uma de suas coxas sob o vestido.

— Depois que abandonei o carro em uma mata…

— ... e colocou fogo nele.

— Não, espere eu contar. Deixei o carro com a chave na ignição. Andei até um lugar mais protegido. Raspei a cabeça com uma dessas máquinas de pilha, troquei de roupa e enterrei as usadas. Já completamente outra, saí caminhando pelas margens da pista. Queria subir bastante, rumo a Curitiba, até encontrar uma chácara com caseiros e ficar uns tempos com eles.

— Pra quê?

— Eu tinha que emagrecer e deixar que nossos perseguidores nos esquecessem. Numa chácara, sempre há serviço pesado.

Nossos perseguidores. Nunca o possessivo da primeira pessoa do plural foi tão importante para mim. Eram os perseguidores que nos uniam. Formávamos uma dupla por causa deles. Foram eles que trouxeram Celina — aliás, Cíntia — até mim. E me faziam estar ali com ela de novo.

— E encontrou essa família caridosa?

— Não uma família e muito menos uma chácara. Encontrei um senhor que morava sozinho em um barraco na beira do rio. Aquilo que os livros chamam de ermitão.

— A solidão nos deixa carentes de sexo — eu dizia isso sobre mim, mas servia também para o velho senhor.

Pela primeira vez, Cíntia riu descontraidamente.

— Olha quem está com ciúme.

— Conheço o ser humano.

— Errado. Você conhece os personagens dos livros, com quem optou viver. Você demitiu o ser humano de sua vida.

— É a mesma coisa.

— Não é, estou jogando você bem no meio das pessoas detestáveis.

— Era um velhinho detestável? — tentei desviá-la de um raciocínio que me incomodava.

— Vive da pesca, de uma rocinha de mandioca e de feijão. Também das bananas.

— E da extração ilegal de palmito.

— Apenas para consumo. Os outros produtos ele revende.

— Ficou todo esse tempo com ele? Não saiu de lá?

— Só duas vezes. A primeira quando fui a Morretes escrever para você. Fiquei o dia todo na cidade, esperando a resposta. Na outra, para comprar a passagem, daí vi sua mensagem e respondi.

— Teria feito esta viagem sem mim?

Ela se calou, o que significava que sim. Por sorte, eu havia me comunicado com ela a tempo.

— Comi pouco, ajudei na roça e bebi apenas água.

— Ele te tratou bem? — eu queria perguntar se eles dividiram a mesma cama. Só para ter certeza, porque saber eu já sabia. Num barraco, só há uma cama.

— Foi sempre educado. Não gosta da cidade nem das pessoas. Tinha desistido, você entende?

— Até do amor? — enfim eu chegava ao tema incômodo.

— Até do amor — ela repetiu, com uma voz triste.

Não falava apenas do ermitão, falava dela, de nós dois, como se tivéssemos que fazer o mesmo. Eu havia praticado essa solidão por dez anos. Também era um ermitão numa cabana no meio da mata, só não precisava cultivar uma roça. Eu poderia dizer isso a ela, mas o ciúme me calara. A mulher que eu mais amara até agora tinha dormido na cama de um velhinho sujo. Por mais idoso que fosse, era um homem.

— Preciso fazer uma pergunta.

— Já sei o que quer saber. Não fizemos sexo. Mas, à noite, na cama, ele se encostava em mim. Passava a mão em meu corpo. Você sabe onde.

— Obrigado — falei, com a voz embargada.

— Quando eu ainda estava com o celular…

— O que você fez com ele? Liguei várias vezes.

— Enterrei com o resto de minhas coisas. Mas no meio da viagem, antes de chegar à casa de tia Francisca, recebi uma ligação de meu contador. Ele me informou que os imóveis em meu nome estavam sendo vendidos.

— Soube, mas sem detalhes.

— Jacinto ficara com uma procuração em aberto. Disse que, no caso de emergência, alguém poderia tomar decisões por mim. No início, pensei que pudesse ser você.

Fiquei raciocinando por alguns segundos. Ela havia se aproximado de mim porque eu poderia ser o homem que cuidaria de seu patrimônio. Apenas por isso. Qual a importância, no entanto, de tal fato agora?

— Talvez mais gente soubesse dessa procuração — continuei.

— Ou alguém encontrou esse documento no meio das coisas dele. Vá saber.

— Ele mantinha pertences em seu apartamento?

— Um quarto só dele.

— Não notei quando estive lá.

— No dia da invasão, reviraram tudo, misturando os objetos de vários cômodos.

— Talvez fosse o que eles procuravam.

E ali, no escuro, ela procurou o meu pau, apertando-o por cima da calça. Um beijo longo criou uma pausa na conversa, que depois tomou outra direção.

— Lá na casa de minha tia, arquitetei tudo. Roubei roupas dela e tomei a decisão de interromper as perseguições.

— Fora de circulação, eles tomariam você como morta.

— Ou como fugitiva. De qualquer forma não atrapalharia o resgate de parte do patrimônio que Jacinto acumulara.

— Sua conta bancária...

— Limparam.

— Para essa gente, tudo é fácil.

— Verdade. Logo vão achar um corpo para provar que estou morta. É só minha tia ou alguém fazer um boletim de ocorrência sobre meu desaparecimento.

— Mas você pode aparecer e desmascarar tudo.

— Poder eu posso... — ela não completou a frase. Não precisava.

Eu tinha muitas dúvidas, ela foi respondendo uma por uma. Depois dessa temporada nas margens do Nhundiaquara, as unhas sujas, a pele levemente enegrecida, o corpo bem mais leve, pegou um ônibus para Curitiba. Na hora da partida, com uma sacola com poucos pertences, Alexandre (o ermitão) nem olhou para ela. Continuou capinando a roça. Sabia que ela não voltaria. O mundo havia vencido de novo. O mundo sempre vencia. Roubava o que podia. Cíntia chegou à rodoviária da capital na hora do almoço, foi até o guichê tirar as passagens para Campo Grande. E ficou num canto da área de espera, sentada. Passei várias vezes por ela e não a reconheci. Isso a deixou segura quanto a seu disfarce. As pessoas a olhavam com dó, mais uma prova de autenticidade.

— Quanto dinheiro você trouxe?

Falei a quantia e ela se animou.

— Será mais do que suficiente.

Não disse para quê. Para começarmos uma vida nova? Para ela chegar a algum lugar? Para contratar um advogado?

— Sobrou um pouco daquele dinheiro que você levou a Porto de Cima?

— Quase nada. Deixei um tanto com o Alexandre. Ele não viu, coloquei as notas sob o travesseiro.

— Quando achar, vai rasgar ou jogar no rio.

— É provável — e ela sorriu, admirando o caráter do velho.

— Não entendo. Por que escolheu se esconder com ele e não com uma família?

— Menos gente para saber de mim. Família sempre tem filhos, amigos, parentes, conhecidos. Alexandre não tem ninguém.

— Parece lógico.

— Mas há algo mais importante. Na hora em que vi o barraco e as coisas dele, a maneira como vivia, achei que era um sinal. Parecia um acampamento no meio da selva, como se ele fosse o último remanescente da guerrilha dos anos 70. Sabe, como naqueles filmes em que há um soldado japonês que ignora o fim da Segunda Guerra.

— E ele era isso mesmo?

— À sua maneira, era.

Ficamos então um bom tempo quietos, até que, tal como os demais passageiros, sentimos uma necessidade de encurtar a viagem. E dormimos.

29.

Amanhecemos percorrendo uma inusitada paisagem de gado branco em cerrados verdejantes. Celina havia deixado a cortina da janela aberta e fomos acordados com os raios de sol lavando a nossa face. Ela trazia a expressão cansada pela noite maldormida. A vantagem de ter raspado a cabeça é que não havia cabelos para se rebelarem, denunciando o sono improvisado. Também eu estava com minha careca reluzente, então nos percebi como um casal de outro planeta, em que mulheres e homens haviam perdido esse material de acabamento que são os pelos.

— Gado nelore — informei, enquanto ela se acostumava à nova paisagem.

— Parecem imensas flores brancas — ela sorria para o falso jardim.

Gado pacífico que iria para os abatedouros e logo estaria sangrando nos ganchos dos açougues.

O ônibus se transformara, para nós, em um túnel que foi ficando escuro até que nos desconectou da realidade. Ao acordarmos, estávamos no Mato Grosso — havíamos cruzado parte do estado de São Paulo sem ver nada.

Só agora o mundo material voltava a existir. Alguém entrou no banheiro e um odor forte de ácidos nos convocou para o que acontecia ao nosso lado. Olhei demoradamente o interior do ônibus, sujo e velho, com pessoas simples que viajavam para ver parentes. Mães e crianças, casais idosos, duas jovens. Mais mulheres do que homens. Ficamos todos fechados nessa cápsula, respirando o mesmo ar, numa falsa intimidade. Formávamos um grupo improvável e só um acidente em que todos morressem nos uniria definitivamente. Esses encontros forçados acabavam sempre com uma explosão, fragmentando a manada em várias direções. Celina e eu tentaríamos ficar juntos, embora soubéssemos que também esse núcleo mínimo se desfaria dentro de um tempo que não conseguíamos definir.

— Esta foi nossa noite de núpcias — sussurrei.

— Um tanto promíscua — ela ironizou.

— São nossos padrinhos, madrinhas e testemunhas. Fizemos uma viagem-casamento.

Ela não achou graça na comparação e olhou para fora.

— Que pássaros são aqueles, voando em círculo sobre as árvores? — desviava a conversa.

Celina sabia que eram urubus. Sua pergunta funcionava como uma provocação. A visão dos nelores brancos no pasto, as árvores retorcidas do cerrado e os urubus sobrevoando a carcaça de algum boi morto.

O ônibus deu, nessa hora, uma freada; houve gritos e me segurei na poltrona da frente, esperando a colisão. Mas o futuro não chegou dessa vez, foi apenas um susto que fez com que emudecêssemos por alguns instantes.

A conversa tinha que ser retomada a partir de questões práticas, conjugada no presente mais imediato.

— O que faremos em Campo Grande?

Estava me deixando ser levado sem saber o destino final da viagem e seu objetivo. O amor era sempre essa navegação incerta. Bastava que estivéssemos juntos e a caminho. O ponto de chegada não importava.

— Primeiro vamos comprar roupas — ela falou, rindo.

Trazia dois vestidos muito surrados e um par de sapatos estranhos. Eu usava as peças que comprara para visitar Érica, a mulher de Santos de Sá.

— Sempre admirei os jovens que fugiam de casa apenas com a roupa do corpo e no primeiro dia de vida conjugal tinham que ir às lojas — falei.

— E comprar calcinha, cueca, essas coisas.

— Comprar peças íntimas juntos é uma forma de acasalamento, não acha?

— No início era o sexo — ela citou, bíblica e eroticamente.

Eu havia passado a noite inteira ao lado de uma mulher sem ter tentado entrar nela. Uma noite a mais depois de tanta espera não significava muita coisa.

O ônibus parou em algum lugar sujo, para o café da manhã. Descemos em fila, membros de uma comunidade formada pelo anseio de chegar logo.

A fome era outra coisa que nos unia.

Depois do ritual de ir ao banheiro, todos com cara de sono, achamos um lugar no balcão, ao lado de nossos companheiros de viagem. Eles devoravam imensos pastéis de carne. O lugar não encorajava nenhum tipo de alimentação a não ser a industrializada, mas quem se preocuparia com isso ali? Olhei para Celina/Cíntia e ela entendeu o estado de comunhão em que nos encontrávamos.

— Dois pastéis — ela falou para o funcionário da lanchonete.

— E duas cervejas — completei, despertando o olhar dos demais passageiros.

Um senhor que havia acabado de pedir café com leite afastou a xícara e, olhando para nós, abriu um sorriso.

— Também quero uma cerveja — conquistara uma alegria súbita.

Sem reclamar, a mulher dele continuou bebendo seu café.

Celina e eu demos a primeira mordida no pastel ao mesmo tempo, arrancando um pedaço grande e queimando a língua — aqueles salgados haviam acabado de sair da fritadeira cheia de óleo velho, preto e maligno. Mas isso não contava. O importante era a sincronia. Como sabiam o horário de parada do ônibus, colocavam os pastéis para fritar um pouco antes. Não nos importou ter queimado a boca, apenas tomamos um gole generoso de cerveja, direto das garrafinhas, embora dois copos de vidro tivessem sido deixados ao lado delas.

Outras pessoas também pediram cerveja naquela parada matinal, alguns mesmo depois de terem lanchado.

— Estão sempre esperando que alguém tenha coragem de fazer algo diferente — Celina cochichou.

Pedi mais duas cervejas para viagem, observando os olhos sedentos do motorista, que comia atento a nossas atitudes.

Retornamos aos nossos lugares quando o motorista já havia ligado o motor do ônibus, pois gastáramos alguns minutos andando na rua de terra, nos fundos da parada. Sem comentar nada um com o outro, estávamos nos despedindo daquelas paragens. Quem viaja está sempre dando adeus a pessoas, paisagens, construções etc. Eu aprendia isso agora, aos cinquenta anos.

Ao nos encaminharmos para as poltronas, passamos ao lado do senhor que havia pedido a cerveja logo depois de nós, encorajando os demais. Também estava com uma segunda garrafa e piscou para mim.

— É preciso comemorar — ele disse.

— Com certeza — afirmei, sem saber o que estávamos comemorando.

Depois de nos acomodarmos nos bancos gastos, que haviam suportado tantos corpos em busca de uma posição minimamente confortável para dormir durante as inúmeras viagens, contei a Celina o diálogo com o outro passageiro.

— Estamos comemorando a união — ela explicou.

E talvez tenha sido exatamente isso. Quando o ônibus saiu, as pessoas começaram a conversar animadamente entre as poltronas. Salgadinhos, balas e doces passavam de uma mão para outra. Mesmo os sóbrios faziam parte do ônibus ébrio que, por ser alto e malemolente, chacoalhava na estrada buscando um destino que, por mais familiar que fosse, era completamente desconhecido.

Na rodoviária de Campo Grande não houve despedidas, apenas se abriram as comportas e cada um escorreu para um lado.

Depois de Celina comprar a passagem sem permitir que eu soubesse para onde, tomamos um táxi rumo ao shopping, por sugestão dela. Devo ter feito uma cara de surpresa, pois se sentiu na obrigação de explicar.

— Um shopping é o resumo da cidade comercial.

— Não é uma contradição?

Havíamos viajado com pessoas simples, sentindo seus cheiros, pois estávamos colados ao banheiro do ônibus, ouvindo trechos de suas vidas, como se fizéssemos parte delas. E agora iríamos cruzar uma fronteira social e entrar na rotina de consumo da classe média da qual fugíamos.

— Precisamos usar a cidade rapidamente. Só isso — ela completou.

Passamos a tarde nos corredores climatizados do shopping. Primeiro compramos duas mochilas confortáveis, depois peças íntimas, calças e camisetas para mim e para Celina. Com um visual muito parecido, nós nos aproximávamos, vencendo caricaturescamente as décadas postas entre nossos corpos. As roupas foram acomodadas nas mochilas e depois adquirimos itens de higiene em uma farmácia, também enfiados nos muitos compartimentos de nossa bagagem. E assim organizávamos nossa primeira casa, com dois cômodos independentes que podiam ser carregados a toda parte.

Só então nos sentamos para comer algo na praça de alimentação.

— Gosto deste ambiente — Celina disse.

— De gente comprando?

— Não, da praça de alimentação.

Muitas pessoas se sentavam e outras saíam, numa movimentação nervosa. Bandejas com copos plásticos, pratos, talheres e embalagens ficavam esquecidos nas mesas. Uma desordem tomava conta de tudo. Apenas olhei aquela bagunça, sem comentar nada.

— Essa improvisação não lembra um grupo de viajantes se alimentando numa clareira na floresta?

— Sinceramente? Não.

— Ou um acampamento militar? — ela continuou, o olhar longe.

Comecei a ver que me metia em uma jornada absurda. Então por que eu fazia todos os seus desejos?

Seguir cegamente a pessoa amada era construir, contra o mundo, um pequeno espaço a dois, o que podia ser tanto uma prova de amor quanto uma grande idiotice. Em vez de chamá-la à realidade, fiquei silenciosamente ao seu lado.

Naquele tempo de ausência, temi que ela se levantasse para ir de mesa em mesa perguntando coisas sobre a vida das pessoas. Se fizesse isso, seria para mim muito mais difícil acompanhá-la.

Mas decidi que não a deixaria nem se uma situação dessas se tornasse constante.

Celina então fez a pergunta que me acalmou.

— Por que você parou de dar aulas?

Eu tinha várias respostas prontas para esse questionamento.

Porque ninguém quer aprender mais nada na área das humanidades. São todos uns sabichões, mesmo escrevendo de forma errada as palavras mais simples.

Porque o magistério superior, no qual atuei por vários anos, virou um reduto de profissionais que não leem.

Porque não resistia às minhas alunas e fazia de tudo para levá-las até minha cama estreita de solteiro.

Por náusea.

Foi esta última resposta que escolhi.

— Comecei a sentir ânsia de vômito e tonturas. Os médicos não acharam a causa. Fiz todos aqueles exames chatos e nenhum problema foi acusado no estômago. Nem no intestino. Daí fiquei sem trabalhar por um tempo, achando que poderia ser estresse. Já nos primeiros dias as náuseas cessaram. Durante essa licença, trancado em casa, um apartamento de verdade, somente me encontrei com meus livros, reconquistando três meses de saúde total. Quando assumi de novo as turmas do último ano de letras, tive que sair correndo da sala de aula. Assim que entrei no banheiro dos alunos, no corredor, comecei a vomitar uma coisa verde, fétida. Não havia comido nada forte. Nos dias de aula, me alimentava frugalmente. Então descobri: ensinar literatura a quem detestava ler é que me dava aquelas crises. Pedi as contas.

Isso não era verdade.

Eu me demiti para fugir de um processo interno em que me acusavam, com provas inquestionáveis, de assédio sexual às alunas. E também porque tinha condições financeiras de chutar aquela carreira. Ganhara um bom dinheiro por ter desvendado um caso que comprometia uma deputada de minhas relações. Foi quando conheci Jacinto.

Mas essa história de náuseas não chega a ser totalmente falsa. Com um pouco mais de tempo de magistério eu certamente começaria a ter esse tipo de problema. Assim que deixei a universidade, desapareceu a azia que me acompanhara por anos.

— Gostaria de ter sido sua aluna.

— Você teria sido uma aluna excelente.

Ela me olhou com uma candura de quem assiste a um mestre falando coisas essenciais e verdadeiras.

— Mas você também se interessaria pelas outras alunas inteligentes? — ela me perguntou.

— O desejo está em todos os lugares, sem deixar de estar sempre no centro.

E olhei para ela, que se levantou de uma vez, sem comentar nada.

Saímos da praça de alimentação, esse imenso acampamento, e fomos ao cinema para mais um filme norte-americano, cheio de heroísmos, sobre a Segunda Guerra Mundial.

Já era perto da hora da partida quando deixamos o shopping, pegando um táxi para a rodoviária.

Lá, tomamos uma ducha num banheiro público e vestimos nossas roupas novas, jogando as outras no lixo, como uma cobra que abandona a pele antiga.

30.

Em Corumbá, nos instalamos em um hotel ao lado da rodoviária para passar a manhã. No quarto, havia três camas de solteiro, com colchões finos. Jogamos um deles no chão e descansamos da viagem nos cansando de outro modo, até quase um pequeno desmaio. Depois, cochilamos nus, olhando o forro de madeira, torto e sujo. A pobreza estava em tudo, nas roupas gastas da cama, na mesa rústica, no velho televisor.

Para amanhecer novamente, tomamos um segundo banho num chuveiro de pouca água. Tínhamos agora que pegar um táxi para a fronteira. Segundo o consulado boliviano, que Celina consultara por telefone, na chegada ao hotel, era preciso apresentar uma carteira internacional de vacinação, com o comprovante de ter recebido a dose contra febre amarela.

— Perderíamos um dia — concluiu Celina. — E me agrada burlar as autoridades.

Para ela, que sentia a alegria da adolescente que deixa a casa dos pais pela primeira vez, rebelar-se contra a vacinação era um grande ato de desobediência.

Saiu então para buscar mais informações com o dono do hotelzinho, que nos recebera laconicamente. A portaria, no entanto, estava vazia; apenas uma televisão falava para ninguém. Celina intuiu que estivesse nos fundos e foi até lá. O café da manhã não estava mais sendo servido e o lugar se fizera ainda mais deserto do que no momento em que chegamos. Na garagem, ela encontrou o dono retirando fuzis e metralhadoras de imensas sacolas de roupas que dois homens traziam em um carro com placa da Bolívia. As armas ficariam no hotel e iriam para a mala de algum hóspede brasileiro insuspeito, com destino a São Paulo ou ao Rio. O hotel era usado como ponto de repasse de contrabando. Assustada, Celina recuou, com medo de ter sido vista.

De volta ao quarto, arrumamos as malas enquanto ela me contava o que vira, e seguimos para a portaria. O proprietário nos atendeu mais sisudo do que nunca. Pagamos as diárias em dinheiro e fomos até a rodoviária pegar um táxi para a fronteira.

Na alfândega brasileira, enfrentamos uma fila extensa, no meio de pessoas do povo e de jovens que começavam ou terminavam sua viagem pela América Latina. As moças carregavam mochilas maiores do que elas, onde levavam de tudo. Ouvi uma descrição do conteúdo: barraca, saco de dormir, botinas de caminhada, canivete, cantil, roupas de frio para as baixas temperaturas das montanhas, remédios para o estômago e cloro para a água ou os sucos que tomariam.

— Não podemos deixar que algo contaminado estrague a viagem — a moça concluiu a sua enumeração.

Não tínhamos nada disso, apenas roupas comuns, material de higiene e algumas bolachas para roer. Várias moças viajavam sozinhas, acumulando experiências em países onde vastas áreas ainda não tinham sido contaminadas pela padronização global.

Celina pareceu um pouco sem graça por estar acompanhada, como se não fosse suficientemente adulta para enfrentar sozinha as trilhas, as estradas e as viagens em trens e ônibus precários. No grupo dos mochileiros, todos eram excessivamente jovens.

Mas logo a vergonha passou e ela se pôs a conversar com um casal que cursava sociologia na Universidade Estadual de Campinas. A menina não teria mais de vinte anos, morena de pele macia, com uma minissaia e uma blusinha muito curta, chinelos havaianas e a indefectível mochila. O namorado usava calção de malha na altura dos joelhos, próprio de algum esporte que não soube identificar, camiseta surrada, chinelos e uma mochila ainda maior, da qual pendia um par de sapatos rústicos. Fumava um cigarro de palha que fora pacientemente enrolado enquanto aguardávamos a nossa vez de ser atendidos. Mais quieto do que a namorada, olhava para a aglomeração caótica de pessoas, esperando, animadamente sob o sol, a permissão de saída do Brasil.

— É minha primeira viagem internacional — falei para entrar na conversa.

Fascinada com o casal de futuros sociólogos, Celina ignorou meu comentário, talvez nem tenha ouvido. Eles contavam a ela, com detalhes colhidos em leituras de internet, o roteiro que fariam em trinta e cinco dias de peregrinação, com uma breve estada em Aguas Calientes, aos pés de Machu Picchu. Os olhos de minha namorada estavam úmidos de emoção. Com suas roupas folgadas e um chapéu de tecido, ela ganhava um ar masculino.

Ao se aproximar do único guichê que nos atendia, e sem ter sido questionada pelo funcionário, tirou o chapéu, revelando o crânio mais branco do que seu rosto. Então informou:

— Vou a Santa Cruz de la Sierra por motivo de saúde. Fui diagnosticada com um tumor e o tratamento que me foi indicado se dará na cidade.

Todos na fila olharam para ela, que voltou a ter gestos femininos, ajeitando delicadamente o chapéu na cabeça. O funcionário erguera os olhos do computador, fitando constrangido a viajante. Imediatamente, sem dizer nada, a estudante de Campinas abraçou minha mulher careca e beijou seu rosto. Celina deixou uma lágrima se formar no canto de seus olhos, que se fizeram vermelhos.

Ela se desprendeu do abraço e apresentou sua identidade falsa ao funcionário. Havíamos preenchido previamente uma ficha com nossos dados, o país de origem, de destino e o motivo da viagem. O jovem senhor atrás do vidro pegou a sua identidade e o formulário básico, já assinado, e digitou os dados no sistema. Carimbou o documento de saída sem olhar para o rosto de Celina. Na minha vez, comparou a foto da carteira de identidade com o meu rosto, e fiquei com medo de que descobrisse que eu não era o mesmo da foto, tirada aos catorze anos. No entanto, não perguntou nada e carimbou a minha guia. Eram tantas pessoas que passavam por ali que não conseguia mais distinguir diferenças entre fotos e rostos. Só isso me livrou de ser preso como alguém que fingia passar por quem um dia fora.

Era necessário me acostumar ao fato de que, dali para a frente, não existia mais Celina, apenas Cíntia Rodrigues da Silva. Fomos, os dois casais, para a outra aduana, em busca da autorização de entrada na Bolívia. A movimentação era bem maior. *Cholas* vendiam sucos de limão e laranja em baldes de vinte litros, com blocos de gelo mergulhados neles. Tiravam o suco com conchas encardidas. Crianças brincavam ao redor, enquanto centenas de bolivianos formavam uma fila silenciosa para conseguir a autorização de saída do país. Estávamos na de entrada, que era bem menor.

Cíntia falava alegremente sobre sua falsa vida. Vivia no Paraná e estava visitando parentes em Aquidauana, no Mato Grosso do Sul, quando resolvera tentar uma consulta com os médicos da Bolívia, onde o tratamento era bem mais em conta. Uma verdadeira atriz, com um delicioso poder de convencimento. A funcionária boliviana a tratou muito bem e, vendo a declaração do motivo da viagem, desejou, no final, boa sorte. Portávamos pouca bagagem para uma viagem sem previsão de volta, embora tivéssemos declarado uma permanência de trinta dias.

Assim que nos livramos da aduana, Cíntia parou em uma *cholita* para comprar limonada para todos. Pagou com dinheiro brasileiro, deixando gorjeta. Bebi em um único gole aquele líquido que me pareceu viscoso e joguei o copo de plástico no lixo, como quem se livra de um animal nojento que acabou em sua mão. Eu me adiantei ao grupo e entrei em uma mercearia para trocar dinheiro — a maior quantia que você puder, Cíntia me pediu. Estava agora com muitos pesos bolivianos para as despesas.

Em outro país, usando outra moeda, arremedando outro idioma. E Celina não era mais Celina.

Caminhávamos até o ponto de táxi quando ela me abraçou fortemente. Menina que acorda com um sonho ruim e procura um adulto.

— Olhe. Um dos bolivianos que estavam no hotel.

Uma camionete passava por nós com dois homens bem vestidos na carroceria, em pé. Um deles segurava com a esquerda um suporte sobre a cabine. E ergueu a outra mão com um rifle.

Nossos novos amigos não perceberam nada. Dividimos o táxi com o casal de estudantes, mochilas no colo, e fomos para a estação de Puerto Quijarro. Eram onze da manhã no horário boliviano. O Expresso Oriental, o famoso Trem da Morte, sairia às treze horas. Umas duas quadras antes da estação, que ficava no final do asfalto, a mesma camionete passou por nós, parando um pouco adiante do portão principal. Deixamos o táxi para subir, metodicamente distraídos, as escadarias. Cíntia conversava com Elis, a estudante, e foram direto para as cadeiras de espera no salão envidraçado. Beto e eu para o guichê, carregando as carteiras de identidade delas. Comprei duas passagens no vagão super pullman, tentando garantir algum conforto nas dezesseis horas de viagem que tínhamos pela frente. Beto optou por um vagão comum, ficando por isso um pouco constrangido.

Assim que nos reunimos nas cadeiras, o casal se afastou para arrumar algo em uma das mochilas. Logo disseram que iam procurar uma ducha por *dois bolivianos*, deixando claro que a viagem deles seria na base da economia.

Era possível encontrar duchas por preços módicos disponíveis em alguns bares e mercearias, o que me agradou. Em Curitiba, eu só podia tomar banho em hotéis que tivessem sauna.

Com suas mochilas inchadas, Elis e Beto saíram, andando com muita calma e leveza, em busca do comércio local. Isso deixou Cíntia um tanto triste.

— Como é bom fazer uma viagem assim na idade deles!

Ela se sentia muito mais velha do que eu imaginava. Ou seria parte do teatro? Não pude saber.

— Acha que devemos nos preocupar com aquele contrabandista de armas? — ela me perguntou.

— Não. Quer apenas ter certeza de que não vamos denunciar a carga que estão mandando ao Brasil. Está nos vigiando desde que saímos do hotel.

Pelas imensas portas e janelas de vidro da estação, ele nos observava. Havia entrado na cabine da camionete, não se deixando ver. Mas eu sentia sua presença como a de um anjo mau.

O nosso vagão podia ser considerado de luxo. Ar-condicionado, tevês modernas, poltronas confortáveis, banheiros limpos. As pessoas de condição mais simples não podiam pagar por aquilo. Isso criou alguma frustração em Cíntia. Era como se ela se sentisse afastada dos seus. Entramos no vagão sob uma chuva de verão, assim que o embarque foi liberado. Cíntia não parou de olhar para a plataforma, onde havia uma pequena confusão de passageiros correndo para não se molhar muito. Elis e Beto chegaram no último momento e foram para um dos vagões populares, à frente do nosso. Visivelmente, minha namorada preferia aqueles companheiros de viagem. Quando você ama uma pessoa bem mais jovem, deve estar preparado para se sentir preterido em várias situações. Mesmo que ela nos ame, há momentos em que precisa viver mais próxima da própria geração. O melhor que podemos fazer nesses casos é nos afastarmos.

Assim que o trem começou a se mover, reclinei a poltrona. O som alto da televisão, com os piores clipes musicais do mundo, dificultava minha tentativa de dormir. Cíntia acompanhava as pessoas que se moviam no corredor, como crianças que, assim que chegam a uma casa desconhecida, querem ir a todos os cômodos.

Virei o rosto para a janela e antes de adormecer vi casebres com índios nas varandas e porcos soltos nos quintais enlameados. Lembrei-me do Che matando os cavalos de carga para alimentar o pequeno e faminto exército. Ali, à margem dos trilhos do Expresso Oriental, os porcos eram de uma raça comum e viviam livres, livres até a morte certa e próxima.

As casas foram se tornando mais espaçadas e logo uma selva de árvores baixas surgiu. Houve parada em mais uma estação, cujo nome não consegui identificar. Lá fora, no meio da floresta, era como se Che ainda estivesse lutando para tomar o poder em nome do povo, embora agora o presidente da Bolívia fosse um índio, Evo Morales.

Cíntia não me dissera nada, mas eu sabia o nosso destino. Acho que sabia desde o início. Apenas não queria pensar nele.

Embalado pelo movimento regular do vagão, e apesar de todos os ruídos, dormi rapidamente. Eu era o menino andando pela primeira vez de trem. O som das rodas nos trilhos, o ranger constante de metais, os clipes terríveis na tevê, tudo era uma canção de ninar. E quando acordei já se fizera noite.

Dormir sem nem sonhar é uma espécie de corte no filme de nossa existência. Falta um pedaço. Ela se reinicia algum tempo depois, em situações que não entendemos imediatamente. Olhei ao meu lado e não vi Cíntia. Passaram-se muitos anos, estou fazendo uma viagem sozinho, pois minha namorada me deixou. Pior, nem existiu essa namorada e tudo foi um sonho. Encontro-me em um trem nem sei para quê. Por um lapso de segundos, resistimos a reconhecer quem somos. Quando voltei a isso que me acostumei a encarar como meu mundo, minha vida, veio-me a conclusão óbvia de que Cíntia podia ter ido ao banheiro. O vagão estava escuro, então acendi as luzes de leitura sobre nossas poltronas. Incidindo sobre o forro azul, a luz tornou ainda mais fantasmagórica a ausência da mulher amada.

Só depois de alguns minutos comecei a analisar a hipótese de que o contrabandista de armas pudesse ter tomado o mesmo trem. Ficara em outro vagão, esperando que Cíntia saísse rumo ao restaurante, para sequestrá-la. Teria descido com ela em alguma estação perdida na selva. Em todos os lugares a que chegávamos, ela chamava a atenção não por estar careca, mas por sua beleza alva numa terra em que todos são morenos, o que fazia de mim um homem local. O contrabandista ampliou por conta própria o risco de seu trabalho só para perseguir e raptar a mulher que ele não poderia ter de outra forma. Nesse momento, faziam sexo em alguma cabana suja, às margens dos trilhos, com o escarcéu excitante dos porcos enfiando o focinho na terra podre e úmida. Ou talvez estivessem em outro vagão, o homem apontando a arma para ela sob uma jaqueta enrolada na mão, para que fingisse naturalidade até poderem descer na parada seguinte. Era preciso fazer uma ronda para tentar salvá-la desse destino sórdido.

Levantei-me e, num passo incerto, por causa do movimento do trem, fui de vagão em vagão, olhando tudo com cuidado, até o último deles, onde funcionava o restaurante. Seria fácil reconhecer Cíntia mesmo no escuro, agora com um lenço colorido na cabeça. Ninguém se vestia igual a ela ali, e ainda havia a sua pele branca, que reluzia à noite, roubando todo o brilho do menor foco de luz. Nas mesas do restaurante, feitas com fórmica de um vermelho desbotado, apenas dois jovens ouviam música com fones conectados a um único celular. Na volta, continuei tentando localizar Cíntia. Passei por nossas poltronas e prossegui com a exploração do grande túnel, rumo aos vagões da frente, os regionais. Já no segundo vi seu lenço colorido e a pele branca de seu pescoço. Ao me aproximar, reconheci Elis ao seu lado, Cíntia encostada em seu ombro, ambas dormindo. Beto devia estar em uma das poltronas da frente. De fato, ela tinha sido sequestrada, sequestrada pelos de sua geração, pelos sonhos juvenis.

Voltei para minha poltrona me sentindo impotente. Desse tipo de sequestro eu não podia salvá-la. Ela teria que tentar escapar sozinha ou ficar sempre presa a essa idade.

Não dormi até que chegamos a Roboré, onde o trem fica parado mais de meia hora, para o jantar. Não me levantei imediatamente como a maioria dos viajantes. As luzes haviam sido acesas e, através dos vidros das portas entre os vagões, pude ver que Cíntia voltava para mim. Fingi um sono profundo.

— O menino dorminhoco não quer jantar? — ela falou, tocando com carinho e com força o meu ombro.

Abri os olhos para contemplar sua beleza indisfarçável. E sorri diante de seus lindos dentes brancos. Ela então se abaixou e me beijou, o que era uma convocação, um toque marcial de cornetas. Levantei-me e, colados um no outro, descemos à plataforma. Em um canto, o casal de estudantes nos aguardava.

Roboré é uma estação com dois pátios laterais, calçados e

cobertos. Neles ou ao lado deles, mulheres e crianças vendem comida, numa espécie de feira noturna. Fomos a uma das barracas e pedimos um espeto de carne de porco, que veio com um pedaço de mandioca na ponta. Saímos comendo aquele alimento rústico e saboroso. Também compramos café, servido de uma garrafa encardida. Tudo era muito sujo. Aquelas pessoas viviam muito próximas da terra, da qual nos afastáramos de maneira total. Olhando os demais viajantes, percebi que Cíntia e eu destoávamos. Nossas roupas não eram apenas limpas, mas também novas. Precisávamos nos sujar um pouco para fazer parte dessa outra pátria. Ficamos andando em meio às vendedoras, acompanhando os passageiros voltarem aos vagões, como se hesitássemos entre continuar a viagem e nos perder naquela região. Tudo que queríamos era ficar um pouco mais naquele lugar improvável, sentindo o frio da noite, sendo defumados pelas churrasqueiras das barracas, pertencendo, mesmo que de forma provisória, àquela latitude.

Um tranco nas composições do trem nos obrigou a tomar a decisão.

Subimos as escadas de nossos vagões, olhando-nos amorosamente, como se tivéssemos passado uma vida toda ali e agora era chegada a hora de recomeçar em outra cidade.

Comentamos que a viagem seria longa, mais umas dez horas.

— Daria para ir à Europa, de avião — falei.

— E quem quer ir à Europa? — ela me provocou.

Assim que nos acomodamos, Cíntia disse que o verdadeiro viajante não é aquele que conhece vários continentes, mas quem traz na sua memória as marcas dos lugares, mesmo dos mais próximos. (Como não amar uma mulher que faz esse tipo de raciocínio?) Então lembrei a ela o caso de uma atriz pornô que ainda atuava aos oitenta anos. Ela se vangloriava de ter dormido com mais de mil homens. Era uma viajante do sexo.

— Na verdade, não deve ter conhecido bem nenhum deles — Cíntia concluiu, encostando-se em meu ombro, pacificada.

A viagem lenta do trem era como o amor. As viagens rápidas de avião, uma cena de sexo num filme pornô.

Dormindo e acordando, virando para o lado da janela ou do corredor, sentindo cheiro de comida, sendo incomodados em cada parada, quando havia o ingresso de vendedores de carne, mesmo às três da madrugada, chegamos à imensa estação bimodal de Santa Cruz de la Sierra. Eram cinco e meia da manhã. Descemos meio atordoados, já sem o hábito de andar em solo que não se mexesse tanto. Parados no meio do saguão, esperamos por um tempo o casal de novos amigos, mas como a estação estava ainda fechada, só abriria às seis, fomos expulsos por um policial.

No pátio externo, o tumulto de pessoas e de carros. Empurrados pela multidão, acabamos empurrados para a saída, onde se vendiam carne e linguiças assadas.

Ficamos ali, na calçada, em frente ao local onde paravam os táxis, aguardando Elis e Beto, mas não os vimos mais.

As separações nas viagens são súbitas.

31.

— Estou seguindo cegamente você — proclamei em falso tom de reclamação.

Cíntia riu. Criança que vê um filhotinho de cachorro correr e cair.

— Não queria perguntar isso, mas para onde estamos indo?

— Então por que perguntar? — ela me desafiou.

A América Latina continuava sendo um sonho revolucionário e a Bolívia tinha os ingredientes populares pelos quais ela ansiava. O Trem da Morte perdera muito da sua força, não atraindo mais os moradores pobres. Com a construção de uma pista de rodagem moderna, o trem permite apenas uma viagem nostálgica. Em outra época, era quase só a população mais humilde que encontraríamos ali, enquanto em nossa viagem havia basicamente turistas que podiam se dar ao luxo de perder dezesseis horas no percurso. As demais pessoas usavam ônibus e carros, gastando menos da metade do tempo para vencer o trajeto.

Ali na estação, pegamos um táxi. Um carro velho, japonês, um dos milhares de veículos usados que a Bolívia importa, tornando-se um grande pátio das sucatas da indústria automobilística do Japão. Cíntia negociou o preço da corrida, pois não existem taxímetros, e tudo tem que ser discutido previamente.

— Quanto para o mercado Los Pozos?

— *Veinte pesitos, señora* — o taxista usou o diminutivo para indicar a insignificância.

Entramos pela porta de trás, já procurando o cinto. Num país estrangeiro, colocar o cinto era uma forma de se prender a algo, sentindo-se ligado àquele universo novo.

— *No hay* — nos informou o motorista.

O que não o impediu de correr e fazer as manobras mais arriscadas, buzinando a todo instante. Tive a sensação de que morreríamos nesse pequeno périplo urbano. Não pude acreditar, no final da corrida, que havíamos saído intactos depois de termos sido constantemente atirados um contra o outro ou contra as portas, precariamente trancadas. Ponto para a indústria japonesa.

Na entrada de Los Pozos, talvez pela alegria de continuar ao lado de Cíntia mais algum tempo, acabei me entusiasmando com o tumulto das pessoas, a confusão malcheirosa de produtos, a convivência das bancas improvisadas de carne, comida pronta, roupas e objetos os mais variados. Cíntia perguntando preço, pedindo informações sobre isto e aquilo. Enfim estávamos no coração pulsante da América. E sem nenhuma máquina fotográfica, nem mesmo um caderno de notas.

Sentamos diante do balcão de um restaurante e pedimos, às sete e meia da manhã, uma sopa de trigo, imitando nossos vizinhos. O prato fundo chegou muito quente, com um imenso osso bovino rodeado por alguma carne. Além do trigo integral, havia cenoura picada, vagem e batata em pedaços. Tudo maravilhosamente saboroso. As demais pessoas ao nosso lado se alimentavam arcadas sobre o prato e fazendo barulho com a boca ao sorver o líquido da colher. Sem perceber, começamos a fazer o mesmo.

Então rimos dessa pequena traquinagem, devolvidos à nossa infância. Ali, tínhamos oito anos e desobedecíamos a nossos pais, que pediam boas maneiras à mesa.

Para onde olhássemos, a sujeira dominava. Havia um boi esquartejado em uma banca ao lado, sem refrigeração. Pilhas de frangos amarelos em outras, ao lado de bacias repletas de miúdos. O chão úmido pelas chuvas recentes exibia muitos detritos. Tudo conspirava para que sentíssemos nojo e, no entanto, tudo era convidativo.

No final, imitamos os trabalhadores que precisariam de toda aquela proteína. Pegamos com as duas mãos o osso que sobrara no fundo do prato e roemos a pouca carne que restara nele, sentindo nossos lábios se engordurarem. Pagamos a conta e saímos com os demais clientes, deixando o lugar aos que aguardavam a vez. Recebi como troco, da mulher que atendia no caixa e servia os pratos, várias notas pequenas, gastas e moles, umedecidas por mãos operárias.

— Não nos trataram como turistas — comentei com Cíntia.

— É que, na verdade, não somos. Ou você é um turista ou é uma pessoa real.

— Você parece real — eu disse, abraçando-a e sentindo seus seios duros.

Então nos beijamos com nossos lábios lubrificados pela gordura. Um gosto de sebo de boi passou de uma boca à outra.

Deixando o mercado, andamos um pouco pelo centro de Santa Cruz de la Sierra, com suas calçadas com varandas, chamadas de *corredores*. Elas protegem as pessoas da chuva e do sol e dão um ar doméstico à cidade, como se estivéssemos em um grande pátio interno, e não nas ruas. Isso fez com que nos sentíssemos como visitantes na casa de parentes ou amigos. Cíntia me abraçava enquanto percorríamos essa cidade estranhamente íntima cujo comércio aos poucos se abria.

— Eu poderia ser feliz aqui — falei para ela.

Havia evitado toda forma de habitação familiar e agora me encantava com essas varandas com telhas coloniais, cobertas por pequenos cactos floridos, que tiravam todo o seu sustento daquele barro e do limo acumulado neles. Essa era a verdadeira experiência estrangeira pela qual eu passava.

Cíntia olhou para uma índia que estava sentada em um dos corredores pedindo esmola. Ao seu lado, três crianças dormiam, cada uma enrolada em uma manta colorida em que predominava o tom vermelho. Só víamos os rostos; elas haviam sido cuidadosamente arrumadas junto à mãe.

Dei uma nota nova de cem bolivianos para a *chola*, que olhou com espanto a *propina*, não entendendo meu gesto, que não era de comiseração pela dor humana, mas para animar a mulher amada, como se fosse necessário pagar a todas as pessoas, ao maior número delas, para poder tê-la comigo.

— Não sofra pelas crianças — tentei consolar Cíntia.

— Como não sofrer?

— Estão com a mãe. E não há melhor lar do que a presença materna. Veja o cuidado dela com os filhos, todos embrulhados, colados às suas pernas. Ela os aquece com o próprio corpo.

Com uma expressão infantil, Cíntia sorriu.

— Talvez você tenha razão. A orfandade é mais terrível do que a pobreza.

E, nesse momento, como se quisesse subitamente viver uma experiência alegre, ela saiu em busca de um táxi. Parecia alguém que se lembrava de uma tarefa muito urgente. Ao entrar no carro, também destruído, o banco do motorista reformado em casa, com restos de materiais, ela nem sondou o preço da corrida. Pediu para ir à Plaza Oruro.

No caminho, perguntei o valor. Estava propenso a gorjetas gordas, mas não queria ser enganado.

— Quanto o senhor dá pela corrida? — o taxista me perguntou.

— Hã?

— Diga o senhor o preço.

— Quanto geralmente se paga?

— Vinte bolivianos.

Ao chegar, paguei a corrida, trocando uma nota de cem. Havia ônibus estacionados na rua, em frente aos pequenos e precários escritórios das empresas de transporte. Eram nove e vinte da manhã e só o carro da companhia *El señor de los milagros* não havia ainda saído rumo a Vallegrande. Nessa hora, tive certeza do local para onde estávamos indo.

— A cidade onde Che foi enterrado — falei.

— Viajar para lá é uma forma de ressuscitá-lo — Cíntia disse, com voz bíblica e olhos só brilho.

Depois de comprar passagens muito baratas, de termos usado o banheiro imundo da agência e de conseguirmos um frasco de dois litros de água, porque era quase o preço de uma garrafinha, subimos no ônibus que nos levaria à *Ruta del Che*. As nossas eram as últimas poltronas, números 29 e 30. Fomos passando por moradores de Vallegrande que voltavam para casa. Seria o primeiro trecho na Bolívia com uma população real.

O ônibus parou em vários pontos nas imediações de Santa Cruz. Em um deles, um dos passageiros, um homem entre quarenta e cinquenta anos, mas bem envelhecido, desceu para se encontrar com uma moça, saída da tapera onde morava. Ninguém ia subir ou descer. Era apenas uma concessão do motorista ao passageiro. Ficaram por alguns minutos namorando, enquanto aguardávamos.

— Não é admirável essa paciência com a paixão? — Cíntia ia encontrando um povo em que se reconhecia. Por uma maldade qualquer, fui rude.

— Paixão é sempre impaciente.

Foi como se o homem tivesse me ouvido. Tirou do bolso uma nota de vinte bolivianos, deu para a namorada, passou a mão no rosto dela e voltou ao ônibus. Ela observou, sonhadoramente, a nossa partida.

Em velocidade imprópria para a estrada e para o estado de conservação do ônibus, começamos a subir a cordilheira dos Andes por pistas estreitas, interrompidas, de trechos em trechos, por deslizamentos de pedras e terra, o que nos obrigava a tomar pequenos desvios, à margem de precipícios. Senti os tímpanos zumbirem. As pessoas dormiam, acostumadas à paisagem que para nós era estranha e assustadora. Montanhas de rocha se revelavam arenitos vermelhos. Vales verdejantes eram cultivados à sombra de arbustos. Água constantemente cortando a pista, pois estávamos na temporada das chuvas.

— Agora parecemos turistas — brinquei, pois não tirávamos os olhos da paisagem enquanto os demais passageiros dormiam.

— Nem agora. É apenas a primeira vez que estamos voltando para casa.

Não éramos dali, não do ponto de vista técnico, mas Cíntia se sentia pertencer àquela terra. Nem Che pertencera a ela. Fora um mercenário na opinião dos militares; um encrenqueiro para os agricultores que ele saqueava, indenizando-os em dólar, uma moeda desconhecida naquelas paragens, à época. Enterrado anonimamente, trinta anos depois, quando localizaram seus restos mortais, acabou transferido para Cuba. Não, nem Che fora dali.

Paramos para almoçar em Mairema, um povoado puro pó na beira da rodovia. Seguimos direto para o banheiro, pois esse era um luxo de que o ônibus não dispunha. O local sujo e fétido se comunicava diretamente com o restaurante. O odor e a imundície no chão não permitiram nossa permanência ali. Uma placa dizia que o estabelecimento tinha uma tradição de décadas. Se essa era a prova para que nos fizéssemos pertencer àquele mundo primitivo, ainda não estávamos prontos.

Ao ar livre, respirando o ar pesado como se fosse uma brisa de primavera, compramos um pacote de bolacha salgada e duas cervejas meio quentes de uma das várias vendedoras, improvisando um piquenique em pé, sob o sol, envoltos numa nuvem de poeira dos carros que não paravam de passar pelas ruas sem calçamento.

O ônibus saiu depois de meia hora, os passageiros carregando comida (arroz, frango, batatas e alface) em saquinhos plásticos. Abririam durante o trajeto e se serviriam com a mão.

Desse ponto em diante, já no alto da cordilheira, o ônibus saía da estrada principal e entrava em vilarejos onde as casas eram feitas de blocos de barro cru e capim. Algumas rebocadas, outras revelando esse material, que garantia frescor durante o dia e calor à noite, quando a temperatura baixava.

Era final de tarde quando o ônibus parou na rodoviária de Vallegrande, uma cidade de trinta mil habitantes. Estávamos tão sujos quanto os demais passageiros. A estação ficava fora da cidade, num lugar sem asfalto, perto de áreas novas, onde se erguiam um shopping e uma grande escola técnica do governo. De lá, caminhamos, morro acima, até a praça central, contemplando velhas construções de barro.

Achamos um hotelzinho perto da igreja, tornando-nos os seus únicos hóspedes. Depois de termos sido atendidos por uma senhora falante, de óculos escuros e roupas de camponesa, deixamos as mochilas num quarto do primeiro andar, com uma sacada para a rua, e, sem nem tomar banho, seguimos ao hospital.

— Por que não tomamos um táxi? — eu quis saber.

Estava com o corpo doído das muitas horas das viagens de trem e de ônibus.

— Os guerrilheiros percorriam longas distâncias no meio das matas. Era época da seca e em alguns trechos não havia água — Cíntia estava dentro de sua paranoia heroica.

No hospital malcuidado, fomos ao pátio dos fundos, sem falar nada a ninguém. No alto, depois de passarmos pelas construções onde os doentes eram atendidos, reconheci a velha e solitária lavanderia em que o corpo do Che ficara exposto à população. Estava agora protegida por uma grade baixa.

Depois de o executarem em La Higuera, transportando-o de helicóptero a Vallegrande, os militares deixaram que as pessoas vissem seu corpo para ter certeza de que ele já não representava perigo. Antes da captura, durante meses, a imprensa e o governo falaram do revolucionário, oferecendo recompensa para a notícia de seu paradeiro, despertando a curiosidade e a cobiça de muita gente. Mostrá-lo era uma forma de acalmar os ânimos, afirmando o poder militar. Por isso, incentivaram a visita ao morto. Praticamente a cidade toda passou pela lavanderia para ver com os próprios olhos o cadáver do perigoso bandoleiro.

Pulamos a grade e ficamos sob o telhado, ao lado da pia dupla em que o corpo fora exposto. Cíntia permaneceu um bom tempo em silêncio, emocionada com a força do lugar. Olhando para as cubas, enfim voltou a ter voz.

— Depois desse velório cruel, a lavanderia continuou sendo usada em sua finalidade original. Muita roupa suja passou por aqui, muita água escorreu por estas pias, que nunca puderam se limpar completamente daquele sangue. O seu destino era fazer com que todos se lembrassem dele.

Nas paredes havia várias camadas de pichações, com frases que já não se liam, nomes de pessoas e de lugares. Um palimpsesto. O revolucionário de hoje não usa arma, mas spray e pincéis para grafar obviedades. Essas platitudes, ali, num lugar assinalado por uma morte maior, ganhavam um tom trágico. A expressão que mais se lia era: *Che vive!*

Cíntia leu em voz alta — *Non muore mai chi parla al cuore della gente!*

Quase cinquenta anos depois de morto, o comandante fazia o coração dela bater acelerado. Repetiu a frase em italiano e depois em português, num transe. Tocou com a ponta dos dedos a pia de concreto, como se estivesse alisando os cabelos sujos e embaraçados do defunto. Em todos os espaços da pia, frases, nomes, riscos, desenhos. No teto, nas vigas de madeira, mais inscrições.

— Leia — ela ordenou, apontando para uma das traves do telhado.

— *Si todos los que aquí escribimos nos uniéramos, ¿qué pasaría?*

— É a senha — ela murmurou, desolada diante de tarefa tamanha.

— Escrever é mais fácil — eu disse com firmeza, tentando tirá-la daquele momento religioso.

— E quem quer o fácil?

Saquei a caneta do bolso e perguntei se desejava escrever ali o seu nome. Talvez tivesse vindo apenas para isso, para acrescentar-se a esse monumento, o único no mundo feito apenas de pichações. Ela não aceitou minha provocação. Ficamos rodeando a pia, presos aos poucos metros quadrados, olhando para cima e para os lados, decifrando frases, palavras de ordem, exibicionismos militantes. Há uma monotonia terrível no vocabulário da revolução, comentei.

Distraídos, mergulhados no caleidoscópio de frases, girando nele, não percebemos a chegada de um senhor. Teria uns setenta anos.

— Eu estive aqui — falou, quando voltamos nossos olhos em sua direção.

Ele permanecia do lado de fora, as mãos segurando a grade. Eram mãos ossudas, próprias de um velho muito magro. Nos aproximamos.

— Quantos anos o senhor tinha? — ela era só doçura.

— Vinte. Fiquei sabendo pelo rádio. Meus amigos viriam, também quis vir. A cidade parou naquele dia. Este pátio — ele se virou para a área acima da lavanderia — ficou cheio. Gastei mais de uma hora para dar a volta na pia, olhando o corpo magro, sujo, fedido.

— Tocou nele?

— Os militares não deixavam. Mas ele me tocou.

— Che? — perguntei, mas isso era tão óbvio que Cíntia nem prestou atenção no que eu dissera.

— Os olhos dele — o velho continuou. — Os olhos dele estavam abertos. Enquanto eu contornava a pia, os olhos sem vida dele, olhos piedosos, me acompanhavam.

O quadro *Rosa e azul*, de Renoir, que pertence ao Masp, usa uma técnica em que os olhos das duas meninas acompanham sempre o contemplador, esteja ele em que posição estiver em relação à tela. Foi no que pensei ao ouvir o relato do senhor.

— Então descobri quem ele era — o nosso interlocutor começou a concluir, com a voz mais firme do que antes.

— Não sabia que era o guerrilheiro? — tentei novamente entrar na conversa, mas eles estavam em outra sintonia.

— Era Jesus Cristo. Não pela aparência, magreza, cabelos e barba compridos. Pelos olhos. Os olhos queimavam a gente.

Descobri então por que só o outro falava; Cíntia estava chorando, silenciosamente.

— Venho aqui para rezar a San Che. Cada um se apega a algo por algum motivo.

— Vamos, Cíntia — falei.

Tinha que tirá-la daquele túmulo repleto de energia acumulada. Ela perdera a força, como se tivesse sido sugada para outra dimensão. Empurrei levemente seu ombro e ela saltou, sob o meu comando, sobre a grade. Fiz o mesmo. Ela ficou quase colada ao homem que rezava para Che Guevara.

Talvez constrangido com aquela proximidade, ele falou:

— Vocês precisam conhecer o necrotério, onde cortaram as mãos do Che, antes de o levarem embora, às escondidas.

E apontou para uma casinha de duas águas, colorida, a uns cinquenta metros da lavanderia, no canto do terreno.

Seguimos em silêncio e logo estávamos diante de uma mesa de alvenaria, levemente abaulada para o sangue escorrer. Ainda tinha uso. Dali o corpo do Che fora transportado, à noite, para um lugar que permaneceu desconhecido por quase três décadas.

Cíntia olhava as próprias mãos, achando uma injustiça que elas ainda existissem. Havia mais pichações, mas em quantidade menor. Recentemente, as paredes tinham sido pintadas de branco, embora já estivesse em curso a sua transformação em um novo palimpsesto.

Li uma frase para animar minha companheira.

— *Che vive en todos los pichadores.* Isso já é uma revolução.

Mas ela estava presa a outra frase, que, como uma vela, queimava solitariamente em um canto da parede.

— *Un muerto que no para de nacer.*

Ficamos poucos minutos no necrotério, voltando para o hospital no passo lento do senhor que era nosso cicerone, testemunha da insistência do Che em permanecer vivo. Ao chegar à primeira ala do hospital, nos despedimos.

— Vou ver um amigo — ele informou, entrando por uma das portas do prédio.

Voltamos pelas ruas tortuosas. O sol se punha. As casas de barro e as demais ganhavam uma cor ocre. Parecia que andávamos em uma vila medieval, impressão que só era desfeita pelos carros e motos que encontrávamos.

No hotel, tomamos um banho rápido, colocando uma nova muda de roupa. Por indicação da proprietária, resolvemos jantar no restaurante El Mirador, no alto do morro, numa tentativa de ser turistas comuns, que fazem uma viagem de lazer. Fomos de táxi depois de esperar alguns minutos na praça central. O motorista estava com sua filha pequena, de uns oito anos, que seguiu no banco de trás, ao lado de Cíntia. Tudo conspirava para forjar familiaridade.

Como havia apenas outro casal no restaurante, a proprietária nos atendeu carinhosamente, perguntando de onde éramos. Não precisava perguntar o que estávamos fazendo ali. Enquanto ela providenciava nossos pratos, ficamos olhando as estantes, as fotos e os objetos do lugar. Che dominava todos os ambientes. Havia camisetas com seu rosto e livros sobre ele. Boinas. Chaveiros.

Os pratos chegaram e estavam saborosos. Pedimos uma cerveja local, a Paceña. Mas o jantar transcorreu silencioso. Pelo janelão, víamos as luzes da cidade lá embaixo. Uma delas era a de nosso hotel.

— Che colocou Vallegrande no mapa — comentei enquanto Cíntia mastigava uma carne suína tenra e bem temperada.

Talvez pensasse que os turistas que buscam a cidade onde Che fora enterrado comem bem, bebem bastante, dormem em cama macia, enquanto ele está na mesa do necrotério, com seus punhos sangrando. E isso depois de meses de luta e de fome no meio da selva. Não pude saber quais eram seus pensamentos, mas ela ficou mais taciturna daí para a frente.

Voltamos ao hotel no escuro. Segundo a dona de El Mirador, o único risco nesse horário eram os cachorros. Nenhum deles nos incomodou.

Deitamos cedo sem a menor possibilidade de sexo. Um morto se colocara entre nós.

32.

Um Corolla velho, pneus carecas, enfrentava a estrada de terra, cheia de pedras soltas, subindo a cordilheira oriental. Para vencer os sessenta quilômetros até Alto Seco, gastaríamos quase três horas. A cada buraco recebíamos um solavanco, o que me colocava ora perto ora longe de Cíntia. Ela contemplava as montanhas em todas as direções, os muitos precipícios, as poucas lavouras, uma ou outra vaca que pastava nos terrenos ao lado da via precária. Íamos em silêncio, cortando uma paisagem de tirar o fôlego, o ar cada vez mais rarefeito.

Mais integrados àquele mundo, mascávamos coca, mantendo a lateral direita da boca estufada com o *bolo* ou *pijcho*, a bolota verde formada pelo acúmulo de folhas.

Pela manhã, arrumamos nossas mochilas e fomos para o Centro de Informações Turísticas da cidade, na praça. Nem olhamos para trás na hora de nos afastarmos do hotelzinho. Nunca voltaríamos àquele lugar, àquela rua. Era preciso descartar definitivamente pedaços de nossas vivências. E fazer isso com convicção, sem lançar a eles o mínimo desejo de memória. Esquecer completamente o quarto, a cama, o banheiro etc. Mais do que nunca, Cíntia queria seguir adiante, sem se voltar ao que quer que fosse.

No Centro de Informações, uma sala com várias imagens do Che, mapas da região, objetos, e apenas dois guias; contratamos um deles para nos acompanhar aos locais onde o comandante viveu seus últimos dias. Custou dois mil bolivianos, incluindo as despesas de transporte, comida e pouso. Iríamos refazer os passos da paixão revolucionária.

O guia nos levou, primeiro, ao Memorial do Che e seus companheiros de armas, localizado entre o cemitério e o aeroporto local, onde os heróis ficaram enterrados de forma sigilosa por décadas. Junto com o guia, o condutor do Corolla também contava curiosidades sobre os guerrilheiros. Este abriu o portão do local onde ficavam os túmulos vazios dos mortos famosos. Margeando o cemitério, o carro nos deixou no prédio de mau gosto, quase uma igrejinha interiorana, inicialmente conhecido como Mausoléu. Havia sido construído com doações, principalmente do governo cubano. Dada a crença no futuro da Revolução, eu esperava um prédio modernista, algo com as linhas arquitetônicas de Oscar Niemeyer, e o que encontrei traduzia o culto religioso do Che. Uma capela para que os revolucionários orem — à sua maneira, é claro.

Abriram a porta e entramos em um salão cujo centro era um fosso raso, com terra e pedras soltas, o lugar onde encontraram as ossadas. As paredes cheias de janelas finas e compridas projetavam a luz matinal na cova coletiva. Lá dentro, uma coroa de flores deixada por um emissário do governo de Cuba, um pouco antes de o país abrir as negociações diplomáticas com os Estados Unidos. Um gesto que tentava reafirmar os princípios comunistas num momento de perigo?

Na companhia do guia e do motorista, fiquei andando pelo

prédio, estudando as fotos do Che, dispostas nas paredes, entre as janelas, como as imagens da via crucis de Cristo em algumas igrejas. Che tinha um senso de futuro, pois se fez fotografar fartamente com fins de propaganda. Ainda hoje são encontrados rolos de filmes de sua campanha na Bolívia, amoitados em buracos ao longo de seu percurso, esconderijos que depois seriam reabertos para a posteridade, quando a Revolução triunfasse em nosso continente. Os guerrilheiros cultuavam a própria imagem. Fico imaginando se fosse hoje, com os celulares com câmera e internet, uma telefonia móvel que, segundo nosso guia, pega bem em todos os pontos da Bolívia. Eles tirariam *selfies* e postariam nas redes sociais, com uma revolução em tempo real no mundo todo: #partiuguerrilha. Rio sozinho diante das dezenas de imagens do comandante, da infância à lavanderia. Não era só bonito, tinha pinta de herói.

O barulho de algo caindo no chão interrompeu minhas divagações. Olhei para o salão e não vi Cíntia. Parecia estar sempre fugindo de mim. Era isso o amor, essa busca constante de alguém de quem não queremos nos separar. Eu a havia deixado em estado de êxtase na frente da tumba vazia. Apressei-me para chegar à porta, que ficara imprudentemente aberta. O vento de chuva que entrava pelo mausoléu talvez tivesse derrubado algo, produzindo o som que me alertara para o sumiço da amada. Oprimida pelo ambiente, pela presença da terra que comera a carne dos guerrilheiros, ela correra ao pátio onde descendentes e amigos dos mortos plantaram árvores com os nomes dos que ali se desfizeram. Algumas árvores eram espécimes exóticos, como o eucalipto, o que representava bem, talvez sem querer, a memória desses mártires estrangeiros, repatriados para onde triunfou sua ideologia.

No meio do caminho, descobri o que de fato acontecera. Cíntia saltara a grade de proteção da cova e estava agachada na terra, ao lado das pedras com o nome dos que ali apodreceram.

Suas mãos se sujaram naquele solo, que ela cavava procurando algo que não estava mais ali. Algo que não existia no mundo material, mas que existia de forma poderosa para ela. Pegou um punhado de terra e a guardou no bolso da calça.

— Por aqui, senhorita — falou o guia, estendendo a mão para a fanática que pulara dentro do túmulo de seu ídolo e ali permanecia.

Sem opor qualquer vontade, ela segurou o braço do guia, voltando ao nível do prédio. Eu me aproximei, abraçando-a, e senti um cheiro de bolor. Havia estado com os mortos, fora enterrada viva na mesma cova, ao lado deles, por uns poucos segundos. Sua contravenção feria a norma de distanciamento própria dos espaços turísticos. Visitar aquele solo sacro era participar do coração vivo do monumento, o que dava ao seu ato um sentido maior. Estivera com eles.

Um tanto assustados com essa sua atitude, saímos da cova e fomos direto ao carro, andando algumas centenas de metros para visitar o local onde permaneceu incógnito o corpo de Tania, a argentina cujo nome verdadeiro era Laura Gutiérrez Bauer, guerrilheira encarregada de estabelecer o contato com as cidades e fazer compras. Morta em Vado del Yeso em 31 de agosto de 1967, ela fora enterrada com outros companheiros em um cercado que mais parecia um cemitério comum, de menor grandeza, porque o que consagrava o mausoléu era a presença do líder. Ouvindo pacientemente as explicações, Cíntia não cometeu nenhum ato impensado.

Quando estávamos na estrada rumo ao povoado mais populoso em que Che estivera, Alto Seco, o guia tirou de sua sacola um pacote de folha de coca. Ele e o motorista começaram a encher a boca, folha por folha, arrancando com os dentes o talo central delas. Com um movimento rápido e leve dos dentes, rasgavam as folhas, segurando o talo com os dedos, e os jogavam pela janela, macerando suavemente o material, logo depositado com a língua na lateral da boca para formar o que parecia, a quem não sabia do que se tratava, um calombo de doença, um tumor. Depois de acumular uma quantidade grande de folhas, acrescentavam pedaços de uma pasta de cinza adocicada, a *lejía*. Ficando muito doce, jogavam pequenas quantidades de bicarbonato, tirados de um vidrinho. Soube de tudo isso depois.

— Querem experimentar? — o guia nos ofereceu, estendendo o saco plástico com as folhas.

Cíntia e eu pegamos o pacote ao mesmo tempo. Eles nos ensinaram como preparar o *pijcho*, apresentando-nos esse hábito indígena. Como se comêssemos pipoca durante uma sessão de cinema, ficamos enfiando folhas na boca, limpando-as das partes duras e mastigando a massa com cuidado. Quando acrescentei a *lejía*, senti a boca adormecer, anestesiada. A partir daí, acabei tomado por um bem-estar físico que me fez olhar tudo amorosamente.

Seguimos a viagem sorvendo o sumo aditivado da coca. O guia nos mostrou uma carteira de cigarro Astoria, do tipo negro, explicando que era a marca que Che fumava na Bolívia. Ideal para mascadores de coca, pois seu sabor não é anulado pelo *bolo*.

Cíntia acendeu um cigarro daqueles e começou a falar. Só quem passasse um tempo naquelas montanhas poderia entender a força da jornada dos guerrilheiros. Os livros são insuficientes, ela concluiu.

Eu havia vivido a maior parte de minha vida entre as figuras insuficientes da ficção.

Bovinamente, ruminando aquelas folhas, olhávamos para pastos, montes e algumas vacas. A manhã clara dava uma transparência total à paisagem. A falta de cinto de segurança no carro e o sacolejar provocado pela estrada cheia de buracos nos obrigavam a ficar segurando nas alças do teto como se estivéssemos em pé em um ônibus.

Passamos em frente a uma pedra que o povo batizou, por causa do formato, de "a boina do Che". O guia perguntou se não queríamos tirar fotos.

— Não trouxemos máquina — expliquei.

Ele me olhou sem entender uma heresia dessas. Viajar a uma remota área turística sem o principal equipamento de exploração. Era uma traição ao lugar, como se não déssemos valor a ele.

Mesmo assim, descemos, olhando sem entusiasmo para a pedra que homenageia não só o herói mas também os turistas que procuram o lugar.

— Ele passou por aqui? — Cíntia perguntou ao guia.

— Não, a região em que ele esteve fica a quilômetros, lá para aqueles lados — e apontou para o extremo da estrada.

Voltados para a direção indicada, ficamos olhando as cadeias de montanhas e vales de um verde intenso, tudo ermo e meio onírico.

— Vejam um condor — o motorista disse, apontando para o céu.

O pássaro imenso voava acima das montanhas, indiferente ao fato de termos ou não trazido uma máquina fotográfica. Seu voo era próprio dos seres que fogem do convívio com outras espécies, descendo aos pontos habitados apenas para se alimentar da carne putrefata. Em reverência religiosa, contemplamos a imensa ave solitária na vastidão montanhosa do horizonte.

— Veja, são brancos o pescoço e a parte de cima das asas — o motorista explicou, para nos dar a certeza de que se tratava de um condor.

Enquanto ele se afastava, entramos no carro e continuamos a viagem, ungidos por aquela presença rara.

Ao chegar a Alto Seco, vilarejo de cem casas — eram apenas cinquenta quando da passagem do Che —, paramos o carro na praça, esperando que uma boiada cruzasse a via principal. Era gado mestiço, com muitos bernes no lombo, tocados por dois homens a cavalo, que nos cumprimentaram. Tive muita pena desses animais. Um ou outro morreria pelas estradas à beira de precipícios e serviria de comida aos condores. E a grandeza heráldica desses pássaros diminuiu para mim.

Fomos caminhando à única pensão do vilarejo, a duas quadras da praça. No caminho, seguindo o exemplo de nossos companheiros, cuspimos na rua as bolotas de folha que vínhamos cevando. Eram extremamente verdes e pareciam montes de bosta de vaca, resquícios da passagem da boiada.

Na pensão El Porvenir — uma residência em que a sala era franqueada aos clientes —, Cíntia pediu para ir ao banheiro. Tudo era muito sujo, mas ela não demonstrava receio. O banheiro fora construído no quintal e tínhamos que cruzar por galinhas, patos, madeiras jogadas, regos da água dos tanques, lixo espalhado. Para mim, seria difícil me aliviar ali, mas ela voltou com a expressão de quem tivesse ido ao banheiro da própria casa.

A dona da pensão, Elizabeth Gutiérez, nos explicou que, no povoado, restavam apenas duas pessoas que tiveram contato com os guerrilheiros, um casal de irmãos, mas que a mulher era cega. Não perguntei se sempre foi cega, pois queremos nesses casos testemunhas oculares. Fomos à casa de Rosaulino Veliz, na rua principal, um homem de sessenta e um anos. Morava em frente à praça. E nos recebeu em uma sala quase vazia, colocando-se atrás de uma mesa, como um palestrante, enquanto nós, o público, nos acomodamos em cadeiras dispostas com o espaldar contra a parede.

Antes de tomar seu lugar, Cíntia o abraçou como se reencontrasse um antigo conhecido. Essa intimidade, aliada à cena no Memorial, confirmava sua perturbação, da qual eu ainda não queria me convencer. A viagem a transformara tanto que ela mudava perigosamente de comportamento.

— Como foi? — ela perguntou a Rosaulino.

— Eu tinha treze anos e me lembro muito bem — ele começou a falar, desligando-se do presente. —Os guerrilheiros eram esperados, poderiam aparecer a qualquer momento. O povoado se alvoroçou. Através de um emissário, o professor marcou um encontro com eles na escola. Mas antes queriam negociar com os moradores. Fui até onde eles estavam, nas imediações, para conhecer aqueles bandidos. Para o povo, eram bandidos. Estavam sendo procurados pelo Exército. E levei um susto quando vi homens sujos, maltrapilhos, com feição de derrotados. Eles já chegaram mortos aqui, vocês entendem? Dizem que foram assassinados depois, em La Higuera. Mas já estavam bem mortinhos. Embora ainda andassem. E também falassem. Compraram roupas, calçados e comida. Para fingir que não haviam morrido.

— Você não sentiu vontade de se juntar a eles?

— Naquela idade, eu não entendia que eles queriam melhorar a vida dos pobres. Isso era uma coisa que não atingia a gente. Ninguém se vê como pobre. Precisa que alguém nos defina assim. Falaram então em nos salvar. Foi quando não entendi mais nada. Eram aqueles fantasmas que nos salvariam? Iriam governar o país? Não fazia sentido. Antes, a gente imaginava que eles fossem muitos e fortes. Mas não passavam de um bando de famintos. Ninguém ia querer seguir aqueles derrotados.

Cíntia parecia não entender as palavras de Rosaulino. Seus olhos brilhavam enlouquecidamente. Ele poderia dizer qualquer coisa para ela, falar do tempo, das plantações, o assunto não importava, e sim que ela estava conversando com uma pessoa que conviveu com Che.

— Então eles pagavam bem aos agricultores — Cíntia continuou um raciocínio que era só dela.

— Pagavam. Queriam pagar em dólar, mas aqui ninguém conhecia essa moeda. Sabe, foram mortos pela falta de água.

— Como assim? — perguntei.

— Era no tempo da seca, chegaram com muita sede. Mas não morreram disso. Na seca, a vegetação pelada não protegia mais os guerrilheiros, tornando difícil a movimentação deles. Toda a região era vigiada por aviões e helicópteros. Aqui em Alto Seco, encontraram água para beber. E descansaram um pouco, mas sabiam que iriam morrer. A guerrilha tinha secado, mas eles continuariam a jornada nesta terra ingrata.

— Por que escolheram uma região distante e desabitada para as lutas? — questionei Rosaulino.

— A luta não era para acontecer nestas montanhas. Eles escolheram a região apenas para campo de treinamento. Esperavam juntar muita gente, preparar todo mundo e seguir para La Paz, para derrubar o governo.

— Daí foram confundidos na fazenda próxima do rio Ñancahuazú como traficantes e acabaram denunciados pelo vizinho, que queria participação nos lucros — completei com as informações que retirara das leituras sobre a vida do Che.

— E tiveram que partir em fuga, resolvendo antecipar tudo, tentando fazer o levante dos agricultores.

— Imaginavam que os colonos os seguiriam?

— Acabaram sabendo nos primeiros contatos que não. Os agricultores estão acostumados a cuidar da terra, a ficar presos a uma região, e os guerrilheiros são andarilhos. Um colono é como uma velha árvore. Se arrancarem ele do lugar não sobrevive.

Enquanto falávamos, Cíntia ouvia Rosaulino. Fez então mais uma pergunta. O nome do professor que reuniu o povo na escola. Walter Romero. Ainda vive em Santa Cruz. Ao saber disso, ela sentiu uma frustração. Poderia ter procurado Romero em nossa passagem pela cidade.

Logo se animara porque Rosaulino se propôs a nos levar ao pico onde os guerrilheiros vigiavam o povoado. Nosso anfitrião foi para dentro da casa e voltou com um facão. E saímos pela manhã ensolarada.

Nos afastamos da vila, onde não se viam pessoas àquela hora. Nos quintais, muito mato; as casas fechadas; e apenas uma ou outra conversa entreouvida enquanto seguíamos para o mirante, subindo por uma trilha pouco usada.

— Ninguém mais vem a Alto Seco. Todos passam pela lavanderia, em Vallegrande, e partem achando que conhecem o lugar onde Che morreu — reclamou Rosaulino.

— Há quanto tempo não aparece estrangeiro aqui? — perguntei.

— Seis meses.

Ele abria uma trilha com o facão. Caminhávamos ao som da lâmina cortando ramos verdes como se atingindo pedras. Nos deslocamentos entre os arbustos, no meio das matas, os guerrilheiros deviam usar facões iguais a esse. Em pequena escala, estávamos refazendo um episódio corriqueiro da guerrilha. Éramos um núcleo de revolucionários escalando o morro de onde vigiaríamos a vila.

— Por que não vem mais ninguém aqui? — Cíntia perguntou ao nosso cicerone.

— Não há monumentos onde os turistas possam tirar fotos — ele respondeu, sem pensar muito.

— Então é melhor assim — ela concluiu.

A baixa procura daquelas paragens nos fazia mais íntimos de todo o episódio.

No alto, Rosaulino limpou com o seu facão cantante uma clareira, descobrindo pequenos montes de pedra, recentemente ajuntados. Eram um arremedo de monumento. Ele nos explicou que, atrás daquelas barreiras mínimas, os guerrilheiros se posicionavam para cuidar das entradas de Alto Seco. Nos sentamos nos lugares onde eles teriam estado e olhamos para o vale e para a cadeia de montanhas. Lá embaixo, Che e seus homens negociavam com os colonos e tiravam os mantimentos da quitanda do prefeito, que fugira para denunciá-los. Daqui a pouco, Inti, o lugar-tenente de Guevara e um dos que sobreviveram, vai começar, na escola, a sua palestra aos moradores. O professor Walter Romero fará perguntas óbvias sobre o comunismo. Tudo está acontecendo agora. O tempo nunca transcorre de fato. Basta que entremos no passado para que ele volte a funcionar. Posicionamos nossas armas para o caso de surgirem militares.

Não sei quanto tempo passamos no morro, cinco minutos ou cinco dias, mas foi um tempo de silêncio, no qual nos mantivemos compenetrados em nossa tarefa. O guia então disse que era melhor voltar. E descemos ao presente, seguindo uma trilha mais reta e mais perigosa, com vista para as casas. Segurando em galhos na linha aberta por Rosaulino, paramos no que ele chamou de pedra do coração. Uma rocha chata, quase uma meseta encravada na montanha, em que os casais de namorados escreviam os seus nomes. Não dava para ver nenhuma inscrição. Um espesso musgo branco cobria a pedra que não atraía mais gente. Era uma metáfora do *pueblo* em que os guerrilheiros estiveram em seu caminho para a morte.

A trilha que tomávamos reforçava essa solidão comunal. Escorreguei e caí num trecho de terra solta. Para meu espanto, Cíntia descia rapidamente, sem medo, com uma inacreditável facilidade para se mover naquelas condições. Ao chegarmos à estrada, todos estavam exaustos. E ainda tínhamos outra visita a fazer. Seguimos a uma área periférica, Cíntia na frente.

— A senhora está bem animada e sabe andar no mato — Rosaulino comentou.

Ela não deu nenhuma importância a essa observação. Agora descíamos rumo à fonte de água ao lado da casa onde os guerrilheiros acamparam. Era um lugar estratégico, pois dali poderiam fugir se avisados a tempo da presença do exército.

A mina pequena, com não muito mais do que um metro quadrado, se encontrava protegida por árvores baixas com copas largas.

— Aqui enfiavam os pés, cheios de bolhas das caminhadas por causa de sapatos improvisados. Como as botinas se gastaram, tiveram que fazer botas de Peter Pan com o couro dos animais que matavam para se alimentar.

— Imagine caminhar nessas pedras com botas assim — Cíntia se comoveu.

— Calçavam várias meias, mas os pés sofriam do mesmo jeito — explicou o guia.

— Quando cheguei perto deles, estavam com as camisas abertas, as barras das calças enroladas, pés dentro da mina — contou Rosaulino.

— Uma água assim não conhece a passagem do tempo — foi o que Cíntia falou.

Abaixou-se então e, mãos em concha, tomou um gole daquela água fresca e eterna, que nascia do morro onde estivéramos. Pegou outro tanto e deixou cair na própria nuca, para se refrescar.

Depois eu intuiria que aquele havia sido o seu batismo revolucionário.

33.

Um grupo de operários almoçava na pensão El Porvenir. Nosso motorista, que não nos acompanhara à peregrinação pelos locais santos, estava entre eles. Demoramos para chegar porque, na volta, passamos na casa de Rosaulino, que nos serviu um refresco de rapadura. Um líquido que mais parecia água suja, sem gelo. Logicamente, essa água não fora tratada com cloro. Mas Cíntia já havia ingerido líquido mais perigoso na mina. Bebemos todos no mesmo copo, começando por mim.

Perguntei então quanto deveríamos pagar pelo trabalho dele.

— Pague o que quiser — ele disse, e me lembrei do taxista.

Lugares que dependiam dos turistas teriam uma economia com valores flutuantes? Não havia na Bolívia tabela de preços? Tirei uma cédula de cinquenta dólares e passei ao homem que estivera com Che; agora conheciam muito bem a moeda norte-americana. Ele seguiu para o interior da casa, voltando com uma bola oval feita de algo escuro e duro, com uma corda inserida numa das extremidades. Parecia uma luminária.

— Um presente para vocês — falou, me entregando.

Era uma peça de rapadura, moldada de maneira diferente, como um casulo.

— Quando os guerrilheiros chegaram aqui tinham os dentes podres de tanto comer rapaduras que compravam dos colonos.

— Esse formato é diferente do usado no Brasil — comentei.

— A cordinha é para pendurar nas travas do telhado, para guardar. Meus netos sobem nos móveis e roem a ponta das bolas.

Notei que uma das pontas estava mesmo comida. Melhor os netos do que os ratos. Fiquei imaginando um quarto, provavelmente onde dormiam, com o teto cheio dessas bolas pendentes. Poderia ser uma instalação em alguma bienal de arte. As crianças mamando nesse seio de açúcar mascavo.

Uma vez mais, Cíntia abraçou Rosaulino como se se despedisse do passado ou de todos nós, que insistimos em viver no presente. Ela se desligara emocionalmente de mim, olhando sempre para um ponto perdido na distância.

No almoço, manifestando uma fome de lavrador, talvez pela subida ao morro, ela tomou toda a sopa de fubá, com o inevitável osso no meio, depois comeu o segundo prato, um bife à milanesa, envolto apenas no ovo, sem farinha, com arroz, batata e salada de beterraba com creme branco.

Nada restou em seu prato, tendo atacado o osso, como se quisesse acumular energia. Eu não consegui vencer nenhum dos dois pratos, incomodado com o ambiente que cheirava a coisa velha e suor. Antes da refeição, ao ir ao quintal lavar as mãos em uma torneira externa, vi o quarto da dona, de sua filha e dos dois netinhos. Era uma confusão de roupas, lençóis e cobertores, tudo embolado sobre as camas, num desleixo que me revirou o estômago. A cozinha conseguia ser mais precária ainda, com pedaços de carne escura pendurados sobre o fogão, piso de terra batida e galinhas sob a mesa.

Na hora de comer, embora a comida tivesse um aspecto atrativo, não consegui separar o alimento no prato da sujeira ao redor.

Os trabalhadores foram embora e ficamos conversando com a dona da pensão, que, antes de se sentar à nossa mesa, recolheu as louças e os talheres.

— Eu queria dar um presente para vocês — ela falou.

Todos ali estavam agradecidos por nosso interesse pelo vilarejo? Elizabeth passou um pote sujo, com um pó acinzentado dentro.

— Comam a pontinha de um cabo de colher todos os dias. Nunca ficarão doentes.

— Do que é feito? — Cíntia perguntou, segurando com força o pote.

— É pó de serpente — a mulher respondeu com naturalidade.

— Faz parte da cultura local — afirmei, mesmo sem nunca ter ouvido falar naquilo.

Tomado por um desejo de participação, eu queria pertencer ao mundo no qual Cíntia estava se sentindo tão confortável.

— Foi meu pai quem me ensinou. Tenho setenta anos e jamais fui a um médico — a mulher continuou contando.

— Como se prepara? — Cíntia perguntava tudo amorosamente.

— Você mata uma cascavel, quanto mais velha melhor. Tira a cabeça e os guizos, abre o corpo, arranca a pele e a barrigada, deixando então a carne secar ao sol. Depois, num pilão, soca até virar pó.

Cíntia abriu o frasco, molhou o dedo na boca, enfiou-o nos restos da cascavel, tocando-o com a língua.

— Não é ruim — ela disse.

Com o casulo de rapadura e o vidro de pó de serpente em

uma sacola plástica, fornecida pela dona da pensão, seguimos para o carro. Antes, Cíntia beijou as mulheres, deixando uma nota de cem bolivianos para cada criança, uma delas ainda mamando no peito. Mãe e filha estavam com roupas sujas, de uma sujeira antiga. E isso talvez tenha deixado minha revolucionária ainda mais à vontade durante o abraço carinhoso com que se despediu delas.

— Sabe, é melhor que continue não vindo muito turista aqui — ela me falou em voz baixa, para não magoar o guia e o motorista.

— Para os moradores de Alto Seco seria bom um fluxo maior de pessoas.

— Mas não para a Revolução — ela concluiu.

E não pude, naquele momento, entender sobre qual revolução ela falava.

Instalados novamente no banco traseiro do Corolla, deixamos o povoado com uma estranha urgência de chegar ao próximo ponto de nossa peregrinação. Rosaulino nos havia dito que, após a partida do grupo do Che, ele ouvira o som de muitos tiros no vale. E nos mostrara a região onde o confronto teria acontecido. Repercutiram longe os disparos. Era para lá que íamos no meio de uma tarde que se tornava perigosamente nublada.

Nesse trecho, um número maior de vacas obstruía a estrada, onde não víamos mais sinal nem de carro nem de gente. De tempos em tempos, num precipício ou num morro, avistávamos uma casa, invariavelmente deserta.

— Não dá para imaginar que exista gente morando aqui — o guia falou.

Não devia frequentar aquela região de montanhas ermas, matas e lavouras mínimas, cultivadas com a força humana e com a tração animal. Nenhuma árvore imponente, apenas as espécies rasteiras, raquíticas, próprias de solos pouco férteis. Uma vez por semana um caminhão com carroceria parecida com a usada para transportar gado levava esses moradores a Vallegrande.

— Ainda não consigo entender por que eles não os ajudam — comentou Cíntia quando ouviu a explanação do guia sobre as condições precárias naquele ponto da Bolívia.

Olhei para ela. Seus olhos estavam injetados de sangue. Novamente mascava coca, retirada da sacola de plástico que o guia deixara no compartimento entre os bancos dianteiros, da qual ele e o motorista também recolhiam as folhas para ruminar.

O carro parou para que algumas vacas saíssem do caminho. O motorista buzinou, mas elas não se moviam. Ele foi conduzindo o Corolla com cuidado, alguns animais se moveram um pouco, e conseguimos passar, cruzando no meio do pequeno rebanho que, igual aos meus companheiros de viagem, mascava sua erva, tranquilamente, na tarde deserta.

Mais à frente, um cavalo com arreios estava amarrado a uma árvore. Era como se todos os seres humanos tivessem sido abduzidos por alguma nave extraterrestre. Restavam apenas marcas muito recentes deles. Estávamos em um planeta vazio, imediatamente após sua evacuação total.

Rodamos mais meia hora sem ver ninguém, tendo que interromper a viagem diante do rio Santa Helena. Não havia ponte e um volume intenso de água corria pelo lajeado por onde o carro teria que passar. Como aquele não era um trajeto usual, o guia imaginou que seria possível seguir por ele, apesar das chuvas recentes. Agora eles avaliariam as condições de travessia. O guia saiu do carro e foi até o meio das águas, constatando que a fundura máxima era de quarenta centímetros, aproximadamente. Também deixamos o Corolla e ficamos um tempo olhando o trabalho avassalador das águas, a mata ao lado e as margens lamacentas do rio. O motorista abriu o capô e mexeu lá dentro, sacando o filtro de ar. Segundo ele, para o carro não afogar.

Teríamos que vadear o rio com nossas mochilas às costas. Cíntia permanecia em silêncio, talvez com medo de algum incidente. O motorista entrou sozinho no carro e o colocou em movimento. A água batia na grade da frente do Corolla, formando pequenas ondas nas laterais. Entramos no rio Santa Helena, molhando os calçados e as calças, com a sensação de friagem subindo das pernas para o resto do corpo. Olhei Cíntia com a mochila nas costas. Estava linda. Seu cabelo começara a crescer. A pele branca se tornara cintilante na tarde nublada. Não olhava para mim nem para o rio. Olhava para a frente.

No meio da travessia, o carro que ia adiante afogou. O guia e eu paramos ao lado do veículo que, ali, parecia uma carcaça de animal apodrecendo. O motorista nos olhou desolado. Aquele devia ser seu bem mais precioso. E também se sentia falhando conosco.

— Correnteza muito forte — foi tudo que falou.

Não podia abrir a porta, porque aí sim inundaria todo o veículo. Saiu pela janela aberta, depois de desengatar a marcha. O guia e eu fomos para a parte traseira, para empurrar. O motorista ficaria na lateral, manejando o volante, agora pesado por causa do motor desligado.

— Assim não vai dar. Temos que voltar. Não conseguiremos forçar o carro contra a correnteza. Se chover em breve, ele poderá ser carregado.

Depois da estrada, havia uma pequena queda, que tragaria o Corolla. O tempo estava mudando rapidamente, ou talvez fosse apenas uma impressão de quem se encontrava em um túnel de árvores fustigadas por um vento que até então não tinha sido notado. Fomos para a frente do carro e começamos a empurrar. Mesmo com a ajuda da correnteza, ele se movia lentamente, travando a cada pedra, a cada buraco. Tínhamos que localizar qual roda fora travada e erguer o carro naquele ponto. O retorno se fez de forma lenta e cansativa. Quase meia hora para percorrer o trajeto de quinze metros. Assim que tiramos o carro do rio, sentamos nas pedras ao lado para descansar.

Olhei então para a outra margem e não avistei Cíntia. Devia ter continuado andando quando o carro afogou. Eu a havia visto chegando ao outro lado. Uma cena muito bonita, mas estava desempenhando meu papel de Sísifo e não tive tempo para toda aquela beleza. Então fiquei imaginando que devia ter ido ao mato para se aliviar, por isso não nos ajudou, ela que estava sempre querendo participar de tudo. Ou talvez apenas descansasse sob alguma árvore, fora de nosso campo de visão.

— O que vamos fazer? — perguntei ao guia.

O motorista abrira o capô e mexia no motor.

— Tudo encharcado — ele informou. — Não vai funcionar.

Tentou, sem sucesso, ligar o carro várias vezes, até a bateria por fim também pifar.

Minutos depois, o guia decidiu.

— Vamos atrás da senhora.

Ele havia conversado com o motorista, que ficaria no carro, esperando alguém passar ou que voltássemos com socorro. Nos juntaríamos a Cíntia, que devia estar em algum canto do outro lado, e seguiríamos a pé até La Higuera.

Assim que cruzamos o rio, comecei a gritar por Celina. Não a chamei de Cíntia, como vinha fazendo ao longo de toda a viagem pela Bolívia. O guia não estranhou a mudança de tratamento.

— Só pode ter seguido pela estrada — ele concluiu, depois de uns minutos em que ficamos ali, tontos de tanto berrar para um lado e para o outro. — É o que também temos que fazer.

Diante de minha feição desesperada, argumentou.

— Se estiver por perto, poderá voltar ao carro e nos esperar.

Fiquei chamando Celina. Ao ver que o guia seguiria sozinho, podendo talvez alcançá-la, comecei a subir pela estrada, triste como se deixasse para trás alguém se afogando.

A última visão que guardei de Celina, embora muito rápida, me atordoava. Quando estávamos empurrando de volta o carro, olhei para o outro lado no exato momento em que ela saía do rio. Na margem, tomada de poças de água rasas, havia muitas borboletas. Eu já tinha visto borboletas em poças naquele dia, em vários pontos da estrada. Mas ali, onde não passava ninguém, e também por ser um rio, eram milhares e milhares delas, todas amarelas, de um amarelo novo, claro, solar, em contraste com a tarde que se fizera cinza. Bebiam água, ou descansavam, ou punham ovos. Não sei o que faziam. Talvez apenas esperassem, invisíveis, a chegada de Celina. Quando ela pisou o local das borboletas, uma revoada imensa de asas amarelas a circundou. E ela se moveu no meio daquela nuvem que funcionava como uma cortina diáfana, na qual Celina foi entrando, rumo a não sei onde.

Naquela hora mágica, tive que me voltar ao carro, nunca antes tão pesado, que empurrávamos.

34.

A noite chegava com uma tristeza maior depois de mais um dia nublado. Sozinho no restaurante Tania, tomando uma cerveja no bico da garrafa, eu contemplava o horizonte estreito do *pueblo*. Havia seis dias estava ali, esperando. Na temporada das chuvas, poucas pessoas buscavam o lugar; e chovera muito. Cachorros sem raça, evitando acompanhar os moradores até suas lavouras, passavam o dia comigo. Sem ter o que fazer, eu subia e descia a rua principal, não me afastando do pequeno Centro.

A pousada em que me hospedara, na entrada da vila, tinha apenas dois quartos em uma casa mal-acabada ao lado de uma venda. O que me fora reservado dispunha de duas camas de casal e uma de solteiro. Escolhi esta última para que a solidão fosse menos opressiva.

Dias assim — sem nenhum compromisso em uma paisagem e uma língua estrangeiras — são quase eternos, arrastando-se fora do tempo.

Na tarde em que Celina desapareceu, terminamos o caminho a pé. No começo, com esperança de a encontrar ao longo do percurso, andávamos rápido. Tomada por uma ansiedade própria de quem vivera intensamente o sonho daquela viagem, ela se adiantara para chegar logo a La Higuera, ponto final de nosso périplo boliviano. Seria um pouco como esses cavalos de cavalgada em fazendas para turistas. Fazem num passo lento o passeio tão conhecido por eles, mas alguns metros antes da chegada disparam, tomados por uma urgência insana.

Na estrada deserta, depois de alguns quilômetros percorridos sob chuva, eu não tinha mais a ilusão de ultrapassar Celina. Com nosso ritmo militar, já a teríamos alcançado se estivesse fazendo o mesmo trajeto. Na verdade, devia ter se embrenhado pelos matos ou voltado ao carro depois de um tempo entre árvores, pedras e vales, sem encontrar o caminho. Comecei a alimentar essa hipótese, já me arrependendo de ter me afastado do rio Santa Helena. Em mais de um momento pensei em voltar, mas o guia não parava um instante, instigando-me a seguir. É bom se fazer acompanhar por pessoas que têm alguma certeza.

Quando começou a chover granizo, muito granizo, eu sentia as pedras contra o peito e o rosto como pequenas agulhas que me puniam por ter abandonado Celina. O que era abandonar? No meu caso, era sair em busca. Devia ter permanecido imóvel, indefinidamente. Era o que eu tentava fazer nesses dias em La Higuera.

Fustigado pela chuva, meu corpo enregelou, mas não paramos. Caí na caminhada cega por uma paisagem hostil. Na saída, o guia me passara a sacola e enchi a boca com folha de coca, sem tirar os talos, e masquei uma ponta grande de *lejía*. Já não era mais a curiosidade de viajante que me levava a sorver as substâncias da coca. Precisava de energia para alcançar Celina. Quando me convenci de que ela não tinha tomado esse caminho, a coca servia para me levar, por minhas próprias pernas, até La Higuera, onde eu juntaria um grupo para procurá-la.

Era noite alta quando chegamos, pura lama, ao povoado. Foi difícil achar uma pousada. Tivemos que bater em vários endereços, pois ninguém atendia nesse período de baixa temporada turística. Na pousada do Telegrafista, nem abriram o portão. Na Dos Amigos, o dono se declarou em recesso. E seus cachorros latiram para os dois homens sujos que apareciam a pé, no meio da noite.

Na pousada onde conseguimos hospedagem — o proprietário mantinha um bar e mercearia funcionando até mais tarde —, uns homens bebiam. Cuspimos nossas bolotas de coca no quintal. Entre meus dentes se alojavam fragmentos de folhas. Depois, sentamos à mesa coletiva, como se fosse a cozinha de uma casa de chão batido, e tomamos umas garrafas de cerveja também. Deixei minha mochila em um canto até a mulher do dono ser acordada e preparar os quartos. Quando ficou pronto o meu, larguei o guia conversando com os outros clientes e me recolhi. Apenas tirei a roupa e caí no colchão duro, destruído pela longa marcha. Ao deitar, não sabia quem eu era, onde estava ou o que fazia ali. Dormi imediatamente.

Estranhei o mundo quando, numa manhã nublada, saí do quarto cuja porta dava direto ao quintal tomado pelo lixo e por galinhas ciscando na sujeira. Por alguns segundos não consegui ver sentido em minha vida.

Na parede da pensão, uma espécie de portal de La Higuera, uma inscrição era taxativa: "Não à comercialização do Che". Na mesma parede, a definição do lugar como un *pueblito rebelde*. Não havia sido nada rebelde na época. Um agricultor em busca de recompensa denunciara os guerrilheiros, permitindo a captura da maioria deles. *Pueblito* de alcaguetes, isso sim. Eu descobriria que ainda hoje alguns sobreviventes daquela época se recusavam a falar dos homens que refundaram o lugar. Denunciariam Che se ele novamente aparecesse por ali.

Como a porta estivesse aberta, entrei no cômodo ao lado, com o interior escuro. O guia tomava café em conversa animada com o homem que nos recebera à noite. A mesa cheia de garrafas de cerveja vazias.

— Alguma notícia de minha mulher? — nunca a havia tratado por *minha mulher* e fazia isso no momento em que talvez a tivesse perdido.

— Nenhuma, mas vamos começar a procurar nos arredores de onde ela desapareceu, contornando o rio por outra estrada. Estou só esperando um motorista — agia como se nada tivesse acontecido.

— Temos que arranjar logo um carro — eu me irritei.

— Não é assim tão simples. E não vai mudar nada se atrasarmos uma hora.

— E se ela estiver ferida?

— Sente-se — ele ordenou e me passou um copo de café, o pó misturado ao líquido, sem coar.

Tomei a bebida horrível, sem açúcar, como o menino que ingere contrariado o remédio dado pela mãe. Eles comiam as eternas *tortillas*, que não aprendi a apreciar.

— Don José conheceu o homem. Ele vai nos contar um pouco sobre isso.

Como explicar que eu não tinha nenhum interesse pessoal nesse assunto? Fora até ali por Celina e, agora que estava momentaneamente afastado dela, pouco me interessava o comandante, embora me encontrasse no lugar em que ele acabara assassinado.

Don José, o dono da pensão e do armazém, vestia-se com uma jaqueta suja de lama e calças terrivelmente ensebadas. Era um homem muito magro. Levantou-se com lentidão, buscou uma cadeira baixa e a colocou na minha frente. Pensei que fosse se sentar ali para me contar de seu contato com o santo da Revolução. Mas voltou para o seu lugar, deixando-me diante daquele móvel de pernas curtas e espaldar elevado. A cadeira era feita de madeira clara, encardida pelo tempo. Nenhuma pintura ou camada de verniz. Tudo ali mostrava a face do material com que era construído. Olhei para o teto do armazém retangular e vi que o forro era feito por uma camada de bambu, sobre a qual colocavam barro para assentar as telhas.

— E qual é a história desta cadeira, don José? — o guia tentava voltar a me enfeitiçar pela guerrilha, talvez com o intuito de que eu me esquecesse do que acontecera com Celina.

— Foi nela que Che se sentou para dar depoimento aos militares, um pouco antes de ser morto.

Don José falava isso com orgulho, num tom de depoimento judicial. Ele possuía algo que o comunicava com o mito.

— E de quem o senhor ganhou? — o guia continuava desempenhando melhor do que em qualquer outro momento a sua tarefa de entreter o cliente.

— Era usada por um menino paraplégico. O único com o privilégio de ter cadeira. Os outros ficavam em bancos como estes em que estamos. Mas ele não podia se acomodar em móveis normais. Por isso o assento é baixo.

O privilégio do líder da guerrilha, na hora do julgamento improvisado pelos soldados, foi sentar-se nesse assento especial.

— Quando o menino saiu da escola, tempos depois, a cadeira ficou com uma família daqui. Antes de deixarem La Higuera, eles me deram.

Meu impulso foi pegar a porra daquela cadeira e atirar contra a parede. Parem com esse teatrinho detestável. Mas os atores continuaram o drama histórico.

— E o que mais o senhor tem daquela época?

— Os óculos do Che.

— É verdade, os óculos? Como conseguiu? — o guia sabia bem o roteiro das perguntas.

— Ao chegar a La Higuera, eles fizeram um buraco e enterraram muitas coisas, para pegar depois, ao partir — pensei: como um turista que coloca os pertences de valor no cofre do apartamento. — Quando eles foram mortos, meus amigos e eu, sem falar nada aos militares, fomos até o lugar em que tínhamos visto serem plantadas as coisas e cavamos a terra ainda mole.

— O que vocês queriam encontrar? — continuava o guia.

— Dinheiro. Mas achamos um caderno cheio de anotações. Folheei em busca de notas de dólar. Não havendo mais nada, joguei num canto. Imagina se tivesse guardado o caderno?

— Mas ficou com os óculos? — o guia estava mesmo disposto a me ocupar.

— Com os óculos de leitura e com uma arma. Se vocês quiserem, posso mostrar.

Os dois olharam para mim. Até ali, a conversa se dera apenas entre eles.

— Não, obrigado — disse secamente.

E os dois se calaram. Alguns minutos depois, concluído o café, o guia se levantou abruptamente, dizendo que era hora de ir atrás de um carro.

Saímos a pé pela vila. Lugar feio, sem nada que lembre um povoado de agricultores. Parecia mais uma colônia de estudantes pobres. As paredes das casas estão pintadas com imagens dos guerrilheiros e pichadas com frases pretensamente revolucionárias. Fiquei com ódio desses dizeres que haviam enlouquecido Celina. As pinturas que se queriam artísticas, nas fachadas, revelavam uma rusticidade adolescente, mas eu não estranharia se tivessem sido feitas por senhores grisalhos, envelhecidos na infância do pensamento. Em vários locais, a reprodução do rosto barbudo do Che e de grupos de pessoas unidas representava os movimentos sociais.

Quando chegamos à pracinha central, com uma horrível e

desproporcional estátua do herói, tive a certeza de que a militância gera a má arte. Che parecia um boneco de carro alegórico no Carnaval do Rio. Era grotesco, menos no entanto do que o busto disforme que fora instalado sobre uma rocha. Ali, Guevara se fazia ainda mais caricato. Pelos fundos, por uma escada, os turistas subiam na pedra para serem fotografados no monumento. A impressão que tive era a de estar em um circo da Revolução.

Apenas o busto menor, o primeiro erguido na vila, no centro da praça, não me pareceu grotesco. Pintado de prata, mostrava o olhar desencantado do Che. Só bem depois fizeram os dois monstrengos que dominam o centro do povoado, saudando os visitantes.

No restaurante Tania, em frente à réplica do prédio da escola onde os guerrilheiros foram mortos, hoje museu de frases feitas, conseguimos um carro para nos levar ao rio Santa Helena, onde resgataríamos o motorista e Celina. Ela estaria lá, sem dúvida. Com a chuva, recuara e nos esperava.

Saímos por uma estrada muito ruim, interrompida a todo momento por enxurradas que desciam do morro. O carro sofria para cruzar as valetas e vencer os obstáculos de pedregulhos rolados com as águas. Foram duas horas e meia sob uma garoa que embaçava a paisagem.

O Corolla ainda estava no mesmo lugar, o motorista aguardava no banco, com uma fresta mínima do vidro aberta para evitar os mosquitos que, mal chegamos, começaram a nos devorar.

— Celina voltou? — foi a primeira coisa que perguntei.

— Pensei que estivessem com ela.

— Acho que está perdida — disse o guia.

Então a verdade se impôs. Ela não tinha se perdido ao tentar voltar. Marchara sozinha pela mesma região que os guerrilheiros, quase cinquenta anos atrás, trilharam. Não sei se suportaria a ofensiva solitária. Talvez estivesse acampada em algum morro nas imediações de La Higuera, esperando a chegada do Che para salvá-lo da emboscada na Quebrada del Churo, lugar em que fora preso.

Amarramos o carro pifado ao nosso para arrastá-lo até Alto Seco, onde haveria algum recurso mecânico. Antes de partir, cruzei a pé o rio e fiquei um tempo contemplando a desolação do lugar. Não havia borboletas em suas margens.

O guia me chamou, mas decidi que faria o mesmo caminho do dia anterior, a pé. Ele falou algo que não entendi, fez um gesto de estar desistindo de mim e entrou no carro, que se moveu, rebocando o Corolla.

Como já havíamos quitado os seus serviços, ele resolveu concluir ali a sua obrigação.

Caminhando pela estrada, lentamente, eu gritava o nome de Celina de tempos em tempos. Gritava com as mãos em torno da boca, virando-me para a esquerda e para a direita. Aquele mundo continuava completamente vazio; eu talvez fosse o único sobrevivente.

Durante dois dias fiquei esperando Celina em La Higuera. Sem ter o que fazer, bebia cerveja, conversava com os agricultores, que me chamavam de *El Enamorado*, sempre olhando para o horizonte. Se me perguntavam o que estava fazendo ali, dizia que aguardava minha mulher. Daí o apelido.

No terceiro dia, liguei para a polícia de Vallegrande e dei queixa do desaparecimento de Celina Paes. Expliquei que ela entrara no país com outro nome, impulsionada pela diversão própria dos jovens. Perguntaram nosso grau de parentesco. Amigo, declarei. As circunstâncias do desaparecimento. O local e a data exatos. No meio da tarde, chegou uma camioneta Hilux nova, com dois policiais. Convocaram um agricultor que conhecia a região como guia e fomos para o rio Santa Helena, entrando e saindo em trilhas que poderiam ter sido usadas por ela.

— Tinha alguma experiência em montanhas? — o policial me perguntou.

— Que eu saiba, nenhuma.

— Então foi suicídio.

Não um suicídio consciente, pensei. Ela queria viver a grandeza de outros tempos, uma grandeza mitificada, é verdade. Ao mexer na minha mala, na manhã seguinte ao seu desaparecimento, notei que faltava a Glock, que eu havia trazido para nos proteger, mesmo correndo o risco de entrar com uma arma em outro país. Achei também as duas identidades dela, como Celina e como Cíntia. Estava se desfazendo das duas mulheres que fora. Inventaria outra, sobre a qual eu não saberia nada.

Talvez tivesse encontrado alguma família e trabalhasse no campo com eles. Uma vida próxima dos métodos coloniais da região. Ficaria ali, eternamente, esperando a chegada dos guerrilheiros, para se juntar a eles.

Por uma semana, permaneci no povoado, mesmo depois de os policiais terem retornado a Vallegrande sem apurar nada. Nenhuma pista. Havia sido misteriosamente abduzida? Paralisado numa latitude estrangeira, o que mais eu poderia fazer além de esperar? Oficialmente, ela nem existia para as autoridades bolivianas. Ao me despedir dos policiais, mostrei a identidade de Celina. Apenas olharam a foto e me devolveram.

— Agora está careca — expliquei.

— Deixamos a comunidade avisada. O senhor terá que protocolar uma reclamação no consulado do Brasil, em Santa Cruz de la Sierra.

Ali não havia mais providências a tomar. Mas continuei a não fazer nada, o que, no caso, era fazer muito.

Somente no último dia, quando recebi uma convocação do consulado, feita pelo telefone da pousada, é que resolvi ir embora. Foi quando me animei a visitar a réplica da escola, hoje museu de objetos extemporâneos da guerrilha. Paguei dez bolivianos ao dono do restaurante Tania, onde eu sempre almoçava e bebia cerveja. Era um rapaz de uns vinte e oito anos, alto, barbudo, usando sempre coturnos militares e roupa de campanha. Perguntei se viera de algum lugar para se aproximar do solo sagrado em que o sangue do Che fora derramado, mas me informou, na nossa primeira conversa, que nascera ali.

Levou-me ao museu, abrindo a porta e me deixando com a memória das pessoas que passaram por La Higuera. Havia um uniforme militar pendurado na parede, com uma mancha vermelha mimetizando sangue. Lembrança de uma turista de Curitiba. E muitas mensagens, o velho altar em que os visitantes deixam ex-votos. Centenas de documentos pessoais. Teriam recebido o milagre da iluminação política?

Peguei a identidade de Celina, que eu guardara na carteira, e a fixei com uma tachinha no meio de tantas outras. Seu lindo rosto olhará para todos que visitarem aquele santuário.

Num lugar da parede ainda não marcado por recados e inscrições, escrevi com minha caneta: "Celina Paes não se contentou em visitar o lugar em que Che foi morto".

Ao sair, o carro que me levaria embora esperava na praça. Olhei para a estátua horrorosa do Che, onde dois rapazes recém-chegados tiravam fotos. Ao passar ao lado dela, já indo embora, falei baixinho.

— Cuide bem de Celina, comandante.

O motorista ouviu minha recomendação e comentou.

— Muita gente acha que ele faz milagres.

Não fiz a mínima observação, seguindo em silêncio todo o trajeto. Em Vallegrande, paguei uma van até Santa Cruz, comparecendo imediatamente ao consulado brasileiro para os esclarecimentos, o que me obrigou a dormir uma noite na cidade. Declarei que éramos turistas. Ela queria apenas fazer a Rota do

Che. Mas foi tomada por uma crise de loucura. Talvez por causa da altitude, completei, sem nenhuma convicção. Forneci os nomes do guia e do motorista como testemunhas.

Um funcionário do consulado providenciou o meu retorno de avião. Havia uma autoridade policial me esperando no aeroporto Afonso Pena, em São José dos Pinhais. Fomos direto à delegacia, onde dei depoimento. Informados do sumiço de Celina, uns poucos jornalistas me aguardavam. Tive que falar com eles também.

Quando pude tomar um táxi para o edifício Asa, veio-me um pequeno delírio. Celina estaria me esperando. Pedi então ao taxista que desse uma volta pelo Centro.

— O senhor é turista? Está visitando Curitiba?

Eu carregava a mochila suja.

— Sim, estou.

— De onde o senhor é?

— Da Bolívia.

— Mas fala português muito bem.

— Aprendi com minha mulher, que era brasileira.

— Morreu? — ele perguntou, meio assustado.

— Semana passada. Estou aqui para conhecer a cidade natal dela.

— Meus sentimentos.

Ele não fez mais nenhuma pergunta e foi me apresentando, respeitosamente, os principais pontos da cidade. Eu olhava tudo com um interesse triste.

35.

O táxi me deixou no prédio de Celina. Ela voltara a ser Celina Paes desde o seu desaparecimento, como se isso tivesse alguma força para devolvê-la ao mundo. Pelo interfone, falei com a portaria, que não podia ser vista da rua. Perguntei pelo meu conhecido.

— Não trabalha mais aqui — uma voz áspera me informou.

Gostaria de saber o que havia ocorrido no prédio durante nossa ausência — esse foi o pretexto mental que usei. Mas no fundo sonhava encontrar Celina em casa, como se outra, e não ela, tivesse feito a viagem comigo. Estamos convictos de certas ausências embora nunca deixemos totalmente de crer na possibilidade de uma aparição. O mito de Cristo ressuscitado nos acompanha vida afora. Sempre contei com a possibilidade de encontrar meu pai, morto em minha infância. Ia ao túmulo dele e depois vagava pelas ruas da cidade tentando achá-lo em algum emprego bem diferente dos que ocupou. Ele teria apenas se afastado da gente.

— Estou a serviço da senhora Celina Paes, gostaria de saber se alguém a procurou nos últimos dez dias.

Era uma maneira infame de me referir à relação com ela, mas não havia outra.

— O apartamento foi vendido. Até já tiraram os móveis.

— Grato, estava em viagem e ninguém me informou disso — eu me revelava agora um amador.

Ouvi o interfone ser desligado. Eu jamais voltaria ali. Tenho esta mania: avaliar se vou retornar ou não a um lugar, ver ou não certa pessoa. Uma contabilidade existencial depressiva, confesso.

Segui a pé para a praça Osório, umbigo de meu mundo, com aposentados nos cafés durante o horário comercial e prostitutas, viciados e travestis nas horas do desejo. Na minha sala, já não contava, mesmo que remotamente, me surpreender com alguém me esperando.

No caminho, lembrei-me de ver se o Discovery ainda se encontrava no estacionamento a poucos metros de meu endereço. Eu não tinha uma casa, apenas um endereço para onde mandar as poucas correspondências. Ao seguir para a garagem de aluguel, eu estava, sem perceber, fazendo uma peregrinação aos lugares marcados por uma breve paixão. Breve paixão é redundância, me corrigi mentalmente. Eu havia voltado a ser meu único interlocutor.

Uma vez lá, o mesmo atendente me recebeu. Nos conhecíamos de vista, pois eu passava sempre por aquela rua. Mostrei o tíquete que havia ficado o tempo todo em minha carteira. Ele pegou e digitou o número no sistema do computador, apenas para se certificar.

— Como eu me lembrava, o carro foi retirado.

Quis saber por quem, por Celina?

— Por seus advogados, tinham a documentação em ordem.

Eu poderia reclamar que não tinham a única documentação

necessária para isso, o tíquete de estacionamento. Mas é melhor aceitar que perdemos, que não fomos suficientemente previdentes para evitar essa pequena derrota, que na verdade é só mais uma.

Cinco dias depois da partida para a Bolívia, Celina já não tinha carro nem apartamento. Tudo liquidado com muita rapidez por quem detinha a sua procuração. Ela servira apenas para guardar uma pequena fortuna conquistada de forma indevida. Essa mesma pessoa a incentivara a viver seu sonho rebelde. Conhecia muito bem Celina, a ponto de ter certeza de que ela surtaria em contato intenso com o ambiente da guerrilha. Che Guevara fora o único homem que a jovem amou de fato. Jacinto e eu havíamos perdido para o comandante. É bem verdade que qualquer um perde para um mito.

A pessoa que armou a cilada a que conduzi Celina não só a conhecia muito bem como também me conhecia. Nenhum dos suspeitos da morte de Jacinto a que eu chegara era ao mesmo tempo íntimo de nós dois. Se eu descobrisse essa pessoa-ponte, o caso estaria resolvido. Embora meus dois contratantes tivessem sido tirados de circulação, era meu dever moral e afetivo descobrir o culpado, mesmo que isso já não servisse para nada. No mundo da política, não é tarefa complicada descobrir os bandidos, saber a paternidade dos crimes, o difícil é incriminar essas pessoas. Um velho colunista social, Ibrahim Sued, dizia que em sociedade tudo se sabe. No microcosmo político também é assim, mas ninguém faz nada contra os responsáveis por toda sorte de crime. As pessoas querem apenas achar uma maneira de também lucrar.

Era final de tarde quando pude ir para minha sala. Antes parei no Bar Stuart e pedi uma porção de frango a passarinho e chope. Uns quatro chopes ao todo. A mochila permaneceu na cadeira da frente. Em pé, ela parecia uma pessoa. Eu não estava sozinho. Meu aspecto era mesmo o de um turista.

Depois de passar por Heitor, no vão em que ele se escondia ao lado dos elevadores, e de ver o céu pintado caricaturalmente no teto abaulado da galeria Asa, tão mais falso diante da memória do céu contemplado na viagem pela cordilheira oriental, cheguei enfim à minha cela de presidiário. Havia recolhido a correspondência na portaria, mas nada ali me interessava, eram apenas contas vencidas ou que estavam por vencer. Comecei a desfazer a mochila, encontrando uma calcinha de Celina no meio das minhas coisas.

Levei a peça ao rosto e aspirei profundamente o seu cheiro, me pondo a chorar, chorar de forma descontrolada, efeito talvez do álcool. Deitei apenas de cueca, colocando aquela roupa alheia em meu travesseiro, e dormi tomado por um desacorçoamento sem retorno. Toda a canseira da viagem se manifestava agora.

Na manhã seguinte, levantei decidido, lavei o rosto, embora estivesse precisando era de um banho, limpei meu corpo na pia, raspei a barba e o cabelo (que se revelara completamente branco), exibindo de novo uma careca luzidia. Vesti as últimas roupas limpas, devia ir com urgência à lavanderia, e, antes de sair, enfiei a calcinha de Celina embolada dentro de minha cueca.

Fui para a pastelaria Nakashima, entre o Stuart e o Asa, pedindo um especial de carne, que vinha com um ovo dentro, e uma cerveja, preparando-me para um dia que seria comprido.

Segui então para a Biblioteca Pública. Estava sempre entrando nela. Era o coração de Curitiba para mim. Subi direto ao primeiro andar, onde ficam os jornais, e solicitei todos os da época em que Jacinto fora morto, uma semana antes e uma semana depois do acontecimento. Quando se desconhecia exatamente o que procurar era mais fácil fazê-lo na versão impressa do que na digital. O funcionário foi atrás dos exemplares que já pertenciam à pré-história enquanto eu me sentava à mesa para esperá-lo. O jornal em que Pancho publicava suas intrigas políticas estava lá, aberto, talvez abandonado pelo próprio atendente, na hora em que teve que tirar a bunda da cadeira. Procurei sua coluna, composta de uma nota extensa e várias breves.

HISTÓRIA MAL CONTADA

O meio policial está em alerta para o desaparecimento misterioso da empresária Francelina Paes. Ela e Carlos Eduardo Pessoa, professor de literatura desempregado, fizeram uma viagem à Bolívia. A ideia era conhecer os locais por onde passou Che Guevara antes de sua morte. Tratava-se, no início, apenas de caprichos juvenis (ou senis). No percurso, porém, a empresária teria se afastado do grupo, entrando numa mata, para nunca retornar. Pelo menos é essa a versão de Pessoa, que gostava de exibir intimidade com a empresária, bem mais jovem do que ele. Os policiais averiguam o envolvimento do professor com o narcotráfico e contrabando de armas, não descartando a hipótese de homicídio com ocultação de cadáver. Ao que parece, é mais uma triste história da jovem rica que cai na armadilha, nesse caso ideológica, de um fauno.

Quem teria interesse nessa versão que me incriminava? Ou ele estaria apenas se vingando de mim, por eu não ter publicado a resenha falsamente elogiosa de seu livro? A resposta que mais me parecia plausível: ele uniu o útil ao seu ódio. Jornalistas dessa espécie atendem aos interesses daqueles que lhes pagam e se aproveitam de qualquer chance para se vingar de ofensas ampliadas por sua vaidade.

Não tive tempo para pensar nisso. Chegaram os exemplares solicitados, que o funcionário deixou na minha frente. Abandonei o jornal do dia, que no final da tarde seria recolhido aos arquivos e a um pesado esquecimento. A história moderna era uma pilha envelhecida de jornais em que não se distinguia a verdade.

Comecei a ler a partir do mais antigo. Olhava rapidamente a manchete, procurava depois os títulos das notas laterais, não me detendo muito. No quarto dia, uma notícia me chamou a atenção. O corpo de um indigente, que aguardava a identificação de eventuais parentes ou de amigos, sumira do IML, ninguém sabia como. Foi registrada a ocorrência como desaparecimento. Não se falava em arrombamento nem em vandalismo. Nenhum outro detalhe. Quase como um ato místico, o corpo ascendeu ao céu. Ou uma notícia banal: o cadáver resolveu dar uma volta. Ri de meu raciocínio.

Continuei a leitura, agora com mais atenção, para ver como seria tratado o sumiço do cadáver — seria homem ou mulher? Eu tinha certeza de que era homem.

Apareceram, então, nos dias seguintes, as notícias do assassinato de Jacinto Paes. Reli sem comoção. Não se mata de novo uma pessoa morta. Todas as informações eram muito coerentes. O seu envolvimento com empresas estatais. O depoimento de amigos. E uma coluna inteira de Pancho, falando do perfil bonachão do morto, das suas viagens gastronômicas, do espírito empreendedor, sempre fazendo investimentos certeiros em empresas que lhe rendiam mais lucro do que a qualquer outro acionista, mas isso o jornalista não abordava em sua hagiografia encomendada. Era um retrato do homem social que ele fora. As outras matérias mostravam o lobista numa espécie de retrato desmistificador, porém favorável. Jacinto não colocava dinheiro apenas nas contas de Pancho. As matérias tinham algo de release de assessoria. Notícia policial orquestrada.

Ao reencontrar a foto de Celina, parei com tudo para ficar apenas olhando para ela, ali impressa na página do jornal. Naquela noite, eu tinha sonhado que, na sua marcha enlouquecida pelas entranhas das selvas bolivianas, ela caíra de um precipício e morrera. Seu corpo apodrecia ao ar livre quando um condor localizou a carcaça e a atacou até limpar seus ossos. Então voou fazendo barulho com as asas, deixando-me com uma visão daquelas peças brancas espalhadas em uma área de pouco mais de dois metros quadrados. A foto reagrupava as partes de Celina e lhe devolvia a carne. Não consegui ocultar meu sofrimento. O funcionário me olhou, estranhando aquele choro contido.

Lançando mão de toda a energia de meu corpo, virei a página e continuei lendo as notícias nos demais exemplares. Pouca exploração da morte de Jacinto. A imprensa fora camarada com ele. Nenhuma outra referência ao cadáver que saiu para tomar ar fresco. Nem no jornal mais importante do Paraná, nem nos pasquins do crime. Uma cobertura bastante decente, sem explorar fatos polêmicos, como o seu casamento com a jovem e bela Celina. Todos concordavam em tudo. Apenas um leitor, de nome Antônio Gomes, escreveu que não se podia tratar de forma tão respeitosa um crápula. Sua opinião foi publicada na seção de cartas dos leitores. Quatro linhas. O nome me lembrava alguém. Mas um nome tão comum assim criava dificuldades de memória. Fiz um esforço, repassando mentalmente minhas relações. Só poderia ser alguma figura com quem convivi no passado, junto com Jacinto. Jacinto era minha referência para esse universo. Ao construir essa hipótese, o nome se ligou a um rosto. O motorista da deputada para quem trabalhei, minha ex-namorada Solange Ribas Fonseca. Era quem a chantageava. Devia odiar mesmo Jacinto, na época o braço armado da deputada e responsável por sua demissão, quando descobrimos suas tentativas de extorquir dinheiro da candidata preferida à prefeitura de Curitiba, que, no final das contas, acabou não sendo eleita. Por ser mulher, gritaram as feministas, talvez com razão. Gomes guardava uma mágoa

265

muito grande do episódio. Ficou sem o dinheiro da chantagem e sem o emprego.

Tomei nota das datas, dos nomes das pessoas que comentaram a morte de Jacinto e fiz um resumo das análises que o apresentavam como um bandido bom, com exceção apenas do antigo motorista. Estava recolhendo os jornais quando uma imagem na capa de um dos cadernos me chamou a atenção. Uma matéria sobre o ator e humorista Leandro Hassum, que fizera uma cirurgia bariátrica. Havia também outros operados, um deles declarava que agora era "outra pessoa". Eu também tinha sido outra pessoa, mesmo sem cirurgia, no breve interregno amoroso com Celina. Ao pensar nisso, recordei que em nosso primeiro encontro ela falara que Jacinto queria mudar de vida, até fizera exames e se consultara com especialistas em redução do estômago. Era difícil saber qual médico o atendera; a pista não me permitia prosperar.

Mas eu tinha um velho conhecido no IML; podia seguir as investigações tentando saber mais alguma coisa sobre o cadáver desaparecido. Esperava que meu amigo não tivesse se aposentado e muito menos morrido. Com minha caderneta de novo no bolso da camisa, saí da biblioteca com um destino certo.

Anos antes eu o havia subornado, zombeteiramente, com um uísque. Nunca mais o vira. Nada contra ele em específico. Tinha optado por ver o menor número de velhos amigos. Ele estranharia meu aparecimento repentino. Então, eu devia explorar a sua fraqueza pelo álcool. Um grande bebedor dificilmente interrompe a vocação suicida, mas dessa vez era melhor levar algo mais forte. Passei em uma loja de produtos contrabandeados via Foz do Iguaçu e comprei uma garrafa de absinto tcheco — King of Spirit, com o rosto de Van Gogh no rótulo. Embrulhada para presente, dentro de uma sacola elegante, ela me acompanhou no táxi até o IML.

Perguntei na portaria pelo dr. Roberto, o médico-legista. O porteiro me indicou uma sala com um gesto de cabeça, o que denunciava desprezo pela pessoa que eu procurava.

Ele estava sentado no sofá. Não havia mesa de atendimento, o lugar deveria ser ocupado pelos parentes dos mortos. As mãos segurando o rosto. Mãos gordas, como pães caseiros crescidos antes de serem colocados no forno. Havia dobras vermelhas de assaduras. A barriga crescera tanto que a camisa estava estufada.

— Roberto — falei, baixinho.

Tirou o rosto de entre as mãos, erguendo os olhos. Sua face estava vermelha. Havia um hematoma na testa, resultado de alguma queda. Bêbados nesse estágio caem no banheiro, na cozinha ou na entrada de casa. E morrem sem ajuda, pois moram sozinhos. A família já desistiu deles há bastante tempo. Roberto abriu os olhos miúdos de coruja, desacostumados à luz do dia.

— A visita da década — ele falou, ao me ver.

Não queria dizer com isso que eu era a grande visita na década. Ele nem devia receber ali seus amigos de boteco. A frase não se referia a isso. Queria apenas ironizar que eu aparecia de dez em dez anos.

— Como você está? — perguntei.

— Depois de nosso último encontro, pensei que poderíamos continuar bebendo juntos. Sinto falta de amigos da infância. Então liguei para o celular que você me passou e o número não existia mais. O ordinário me enganou, pensei. Agora estamos aqui, frente a frente de novo — ele disse isso se erguendo, com alguma dificuldade para manter o equilíbrio.

Era como se apenas umas semanas nos separassem daquele encontro.

— Trouxe uma bebida.

— Deixe aí ao lado do sofá.

— Um belo exemplar de absinto.

— Para que eu diga o quê?

Não dava para afirmar que minha visita era desinteressada, ele já tinha me desmascarado. Melhor assim, direto ao ponto. Peguei minha caderneta e li os dados, falei da data de desaparecimento do cadáver, embora não fosse preciso, pois esse não é um fato rotineiro.

— Você poderia me dar algum detalhe sobre o presunto? Não acredito que tenha voltado do passeio.

Minha zombaria não modificou seu humor.

— É uma bela hipótese. Voltou aqui para o IML. Mas, para falar a verdade, não me lembro bem desse episódio.

— Faz uns meses apenas.

— Tenho bebido muito nesse período. E existem outros médicos aqui.

— Não foi você quem fez a autópsia?

— Pode até ter sido, mas já ouviu falar em amnésia alcoólica?

— Você tem trabalhado bêbado?

— Apenas quando não bebo o suficiente para desmaiar — ele riu.

— Eu poderia ver a ficha do cadáver?

— Claro que poderia, se ela não tivesse sumido.

— Então não há nenhuma referência, nem nos computadores?

— Uma coisa à qual não me acostumei: a facilidade de deletar dados no computador. Lembra como sofríamos para apagar as palavras datilografas em nossa época de estudantes?

— Ainda mais se fosse em uma ficha. O papel era mais encorpado.

— Pois é, daí ficava uma rasura. Se usássemos o corretor era só raspar a camada branca e a palavra ressurgia, vívida. O que você disse que trouxe mesmo?

— Um Van Gogh.

— Está querendo me matar? — disse isso rindo de alegria, para depois assumir um tom sério. — Não sei se posso aceitar. Teria sido, da sua parte, um investimento em vão.

— Se bebêssemos juntos talvez cometesse algumas inconfidências. Sabe, boca de bêbado...

— Na verdade, cu de bêbado não tem dono. Mas a sua metáfora também serve. Nem mesmo um bêbado quer ter a boca cheia de formiga.

— Então não pode ficar abrindo a bocona.

— Tal como estou fazendo aqui.

— Ninguém sentiu falta do defunto ou da defunta?

— E quem sente falta de indigentes?

Não continuaria aquela conversa, que se tornara perigosa e infrutífera. Preparei-me para me despedir dele.

— Agora é a sério, gostaria que você se cuidasse.

— Um homem.

— O quê?

— Um homem, não um rato.

Uma funcionária entrou e disse que havia um telefonema para o dr. Roberto na outra sala. Estava ali descansando da bebedeira do dia anterior. Agachou-se, pegou a sacola com a garrafa, olhou nos meus olhos e me disse adeus. Com dificuldade, caminhou até a outra porta no final de um corredor.

Já ia saindo quando pensei que alguém ali talvez tivesse providenciado a identificação de Jacinto. Era outra informação que poderia ajudar. Um laudo garantia que aqueles eram os restos dele. Isso não poderia ser apagado do registro. Nenhuma das matérias mencionava o autor do laudo. O que era mais um fato estranho. Eu teria que fazer a solicitação por escrito e esperar a resposta.

Mas desejava acabar logo a investigação. Fui até a mulher

que atendia em uma mesa, verificando os assuntos e encaminhando os visitantes para setores específicos.

Sentei-me na sua frente.

— No que posso ajudar, senhor? — era a pergunta padrão de que eu precisava.

— Que tal gastar estas duas notas? — e empurrei o dinheiro para ela, sob minha mão.

Ela me olhou bem nos olhos.

— Tudo que tem que fazer é me antecipar uma informação que eu conseguiria de qualquer jeito, mas com muita demora. Qual o médico que assinou o laudo sobre os restos mortais de um empresário chamado Jacinto Paes. Você olha aí no computador, entrando no sistema de controle, e me informa.

— Não preciso. Só não sei por que não perguntou ao próprio ainda agora.

— Dr. Roberto Schmidt.

Ela então pousou a mão sobre a minha, levemente. Eu soltei o dinheiro. Ela o puxou até o fim do tampo da escrivaninha, recolhendo-o sobre as pernas.

— Vou então fazer o requerimento.

— Atendemos até as cinco — ela disse em voz alta para que todos ouvissem.

Roberto agora recebia presentes muito mais valiosos. Subira na escala do suborno. A corrupção estava inflacionada no Brasil.

36.

Minha próxima parada era o largo da Ordem. Tinha visto ao lado da coluna de Pancho uma nota sobre o sebo Papéis Velhos. Com a prisão de Elionai — não se fazia referência a isso —, a loja estava liquidando seu saldo para fechar. GRANDES OPORTUNI-DADES DE COMPRA DE LIVROS RAROS, eis a chamada. Logicamente que, a essa altura, os de valor real já se encontravam com os biblió-filos, que nunca perdiam uma oportunidade dessas. Isso não me importava, pois livro raro não era uma de minhas taras. Lera a informação por acaso, sentindo o impulso de rever o lugar. Elio-nai talvez já estivesse solto. Também a curiosidade me movia.

O táxi me deixou a duas quadras, pois não se podia transitar com veículos por essa rua histórica. Subindo a pé, de longe vi a faixa na frente da loja, anunciando a liquidação. Um homem saía com várias sacolas. Por que não resistimos aos livros? Minha única qualidade como viciado é que não os estocava.

Entrei no cômodo escuro atraído pelas lombadas antigas, pelos móveis pesados e pela pouca iluminação, que também fazia parte da cenografia. Uma livraria de livros raros deve criar, no comprador, a sensação de que ele está em outro tempo. O presente foi deixado lá fora; dentro reina um limbo histórico.

O vendedor veio ao meu encontro sorrindo.

— Estávamos aguardando a sua visita a qualquer hora — ele disse.

Não gostei da primeira pessoa do plural nem de seu entusiasmo. Isso me envolvia de uma forma velada nos acontecimentos da loja. Felizmente não havia mais ninguém ali.

Apertei friamente a mão que o jovem me estendeu.

— Temos um pacote aguardando o senhor há semanas. Não mandamos avisar por desconhecer seu endereço.

Embora trabalhando sozinho, usava o plural a todo momento. Devia manter contato com Elionai. Eu continuava em silêncio.

— Queira aguardar um minuto — a falsa amabilidade de sempre entre os vendedores.

Foi à sala de Elionai para pegar a encomenda. Fiquei imaginando tudo o que se passara naquele lugar. A parte do subsolo devia estar interditada. A polícia provavelmente fez uma busca nas prateleiras antes de liberar os estoques. Tudo estava mais bagunçado, talvez por causa das vendas em grande quantidade dos últimos dias, que desfalcavam as prateleiras.

Quando ele voltou, trazia um envelope pardo, bojudo, com meu nome escrito com pincel de tinta azul. Colocou-o cuidadosamente no balcão em que atendia os clientes para logo abri-lo e sacar dele uma Bíblia ordinária, capa preta de plástico, lombadas sujas por causa do muito manuseio. No seu interior, vi um conjunto de folhas amareladas, muito finas. Ele retirou o material, revelando que as folhas tinham pauta e estavam preenchidas em toda a extensão, com uma letrinha miúda e corrida, demonstrando que a pessoa tinha pouco espaço para escrever.

— A Bíblia do Che — ele anunciou como se estivesse em

um leilão. — Com marginalia e um caderno avulso de comentários.

— Então é isso.

— Fizemos uma busca entre todos os ex-guerrilheiros da época, até chegar à pessoa certa.

— Estava com quem?

— No ramo há uma máxima: não interessa a origem de um livro raro, só o seu destino.

— Não sei qual destino dar a este. A pessoa que o queria já não precisa mais dele.

— Então não vai querer? — sua voz era agora de educada indignação.

— Estou ainda avaliando. Mas se eu ficar com ela, não será mais pelo mesmo motivo.

Percorri com cuidado as folhas finas e um tanto precárias e li um trecho do texto em espanhol. Materialmente, era de fato um objeto cinquentenário.

— Veja aqui a caligrafia — havia dentro do envelope um xerox dos diários do Che. Aquela parecia realmente a letra dele.

— Há alguma assinatura na Bíblia?

— O senhor assina os livros que lê?

— Não, mas poderia ser um hábito do comandante. E garantiria autenticidade.

— A letra é uma assinatura — ele retorquira friamente.

Quem compra coisas antigas, principalmente móveis, está propenso a acreditar na historinha da procedência. Eu segurava a Bíblia anotada por Che. Talvez presente de dom Helder Câmara, o grande bispo do comunismo, ou de algum guerrilheiro que tentava conjugar a luta armada com as palavras de Cristo. Nas horas de angústia ou de crença revolucionária, Che se dedicava a essa leitura. Depois, um dos companheiros de credo revolucionário mas com formação religiosa ficou com a Bíblia e as notas, guardando até os dias de hoje para que pudesse chegar às mãos de ninguém menos que você.

Fico imaginando a fama gerada pela posse desse volume.

— Tenho lá em casa a Bíblia sagrada do Che Guevara — o dono anunciaria aos amigos mais próximos, causando certo frisson.

Talvez promovessem reuniões para ler trechos e debater os caminhos cristãos da guerrilha, a mudança social segundo um Cristo que lutava em plena selva boliviana.

— Gostaria de dizer, sem querer pressionar, que há outras pessoas interessadas. Espalhou-se no boca a boca que conseguimos localizar a famosa Bíblia. Mas a casa tem por regra ofertar antes ao primeiro interessado.

— Qual seria o preço? — não queria mostrar nenhum interesse na posse daquele objeto de culto socialista.

Não seria barato. O vendedor abriu um envelopinho mínimo, com um cartão manuscrito dentro, e me mostrou.

— Podemos dar um desconto de vinte por cento, pois, como o senhor sabe, estamos fechando.

Devolvi a Bíblia ao envelope, numa resposta sem palavras. Sorri para ele, agradecendo com um aceno de cabeça, e saí da loja, como quem se afasta do túmulo depois de acompanhar o enterro de um conhecido.

Segui para casa, conversando mentalmente com Celina, explicando tudo a ela, as razões de não ter comprado a Bíblia. Teria feito o negócio com o livreiro se ela ainda estivesse entre nós, só para agradá-la, mas agora nada disso fazia sentido.

No dia seguinte, um sábado, resolvi que não podia mais continuar conversando comigo mesmo sobre o que descobrira. Muitas vezes as conversas eram em voz alta, como esses solitários extremos que vagam pelo centro resmungando contra o mundo.

O outro fato que me empurrava a concluir logo a investigação era que, formalmente, meu trabalho se encerrara na tarde anterior.

Assim que cheguei ao edifício Asa, perguntei a Heitor se alguém havia me procurado. Não, ele respondeu, faz tempo que ninguém procura o senhor.

Era uma constatação correta. Minha vida havia retornado ao deserto de pessoas de outrora. Eu perdera o hábito de subir escadas. Também não havia voltado a comprar livros na internet, para ler os que me agradavam e doar tudo à biblioteca. Essa rotina estava distante, já quase não me pertencia. Um amor vivido tão intensamente fraturava a pessoa, colocando-a em outra existência.

No final do dia de ontem, ouvindo os carros na rua, freadas de ônibus, uma ou outra pessoa falando mais alto no corredor do meu andar, eu a esperava como se ainda estivesse em La Higuera.

Meus dias se tornariam um vazio ainda maior, em que eu ficaria olhando para a porta fechada, ansiando pelas batidas que nunca viriam. Se tivéssemos encontrado o corpo de Celina, ela seria uma pessoa morta. Não acreditando em ressurreição, eu me conformava então em perdê-la. Mas ela era uma desaparecida. Ninguém me garantia que, de uma hora para outra, não batesse em minha porta, o rosto queimado de sol, mais magra, roupas masculinas, e pedisse para entrar.

Na possibilidade muito remota dessa aparição, eu aguardava ao menos outras visitas, pois me acostumara a elas nos últimos meses. O amor era isso? Alguém batendo sempre em nossa porta, invadindo nosso bunker?

Agora eu vivia a ânsia de ser incomodado por pessoas que tivessem alguma relação com Celina. Precisava de perturbações na minha selva, que derrubassem a mata para abrir estradas. Na ausência disso, sentia o impulso de sair, comprar roupas, conversar, subornar funcionários.

Esperei até as sete da noite, horário que a galeria Asa fecha as portas, e ninguém me procurou. Era o último dia do mês. Eu não receberia o pagamento por meu trabalho. Celina estava provavelmente morta e meu contratante se sentira no direito de rescindir o compromisso. Não precisava mais de mim.

Era hora do jantar. Eu não comera nada além do pastel especial, esperando a entrega do sanduíche que sempre chegava nessa data. Poderia sair e me fartar em algum boteco nas imediações, voltando como um morador da ala residencial do prédio, mas preferi passar fome aquela noite. Uma fome que não era só de comida.

Celina está morta, foi o que repeti em voz alta, quase gritando. Ele não precisa mais de meus serviços. Fiz direitinho o que planejaram para mim. Conduzi a menina avoada ao suicídio. Não tive distanciamento para frear suas decisões. Desde que a encontrei com o cabelo rapado, sabia em meu íntimo que ela estava perdida. Mas não quis enxergar. Preferi ficar ao lado dela, deixando de ser o protetor para fazer o papel ridículo do homem apaixonado. Fui eu quem matou Celina. As paixões nos tornam assim.

Dormi chorando mais uma noite. A calcinha sob o travesseiro antes indicava que ela se fora. Faltava Celina, transformada em doce cheiro de sexo num pedaço de tecido. Com o tempo, o odor também desapareceria, restando apenas um pano sem memória. Talvez depois eu pendurasse a calcinha em uma das paredes para compor um altar.

No sábado levantei cedo, limpei-me minuciosamente no banheiro, e fui tomar café num hotel das imediações. Não passava de um visitante na cidade.

Peguei um táxi e, com uma falsa urgência, pois não resolveria nada chegar muito antes ao destino, segui para a rodoviária.

Comprei a passagem e logo o ônibus estacionava na plataforma. Essa viagem era uma engrenagem funcionando com precisão.

Havia alguns turistas no percurso. Tiravam fotos da serra da Graciosa. Elogiavam a paisagem. Passavam de um banco ao outro, cruzando o corredor a toda hora para não perderem nada.

Eu também olhava a paisagem, tentando encontrar Celina em uma das casas que de vez em quando surgiam. Trabalharia no campo como uma colona qualquer, para não perder o contato com as pessoas sólidas. Eu buscava Celina numa paisagem que a abrigara por um tempo. A perda de um amor nos torna turistas, cruzando por cenários em que não nos fixaremos.

O ônibus me deixou, junto com outras pessoas, em Porto de Cima, seguindo para Morretes, destino final de todos ali. Caminhei até a casa de Francisca, iludido pelo mesmo sonho. Celina estaria lá. Voltara e se escondera. Queria saber até onde o amor me levaria. Eu me fizera a criança procurando a amiga num jogo de esconde-esconde. Celina sairia de detrás da cortina da sala depois que eu visse os seus pés. Ela empurraria para longe o tecido, revelando-se.

Fui alimentando esse pequeno conto infantil até a casa incrustada na mata. Bati palmas, embora já tivesse sido anunciado pelo cachorro, que funcionava como campainha.

Não acreditei quando, numa fração de segundo, vi Celina na porta lateral. Estava de bermuda, chinelos de dedo e uma camiseta sem sutiã, o que deixava visíveis as aréolas de seus seios. Olhei fixamente para ela. Os cabelos haviam crescido muito, mas não chegavam ainda a ser compridos. Eu sorria, um sorriso bobo. Queria correr até ela, mas seria ridículo. Contive-me e fiquei apenas contemplando aquela aparição, fixando meus olhos nos bicos de seus seios, que forçavam o tecido fino da camiseta usada para ficar em casa. E isso também era ridículo.

— Você estava aqui o tempo todo? — por fim falei.

— Nós nos conhecemos? — ela me perguntou.

— Como não?

Ela riu, estranhando meu entusiasmo. Talvez pensasse que eu fosse amigo do pai ou da mãe dela, e que estivesse ali recordando os tempos em que era criança. Resolvi mudar o tom.

— Sua mãe está?

Mal terminei a pergunta e Francisca saiu na mesma porta, ficando a uns passos da filha.

— Que bom que você veio! — ela me reconheceu.

— É ele? — a verdadeira Cíntia perguntou.

A mãe moveu afirmativamente a cabeça, sorrindo. Eu me senti bem, como se fosse o filho pródigo que reencontra a família.

— Por favor, entre — ela disse.

E as duas abriram caminho para eu passar. O cachorro nem latiu quando me aproximei. Pediram que eu me sentasse numa das cadeiras da mesa da cozinha. As duas escolhiam feijão, que cozinhariam para a semana toda. Ao lado do monte de feijão bom, de uma cor vistosa, havia outro, muito menor, de grãos estragados, torrão, pedrinhas e impurezas.

— É verdade que Francelina está morta? — ela voltava a ter o nome de batismo.

— Acho que sim, mas não tenho certeza.

Os olhos das duas se encheram de lágrimas. No silêncio que se fez, consegui ouvir a televisão lá na sala, ligada em um programa infantil.

— A senhora me disse que ela atraía tragédia — comentei.

— Sempre foi assim — ela concordou.

Narrei com detalhes tudo que acontecera. Elas ouviram e fizeram poucas perguntas. Não demonstraram duvidar de nada. Serviram café e depois água. Não haveria almoço ali. Improvisariam um macarrão instantâneo.

No final, concluí, desolado.

— Não pude protegê-la.

— Você protegeu minha sobrinha dos outros, mas dela mesma ninguém podia proteger.

Embora não me inocentasse, era bom ouvir isso.

— Vim aqui também para contar o que descobri. Era para ter revelado minha descoberta a ela, mas não tive forças para fazer o que tinha que ser feito. Descuidei da investigação.

— Descobriu o assassino do dr. Jacinto? Deve ser o mesmo que perseguia minha sobrinha.

— Com certeza. Mas não mataram Jacinto, pelo menos não de fato.

Repassei todos os episódios em detalhes. Jacinto se apaixonara por Celina, uma jovem linda e idealista. Casaram-se, mas ela não aprovava as atividades do marido e isso causava conflitos domésticos. Ele estava cada vez mais envolvido com o superfaturamento de obras do governo, o financiamento ilícito de campanhas, subornos. Era o operador, quem distribuía o dinheiro para as partes do esquema. Muitos ganhavam igual ou mais do que ele, mas na hora de pagar pelos desvios, se acontecesse algo — tanta gente estava sendo presa —, o culpado seria Jacinto.

— Era ladrão? — disse Cíntia, ligeiramente assustada.

— Não um ladrão qualquer. Tinha inteligência, era manhoso.

Continuei explicando o que acontecera. Ele mandou para o exterior o dinheiro que pôde, mas restavam muitos bens no Brasil. Celina conhecia a origem da fortuna e isso a atormentava, mas havia se acostumado a roupas caras, móveis bons, apartamento requintado, empregados, carro, essas coisas que nos iludem. Quando falei isso, Francisca abaixou os olhos. Lembrei-me do carro que elas haviam comprado com o dinheiro de Celina. Elas ficaram constrangidas.

Avancei mais no relato. Celina era uma pessoa honesta, sonhava com mudanças sociais. Por isso se envolvera desde jovem em política. Vivia um conflito entre as coisas boas que o dinheiro dá e sua consciência social. Resolveu então se separar de Jacinto. Era algo necessário, pois ele estava prestes a ser preso pela Polícia Federal. Prender Jacinto seria uma forma de proteger os demais, e ele sabia disso. Teria que devolver o patrimônio que acumulara. Nesse quadro, Celina se tornou um porto seguro para ele. Passou a colocar seus bens no nome dela, a título de separação. Transferiu o que deu.

— Mas do que adiantava não entregar o dinheiro para a justiça? Se fosse preso, não estaria mais com ele do mesmo jeito — Cíntia queria entender.

Celina dera poderes a um advogado de Jacinto. Fiquei sabendo disso na viagem à Bolívia. Mas não perguntei o nome dele. Minha atuação apaixonada — não falei assim para elas — estava cheia de erros. Devia ter anotado o nome do escritório. Jacinto planejava pegar tudo de volta na hora em que não houvesse mais riscos.

— Mas aí acabou morto sem poder aproveitar — Francisca concluiu.

— Só tem uma coisa — emendou Cíntia —, como os bens e o dinheiro seriam declarados no imposto de renda se não tivesse sido morto?

— Nada que um bom contador não pudesse ter resolvido.

Para descontrair um pouco, perguntei se sabiam como escolher um bom contador. E comecei a contar algo que ouvira de um amigo da época em que era professor. Um empresário queria contratar um contador para cuidar de seu patrimônio. Apresentou toda a sua movimentação financeira a um primeiro candidato e perguntou quanto pagaria de imposto. O profissional responsável analisou a natureza de tudo e calculou até os centavos do valor devido ao fisco. Já o segundo fez uma avaliação mais rápida e sugeriu investimento em algumas áreas que diminuiriam os débitos fiscais. O terceiro, no entanto, foi contratado imediatamente. Não quis ver nada e foi logo perguntando quanto de imposto o empresário desejava pagar.

— Há muitos contadores iguais a este último. Jacinto poderá aproveitar o dinheiro que estava com Celina — concluí.

— Você quer dizer *poderia ter aproveitado* — me corrigiu Cíntia.

— É isso que vim contar a vocês. Quem matou Jacinto foi o próprio Jacinto.

— Suicídio? Minha sobrinha nunca comentou nada.

— Não, forjou sua morte. Colocou o corpo de um indigente no porta-malas do próprio carro e ateou fogo em uma estrada deserta. Deixou acertado com um médico corrupto um laudo afirmando a identidade dos restos mortais encontrados.

— E fugiu para o exterior? — Cíntia perguntou.

— Acho que fugiu e deixou de existir tal como o conhecíamos. Antes de fingir a morte, ele me contratou. Jacinto me conhecia, sabia de minha tendência para me envolver emocionalmente com as pessoas — e olhei para Cíntia ao dizer isso.

— Com mulheres, você quer dizer — ela me corrigiu.

Ignorei seu comentário.

— E recomendou que Celina confiasse inteiramente em mim. Sabia que eu permitiria todas as suas loucuras. Estava completamente fascinada pela guerrilha. Era uma forma de se manter fiel a seus sonhos juvenis. Jacinto nos aproximou para que eu a tirasse do mundo onde a instalara. Eu devia entretê-la enquanto eles faziam a limpa nos bens que estavam no nome dela.

— As perseguições eram só para empurrar minha prima ao suicídio.

— Acabou servindo para isso. Mas era para me despistar também. Eu procuraria o assassino entre os políticos. Jacinto precisava de tempo para fazer a transformação.

— Transformação?

— Depois de forjar a própria morte, internou-se, com nome falso, em uma clínica de algum país vizinho para uma cirurgia de redução do estômago. Celina chegou a mencionar alguns exames que ele fizera. Com o emagrecimento, seria outra pessoa.

— Enganou todo mundo — Cíntia concluiu, triste.

— Mas ao menos não matou ninguém — Francisca falou. Ela guardava alguma gratidão a ele.

— Matou Francelina — Cíntia disse, em tom de repreensão.

— Não, quem matou Celina fui eu — declarei.

— Você sabe que não foi você — Francisca usou um tom maternal que me acalmou um pouco.

— Claro que fui eu — insisti.

— Ela se mataria de qualquer forma. Há pessoas que marcam muitos encontros com a morte.

E esta última palavra anunciou o fim da conversa. Francisca pediu licença para cuidar das crianças. Eram quase duas da tarde, tínhamos passado muito tempo tentando exumar o passado. Súbito, senti fome. E uma necessidade de ir embora. Levantei-me, Cíntia fez o mesmo. Ficamos um de frente para o outro.

— Posso fazer mais uma pergunta? — ela me olhava nos olhos.

— Acabou de fazer.

— Farei então outra. Você gostava de minha prima?

— Eu amava — destaquei a escolha verbal.

— Então não a ama mais?

— Não da maneira que podia amar antes, quando ela tinha corpo, voz, cheiro.

— Você é um materialista irritante — sua indignação era falsa.

— Ah, me lembrei de uma coisa.

Mexi na minha carteira e lhe devolvi a identidade roubada

por Celina. Antes olhei bem a foto. As duas realmente se pareciam.

— Estava com você? — ela se surpreendeu.

— Com Celina. Ela entrou na Bolívia com seu documento. Talvez tenha que prestar depoimento à polícia.

— Tudo bem. Sabe que ela nunca teve medo de nada?

Para dar razão a Jacinto, ali estava eu, envolvido emocionalmente com Cíntia. Ela tinha dois filhos e um emprego em Paranaguá. Tudo do que eu sempre fugira.

Passei o documento a ela — como que recuando diante desse quadro familiar.

— Fiz um boletim de ocorrência para poder tirar a segunda via.

— Agora não vai precisar.

Ela foi até a porta que leva à sala e gritou:

— Mãe, vou dar carona ao professor até o ponto de ônibus.

Francisca reapareceu e se despediu de mim com um aperto de mão demorado, indicando confiança.

— Fico feliz de saber que você esteve ao lado dela quase até o fim.

Agradeci com um sorriso triste.

No carro, Cíntia me contou que a mãe tratava Celina como filha, sem distinção entre ela e a prima. Falamos sobre a infância por um momento.

Em Porto de Cima, ela estacionou o carro em uma área arborizada. Outro ônibus passaria em pouco tempo, segundo nos informaram no armazém. Com essa folga, seguimos juntos, como um casal, para um bosque. Ela se encostou no tronco de uma árvore. Eu me aproximei e a beijei com força. Olhei para o capim do terreno em que estávamos e vi uma borboleta amarela, voando alegremente.

Todo desejo é ressurreição.

ESTA OBRA FOI COMPOSTA EM ELECTRA PELO ESTÚDIO O.L.M./FLAVIO PERALTA
E IMPRESSA EM OFSETE PELA RR DONNELLEY SOBRE PAPEL PÓLEN SOFT
DA SUZANO PAPEL E CELULOSE PARA A EDITORA SCHWARCZ EM JUNHO DE 2016